KB099467

빛의 호위

빛의 호위

초판 1쇄 발행 • 2017년 2월 20일
초판 14쇄 발행 • 2024년 12월 17일

지은이 / 조해진
펴낸이 / 염종선
책임편집 / 김선영
조판 / 박아경
펴낸곳 / (주)창비
등록 / 1986년 8월 5일 제85호
주소 / 10881 경기도 파주시 회동길 184
전화 / 031-955-3333
팩시밀리 / 영업 031-955-3399 · 편집 031-955-3400
홈페이지 / www.changbi.com
전자우편 / lit@changbi.com

ISBN 978-89-364-3745-9 03810

* 책값은 뒤표지에 표시되어 있습니다.

조해진 소설집

창비

목차

호위

입국 심사대로 이어지는 낯선 공항의 북적이는 통로에서 나는 문득 걸음을 멈추고 주위를 둘러봤다. 눈 내리는 둥글고 투명한 세계를 부드럽게 감싸주던 그 멜로디가 귓가에서 되살아나고 있었다. 갑작스러운 악천후로 비행기들이 연착되는 바람에 저마다의 스케줄에 차질이 생긴 사람들은 통행에 방해가 되는 나를 거칠게 밀치며 지나갔다. 공항의 통유리 너머로는 눈이 쌓여가는 어두운 활주로와 창문마다 희미한 불빛이 어른거리는 비행기들이 보였다. 눈이 내리고 있었구나. 그제야 알게 됐다는 듯 나는 나직이 중얼거렸다. 그 순간 내 귀에만 들리는 멜로디의 볼륨이 한 단계 더 올라가는 듯했다. 권은을 다시 만난 이후로, 아니 녹슬고 찌그러진 현관문 안의 풍경을 기억의 영역에 고스란히 복원하게 된 뒤부터, 그 멜로디는 그렇게 종종 긴 세월을 통과하여 내가 서 있는 곳으로 흘러들어오곤 했다. 그럴 때 내가 할 수 있는 거라곤 그 멜로디가 울려퍼지는 세계 안쪽을 가만히 들여다보는 것 외엔 아무것도 없었다. 그 세계는 부엌과 화장실이 딸려 있지 않은 작고 추운 방일 때도 있었고 일요일의 눈 쌓인 운동장일 때도 있었으며 가끔은 약품 냄새가 진하게 밴 병실일 때도 있었다. 그리고 그 세계에 사는 주민은, 언제나 권은 한사람뿐이었다.

일년 전, 일산에 위치한 북까페에서 이십여년 만에 권은과 재회했을 때 나는 사실 그녀를 기억하지 못했다. 파주에 살고 있다는 권은을 만나기 위해 일산까지 간 건 오로지 인터뷰를 위해서였다. 그 무렵 신문사와 연계된 시사잡지사에서 기자로 있던 나는 문화계를 이끌어갈 신진들을 인터뷰하는 코너도 하나 맡고 있었는데, 주로 분쟁지역에서 보도사진을 찍는 젊은 사진작가 권은이 바로 그 주의 인터뷰이였던 것이다. 그날 그녀가 내게 들려준 이야기는 대체로 인상적이었고 사뭇 감동적인 면도 있었다. 친구가 준 필름카메라를 접하면서 사진에 입문했다는 이야기는 흥미로웠고, 생사를 넘나드는 분쟁지역에서의 에피소드들에는 하나같이 그녀의 절박한 열정이 그대로 투영되어 있었다.

인터뷰가 끝나갈 즈음, 북까페 창밖으로 굵은 눈송이가 날리는 게 보였다. 금방 그칠 눈 같지는 않네. 인터뷰 원고를 저장하며 혼잣말을 하는 내게 권은이 작은 목소리로 이렇게 말했다. 태엽이 멈추면 멜로디도 끝나고 눈도 그치겠죠. 보통의 사람들이 구사하지 않는 그녀의 표현이 재미있어서 수수께끼냐고 장난스럽게 물었지만 권은은 말없이 웃기만 할 뿐, 더이상 아무 말도 하지 않았다. 인터뷰를 마무리하고 북까페를 나온 우리는 신호등 앞에서 헐거운 악수를 나눈 뒤 헤어졌다. 몇발자국 걷다가 무심결에 뒤를 돌아봤을 때, 고개를 숙인 채 가만히 눈을 맞고 있는 권은의 옆모습이 보였다. 눈발이 제법 거세지고 있었는데도 그녀는 좀처럼 움직이지 않았다. 다가가 우산이라도 씌워주고 싶다는 생각을 잠깐 했지만 같은 우산 아래 있는 동안 우리를 둘러쌀 침묵이 부담스러웠다. 나는 이내 지하철역 쪽으로 걸음을 돌렸고 권은 쪽을 다시 돌아보지는 않았다.

돌이켜보면 그 만남에서 그녀가 내게 한 이야기들, 가령 사진에 빠져들게 된 계기며 태엽과 멜로디에 대한 언급은 일종의 힌트이기도 했다. 심지어 차가운 눈 속에서 꿈쩍도 않고 서 있던 그 모습도 나에게는 하나의 기호였는지 모른다. 하지만 그날 그녀가 내게 건네고 싶었던 것이 잊고 있던 지나간 시절을 열어줄 열쇠와도 같은 것이었음을, 그때 나는 짐작조차 하지 못했다.

감각은 왔던 순서대로 떠났다. 멜로디가 열어지면서 우리가 나누었던 대화도 지워져갔고 권은이 서 있던 거리 풍경도 점점이 뒤로 물러났다. 남은 건 아스팔트 바닥에, 권은의 코트깃에, 그리고 그녀의 신발 위에 내려앉던 하얀 눈송이뿐이었다. 정신을 차리고 다시 고개를 들었을 때, 그 눈송이는 공항의 통유리 너머에서 나부끼는 눈발 속으로 금세 스며들었다.

공항을 빠져나가 버스를 타고 맨해튼 시내에 도착한 건 밤 열한 시가 다 되어서였다. 밤의 네온사인에 눈이 부셨고 원색의 광고판은 끝도 없이 이어졌지만, 출구 없는 미로에 내던져진 듯 대도시 한복판에서 나는 자주 방향감각을 상실했다. 예약해놓은 호텔을 찾아가는 동안, 이 휘황한 도시가 누군가의 꿈속은 아닌가, 하는 생각이 점점 더 견고해졌다. 그러니까 작고 추운 방에 혼자 앉아 스노우볼의 태엽을 감고 또 감으며 눈 내리는 세계에 빠져 있다가 눈물 한방울 흘릴 새도 없이 급하게 잠이 들곤 했던 어떤 외로운 소녀의 꿈…… 그런데, 이 꿈속은 어째서 이토록 추운 것인가.

*

일산에서의 인터뷰 이후 권은을 다시 만나게 된 건, 아마도 스노우볼 때문이었을 것이다. 인터뷰 기사를 잘 봤다는 그녀의 전화를 받기 전, 나는 조카의 크리스마스 선물을 사러 대형 마트 아동 코너에 갔다가 스노우볼을 발견하게 됐는데 그 사물에는 권은의 수수께끼를 풀어줄 단서들이 모두 들어 있었다. 조카의 선물을 골라야 한다는 것도 까맣게 잊은 채 태엽이 돌아가는 동안 멜로디가 흐르고 눈이 내리는 그 둥글고 투명한 세계를 나는 한참 동안 넋 놓고 바라봤다. 갈 곳이 없다는 듯 하염없이 눈을 맞으며 우두커니 서 있던 권은이 그 세계 안에 있었다. 그제야 나는, 그날 거리에서 본 그녀의 모습이 오랫동안 내 마음의 한 부분을 차지하고 있었다는 것을 느리게 깨달았다. 의례적인 감사의 전화를 걸어온 권은에게 술이나 한잔하자고 제안한 건, 그러니 스노우볼 때문이었다고밖에는 설명할 수가 없다. 나는 그때껏 인터뷰를 통해 알게 된 사람을 사적으로 다시 만난 적이 한번도 없었고 그럴 필요성을 느껴본 적도 없었다. 권은과의 두번째 만남이 없었다면, 그래서 헬게 한센의 다큐멘터리 「사람, 사람들」에 대해 듣지 않았다면, 어쩌면 나는 평생 그녀가 누구인지 모른 채 살았을지도 모르겠다.

지금의 나는, 아무것도 후회하지 않는다.

아마 크리스마스가 지난 어느날이었을 것이다. 서울의 연말 분위기는 절정에 달해 있었고 어디를 가나 사람들이 많았다. 잡지사에서 가까운 을지로 지하철역에서 만난 우리는 그 근처 술집으로 자리를 옮겼다. 맥주와 간단한 안주가 나오자 권은은 뜻밖의 소식을 전했다. 일주일 후 보도사진을 찍으러 목사와 선교사로 이루어진 봉사단체를 따라 시리아의 난민캠프를 방문할 거라는 이야기였다. 시리아는 오래전부터 내전 중인 국가였고 외국인을 인질로 납치하거나 부상을 입히는 것으로도 악명이 높았다. 걱정이 되는 건 사실이었지만 나는 다시 생각해보라거나 가지 않는 게 좋겠다는 말은 할 수 없었다. 그건 전적으로 권은의 일이었고, 잘 알지도 못하는 젊은 사진작가의 필모그래피가 내 간섭으로 바뀌는 상황은 껄끄러웠다. 카메라만 있다면 모든 위험을 충분히 피해갈 수 있다고 믿는 그녀의 순박한 열정을 내 멋대로 깎아내릴 수도 없었다. 게다가 그녀는 이미 적지 않은 분쟁지역을 다녀온 전문 사진작가였다.

그래서 어떤 사진을 찍을 계획인데요? 나는 괜히 맥주나 거푸 비우며 건성으로 그런 질문밖에 할 수 없었다. 사람을 찍어야죠. 그녀가 대답했다. 전쟁의 비극은 철로 된 무기나 무너진 건물이 아니라 죽은 연인을 떠올리며 거울 앞에서 화장을 하는 젊은 여성의 젖은 눈동자 같은 데서 발견되어야 한다, 전쟁이 없었다면 당신이나 나만큼만 울었을 평범한 사람들이 전쟁 그 자체니까. 마치 준비라도 한 듯 유려한 문어체로 덧붙여 설명하는 그녀를 나는 어리둥절하게 건너다봤다. 내 표정이 너무 진지했는지 그녀는 이내 웃음을 터뜨리며 누군가의 말을 인용해서 대답한 것뿐이라고 이어 말했다. 헬게 한센이 한 말이죠. 헬게 한센? 그 사람이 누군데요? 내가 가장 좋아하는 사진기자예요. 분쟁지역을 다니게 된 것도 그의 영향이라고 할 수 있고요. 그랬으므로, 그 사진기자가 생애 최초로 다큐멘터리를 찍었다는 소식을 들었을 때 그녀는 어떻게든 그 영상이 보고 싶어 한동안 여러 독립 영화관의 상영 스케줄을 수시로 확인했고 각종 영화 관련 싸이트를 돌아다니며 DVD나 파일에 대해 문의를 하기도 했다. 하지만 그 다큐멘터리는 국내에서 상영된 적이 없었고 DVD나 파일을 판매하는 곳도 없었다. 그녀가 헬게 한센의 유일한 다큐멘터리인 「사람, 사람들」을 볼 수 있었던 건 일본에서 영화를 공부하는 친구가 어렵게 파일을 구해 보내준 덕분이었다. 처음엔 헬게 한센에 대한 관심으로 보게 된 그 다큐멘터리에서, 그리고 그녀는 알마 마이어라는 여성을 알게 되었다. 이상해요. 권은이 말했다. 권은의 표현에 따른다면, 각기 다른 시대와 역사에서 출항한 배에 탑승한 승객들처럼 아무런 관련이 없는 알마 마이어와 그녀는 비슷한 경험을 공유하고 있었다. 마치 두사람을 태운 전혀 다른 두척의 배가 똑같은 섬에서, 똑같은 풍랑을 견디며 잠시 표류한 적이 있기라도 한 것처럼. 그래서 그때부터 시간이 날 때마다 알마 마이어에게 편지를 쓰곤 한다고, 권은은 쑥스럽다는 듯 웃으며 말했다. 그 웃음이 어딘지 낯익어서 나는 물끄러미 그녀를 건너다봤고, 어느 순간 그녀와 나의 시선이 허공에서 어색하게 얽혔다. 그럼 알마 마이어한테서 답장도 받고 그랬어요? 나는 그녀에게서 재빨리 시선을 거두고는 그녀의 빈 잔에 맥주를 따라주며 얼떨결에 물었다. 개인 블로그에 쓰고 있어요, 일기처럼. 아, 물론 한국어로요. 어차피 알마 마이어는 내 편지를 받을 수도 없거든요. 이미 2009년에 죽었으니까요. 나는 맥주를 따르다 말고 또 한번 진지하게 그녀를 건너다봤다. 그렇다면 그녀는 한번도 만난 적 없는, 게다가 이미 죽고 없는 여성에게 무엇을 기대하며 편지를 써왔다는 말인가. 그녀와 알마 마이어의 겹쳐진 경험이 무엇인지 궁금하긴 했으나 타인의 내밀한 사연을 섣불리 공유하고 싶지는 않았다. 자연스럽게 화제가 바뀌었다. 전국적인 전세난이라든지 삼십대 중반이라는 우리의 애매한 나이 같은 시시콜콜한 주제로 대화는 이어졌지만, 내 마음속엔 권은의 이야기가 사라지지 않고 응고된 채 남아 있기는 했다.

밤 열시쯤 술집을 나와 각자의 길로 돌아서기 전, 나는 그녀에게 말했다. 참, 수수께끼 풀었어요. 태엽이 멈추면 멜로디도 끝나고 눈도 그치는 곳 말이에요. 그녀는 그게 뭐냐고 묻는 대신 마치 내가 무슨 말인가를 더 해주기를 기다린다는 듯 말없이 나를 바라보기만 했다. 근데 나이가 몇인데 아직까지 장난감을 좋아하는 거예요? 나는 농담을 한 건데 그녀는 웃지 않았다. 마침 빈 택시가 우리 앞에 와서 섰다. 그녀는 곧 택시에 올랐고, 나는 택시 밖에 서서 조심해서 다녀오라는 식상한 당부를 했다. 고맙다고, 그녀가 말했다. 카메라…… 네? 택시가 곧 출발했으므로 그뒤에 이어졌을 그녀의 또 다른 힌트들에 대해서 나는 듣지 못했다. 작고 추운 방, 그 방에 형광등이 켜진 순간 작동을 멈춘 스노우볼, 그리고 그 방을 나설 때마다 내 시야를 가득 채웠던 주황빛의 허름한 골목골목과 카메라를 가슴에 안고 그 방으로 달려갔던 어느 늦은 가을날, 이런 힌트들은 좀더 시간이 흐른 뒤에야 눈 쌓인 운동장에 띄엄띄엄 새겨진 발자국처럼 한걸음씩 천천히 내게로 왔다.

*

다음 날 아침, 뉴욕엔 짙은 안개가 꼈다. 9층 높이의 호텔방에서 내려다본 뉴욕 거리는 물에 잠긴 고대도시만큼이나 비현실적으로 보였고 영원이라는 시소 끝에 세워진 허상인 듯 멀게 느껴졌다. 내가 아직 알아내지 못한 비밀들이 잔뜩 숨겨져 있는, 길을 잃은 채 울먹이며 헤매고 다녀야 했던 권은의 어린 시절 꿈속 도시처럼.

호텔을 나와 맨해튼의 앤솔러지 필름 아카이브에 도착하자 「사람, 사람들」의 특별 상영을 알리는 표지판이 보였다. 나는, 맞게 찾아온 것이다. 로비에 마련된 테이블에는 이스라엘이 팔레스타인을 공격했던 2008년 말의 사진자료와 「사람, 사람들」의 팸플릿이 놓여 있었다. 팸플릿 한장을 들고 로비의 구석 자리로 걸어갔다. 팸플릿에는 「사람, 사람들」의 감독인 헬게 한센이 2009년 1월 이집트에서 팔레스타인 가자지구로 향하던 구호품 트럭이 피격되었을 당시 살아남은 사람들 중 한명이라고 소개되어 있었다. 헬게 한센은 이 다큐멘터리를 완성하게 된 계기를 이렇게 말했다. "구호품 트럭의 피격으로 사망한 노먼 마이어와 하나뿐인 아들을 잃은 그의 어머니 알마 마이어를 통해 역사의 폭력에 맞서는 개인의 가치있는 용기를 보았기 때문이다. 나는 생존자고, 생존자는 희생자를 기억해야 한다는 게 내 신념이다."

팸플릿이 구겨지지 않도록 납작하게 잘 펴서 가방에 넣은 뒤 상영관 안으로 들어갔다. 평일 이른 시각이었는데도 객석은 절반 이상 차 있었다. 빈자리를 찾아 가방을 내려놓고 앉자 곧 관내의 조명이 꺼졌고 바로 그 순간부터 예상하지 못한 긴장감이 밀려들었다. 스크린에 영상이 비치고 다큐멘터리의 제목이 뜰 때까지도 긴장감은 수그러들지 않아 이내 손끝까지 떨려왔다.

다큐멘터리는 아무런 자막이나 내레이션 없이, 팔레스타인의 수도인 라말라의 사원 벽에 붙어 있는 수많은 사람들의 사진들을 비추며 시작됐다. 사원 벽은 하나의 거대한 앨범처럼 보였고 조악한 한장 한장의 사진 속에 들어가 있는 남자, 여자, 노인, 아이들은 각기 다른 표정으로 떠나온 세상을 고요하게 건너다보고 있었다. 히잡을 쓴 젊은 여성이 한 청년의 사진 앞으로 비틀비틀 걸어가 정성스럽게 입을 맞추는 장면에 카메라는 오래 머물렀다. 마치 사원으로 오기 전, 죽은 연인에게 보여주기 위해 화장을 하면서 눈동자가 젖을 만큼 눈물을 흘렸을 그녀의 모습을 상상해보라고 주문하듯이.

짧지만 강렬한 오프닝 화면이 지나가자 곧이어 구호품 트럭 안이 나왔다. 운전수를 비롯한 여섯명의 동승자들은 간간이 웃으며 이야기를 나눴고 트럭이 잠시 쉴 때는 지도를 펼쳐놓고 진지하게 상의를 하기도 했다. 아마도 편집으로 인해 다른 동승자들의 컷이 잘려나간 때문이겠지만, 원숏을 받는 사람은 주로 노먼이었다.

내가 찾아본 기사에 따르면, 노먼의 죽음은 미국 사회에서 커다란 이슈가 되었고 오랜 기간 회자되었다. 아무리 전시라 해도 구호품 차량은 피격하지 않는다는 불문율이 깨졌다는 것, 그로 인해 퇴직 의사였던 유대계 미국인이 사망했다는 것, 그리고 그 트럭에 실려 있던 대부분의 구호품은 그 유대계 미국인이 자신의 전 재산을 털어 구입한 거였다는 것, 이 모든 것은 많은 사람들에게 드라마 같은 인상을 주었고 특별한 시사성을 얻을지도 모른다는 기대감을 갖게 했다. 노먼에 대한 관심이 고조되자 그의 어머니 알마 마이어도 덩달아 유명해졌다. 각종 매스컴은 연일 그녀와의 인터뷰를 시도했고 유대인 커뮤니티를 제외한 각계각층에서 위로의 메시지를 보내왔다. 그녀는 그 어떤 인터뷰에도 응하지 않았고 위로의 말들은 모두 무시했다. 외출을 하지 않았으며 손님을 초대하지 않았고 전화도 받지 않았다. 그녀가 노먼의 일로 만난 외부인은 헬게 한센이 유일했다. 헬게 한센이 그녀에게 보낸, 노먼의 마지막 열다섯시간이 기록된 영상—그리고 이 영상은 훗날 「사람, 사람들」에 고스란히 담기게 된다—을 보고 난 뒤였다.

*

권은과의 두번째 만남 이후 석달 만에 신문과 뉴스를 통해 그녀의 불운한 소식을 접했을 때, 나는 사실 그리 민감하게 반응하지 않았다. 놀라긴 했지만 충격 수준은 아니었고 착잡한 심정은 들었으나 일상을 잊을 만큼 괴롭진 않았다. 내가 그때 술집에서 그녀를 만류했다 해도 그녀는 떠났을 터였다. 게다가 내가 무슨 자격으로 그녀의 결정을 되돌릴 수 있었을 것인가. 그리 생각하는 게 편했다. 그 무렵, 나는 영화잡지사로 직장을 옮겼으므로 권은에 대한 생각을 오래 붙들고 있을 만한 여유도 없었다. 새로운 직장에는 새로운 인간관계와 새로운 형식의 글쓰기가 있었고 나는 그 모든 것에 최대한 빨리 적응해야 했다. 권은의 일은 저절로 잊혀갔다. 아니, 잊기 위해 무의식적으로 나는 노력했는지도 모른다. 권은을 망각하는 일은 그렇게, 거의 성공할 뻔했다.

기억의 뒤편에만 희미하게 남아 있던 권은의 이름이 손끝에 닿을 듯 다시 가까워진 건, 잡지사 선배 기자가 갑자기 퇴사를 하면서 그가 담당했던 여러 업무가 나에게 넘어오면서부터였다. 내가 새로 맡게 된 업무 중에는 뉴욕에서 열리는 다큐멘터리 영화제의 취재건도 포함되어 있었는데, 그가 작성한 영화제 관련 자료에서 나는 헬게 한센의 「사람, 사람들」을 발견했던 것이다. 자료에 따르면 이 다큐멘터리는 2010년에 공개되자마자 평단의 호평을 받았으며 그해 다수의 국제 영화제에 초청을 받기도 했다. 자료에는 또한, 영화제 측이 구호품 트럭의 피격이라는 전례 없는 사고의 발발 5주년을 맞아 「사람, 사람들」의 특별 상영을 준비할 거라는 내용도 담겨 있었다.

그날부터 나는 권은이 일산의 북까페와 을지로의 술집에서 내게 했던 말들을 자주 되새겼다. 기자들이 모두 떠난 깊은 밤의 사무실에 앉아 권은에 관한 모든 정보를 찾겠다는 듯 인터넷을 뒤지기도 했다. 기억들은 어느 한순간 섬광처럼 내 머리를 강타한 것이 아니라 아주 먼 곳에서 한조각씩 내 감각 속으로 흘러들어왔다. 친구가 준 필름 카메라로 사진에 입문하게 됐다는 그녀의 고백이 첫번째 단서였고, 을지로 거리에서 택시에 올라탄 그녀가 고마웠다고 말한 뒤 카메라를 언급한 장면은 확증처럼 다가왔다. 아무려나 내가 기억 속에서 돌아보는 그녀의 세계에서는 언제나 눈이 내리고 있었다. 그 세계는 둥글고 투명했으며 눈이 내리는 동안만큼은 쉬지 않고 귀에 익은 멜로디가 흐르기도 했다. 그리고 이런 비현실적인 대화를 나누었던 일요일 오후의 눈 쌓인 학교 운동장…… 셔터를 누를 때 카메라 안에서 휙 지나가는 빛이 있거든. 그런 게 있어? 어디에서 온 빛인데? 평소엔 눈에 잘 안 띄는 곳에 숨어 있겠지. 어떤

데? 글쎄, 장롱 뒤나 책상 서랍 속, 아니면 빈 병 같은 데 아닐까.

뉴욕으로 취재를 오기 전, 나는 권은이 입원해 있는 병원을 수소문해서 찾아갔다. 예상대로 그녀는 내 방문을 무척 놀라워했다. 다리에 박힌 포탄 파편을 제거하는 수술을 이미 세차례나 받았지만 남은 생애를 두 발로 걸어다닐 수 있을지는 의문이라는 우울한 이야기를 전하면서도 눈빛만은 의아함으로 검게 일렁이고 있었다. 그 후지사의 필름 카메라, 아직도 갖고 있어요? 긴 침묵 끝에 내가 묻자 그녀는 잠시 뚫어지게 날 바라봤고, 이내 우리는 멋쩍게 웃고 말았다. 다시 찾아오겠다는 말은 끝내 하지 못했다. 병실을 나서기 전, 그녀는 자신의 블로그 주소를 메모지에 적어주었다. 그 블로그에 내게 쓴 편지도 있다고 덧붙여 말하면서도 또 보면 좋겠다는 식의 이야기는 그녀 역시 꺼내지 않았다.

그날 집으로 돌아와 나는 노트북을 켜고 권은의 블로그에 들어갔다. 블로그에는 편지 카테고리가 있었고 그 속에는 그녀가 알마마이어 앞으로 쓴 열두통의 편지와 내게 쓴 한통의 편지가 포스팅되어 있었다. 책상에 앉아 단숨에 편지들을 다 읽은 뒤엔 욕실로 들어가 오랫동안 샤워를 했다. 수건으로 몸을 닦으며 뿌옇게 김이 서린 세면대 거울 앞에 서자, 옳고 그른 선택 따위 없는 모호한 세상을 창문 안쪽에서 건너다보고 있는 듯한 착각이 들었다. 나쁘지 않은 착각이었지만 김은 곧 사라져갔다. 조금씩 선명하게 내 모습을 되비추는 거울에 대고 나는 속삭이듯 물었다. 그래서 넌, 지금 행복하니? 모호한 세상에서는 답변이 돌아오지 않았고, 내 등 뒤에서는 문손잡이를 돌리는 쇳소리가 들려왔다. 돌아보지 않아도 알 것 같았다. 그 문은 녹슬고 찌그러진 현관문일 것이고, 얼결에 문을 열게 된 열세살의 소년은 암순응이 되지 않은 두 눈을 껌뻑이며 겁먹은 목소리로 이렇게 물을 터였다. 거, 거기, 권은 집, 맞아요?

*

스크린 속에서 알마 마이어는 그 오랜 칩거에 대해 이렇게 설명한다.

—사람들이 노먼을 시대의 양심이니 유대인의 마지막 희망이니 하는 수식어로 포장하는 걸 도저히 용납할 수 없었어요. 그런 거창한 수식어 뒤에 숨어 있으면 아무것도 하지 않고도 정의의 증인이 될 수 있다고 믿는 건, 뭐랄까, 나에겐 천진한 기만 같아 보였죠. 알려 했다면 알았을 것들을 모른 척해놓고 나중에야 자신은 몰랐으므로 아무런 책임이 없다고 주장하는 것처럼 말이에요. 전쟁이 끝나고 나서야 홀로코스트의 잔인함에 양심적으로 경악하던 그 수많은 비유대인들을 나는 기억하고 있어요. 화가 나진 않았어요. 그때나 지금이나 그저 무기력해졌을 뿐이에요. 무기력한 환멸 같은 거, 그런 거였죠.

화면이 바뀌면서 다큐멘터리는 자연스럽게 알마 마이어의 과거를 짚어갔다. 1916년 벨기에에서 태어난 알마 마이어는 유대인이면서 여성이라는 이중적 차별을 딛고 1938년에 브뤼셀 필하모닉 오케스트라에 바이올리니스트로 입단했다. 하지만 1940년, 벨기에에 유대인 등록령이 내려지면서 그녀는 오케스트라에서 해고됐고 게토에 갇히거나 수용소로 끌려가야 하는 상황에 처해졌다. 그때 그녀의 연인이자 같은 오케스트라에서 호른을 연주하던 장이 브뤼셀 외곽에 위치한 사촌 형의 식료품점 지하 창고에 그녀의 은신처를 마련해주었다.

창문이 없던 그곳은 램프를 켜지 않으면 아침이나 한낮에도 깜깜했다. 가끔은 눈을 뜨고 있어도 꿈속처럼 몽롱하고 아스라한 장면들이 허공에 펼쳐지곤 했다. 그럴 때 눈을 한번 꾸욱 감았다 뜨면 어김없이 낯선 거리가 나왔는데, 그 거리에서 유일하게 불이 켜진 곳은 악기상점뿐이었다. 조심스럽게 그 악기상점의 문을 열고 들어가면 오랫동안 만나지 못한 오케스트라 단원들이 반갑게 그녀를 맞이해주었다. 그들은 곧 각자의 악기 앞에 앉아 무가나 행진곡 같은 활기찬 연주를 시작했고 그녀와 시선이 마주칠 때마다 더할 나위 없이 호의적인 미소를 지어 보이곤 했다. 아픈 건 없다고, 살아 있는 한 그 모든 아픔은 위로받고 치유되기 위해 존재하는 거라고 속삭이듯이. 흐뭇한 마음으로 그들의 연주에 심취해 있다가 어느 순간 다시 한번 눈을 꾸욱 감았다 뜨면 선율도, 단원들도, 그들의 미소도 사라지고 없었다. 달콤했던 환영이 사라질 때마다 그녀는 더 외로워졌고 더 쓸쓸해졌다. 어머니가 만들어준 음식을 마음껏 먹는 꿈을 꾸면서 자신도 모르게 입술을 오물거리다가 문득 잠에서 깨면 바람뿐인 벌판에 혼자 서 있는 듯한 기분에 견딜 수 없이 추워지곤 했던 것처럼. 이주에 한번씩 장이 물과 빵이 담긴 바구니를 들고 지하 창고를 찾아오긴 했지만 그 무렵엔 누구나 그렇듯 장 역시 가난했으므로 그 양은 보름을 버티기엔 늘 부족했다. 바구니는 가볍고 초라했지만 장은 바구니 밑바닥에 자신이 작곡한 악보 한장씩을 깔아놓는 걸 잊지 않았다. 빛으로 에워싸인 허공의 악기상점을 본 날이면 그녀는 바이올린을 꺼내 활이 줄에 닿지 않도록 적당한 거리를 유지하며 그 악보들로 연주를 했다. 조명이 없는 무대에서, 관객의 박수를 받지 못한 채, 소리가 없는 연주를……

—장이 작곡한 그 악보들은 식료품점 지하 창고에서 날마다 죽음만 생각하던 내게는 내일을 꿈꿀 수 있게 하는 빛이었어요. 그러니 난 이렇게 말할 수 있어요. 그 악보들이 날 살렸다고 말이에요.

긴 이야기를 마친 뒤 알마 마이어는 천천히 고개를 들어 인터뷰 중 처음이자 마지막으로 조금 웃었다. 어두운 객석에서 나는, 얼결에 그녀를 따라 웃고 말았다.

*

거, 거기, 권은 집, 맞아요?

문은 열렸지만 그 안으로 선뜻 들어가지 못한 채 나는 몇번이나 묻고 또 물었다. 녹슬고 찌그러진 현관문은 깜깜한 방과 곧바로 이어져 있었는데, 그 방에서 빛을 발하는 건 둥글고 투명한 스노우볼뿐이었다. 햇빛이 거의 들지 않는 그 작고 추운 방에 가게 된 계기는 사실 내 의지와는 상관이 없었다. 권은이 연락도 없이 나흘이나 결석을 하자 담임은 반장인 나와 부반장을 맡고 있던 여학생을 불러 상황이 어떤지 보고 오라고 부탁했었다. 교무실을 나서자 부반장은 피아노 교습이 있다며 동행을 거부했고, 어쩔 수 없이 나 혼자 종이에 적힌 주소를 따라가보니 바로 그 현관문이 나왔던 것이다. 더디게 암순응이 찾아오자 그제야 허름한 외투를 껴입은 채 담요까지 뒤집어쓰고 있는 권은이 보였다. 권은은 곧 몸을 일으켜 형광등을 켰고 형광등이 켜진 순간, 태엽이 다 풀린 스노우볼도 작동을 멈췄다.

부엌과 화장실이 딸려 있지 않은 방이었다. 휴대용 가스레인지와 주전자, 그리고 세면도구가 담긴 플라스틱 대야는 그 방의 많은 역할을 보여주는 듯했다. 온기 없는 그 가난한 방에서 열세살의 권은이 무엇을 먹으며 어떻게 살고 있는 건지, 나로선 가늠조차 할 수 없었다. 권은의 유일한 가족인 아버지는 짧게는 한두달에서 길게는 반년까지 집을 비운다고 했다. 비밀로 해줘. 권은이 물이 담긴 유리컵을 내밀며 말했다. 난 고아가 아니야. 보호시설 같은 덴 절대 안 가. 할 말이 딱히 생각나지 않아 얼결에 벌컥벌컥 들이마신 물에서는 수돗물 특유의 비릿한 소독약 맛이 났다. 나는 얼굴을 찡그리며 유리컵을 내려놓고는 알았어, 말한 뒤 서둘러 그 방을 나왔다. 다음 날 담임에게는 권은이 아프다고 둘러댔다. 따지고 보면 아주 틀린 말도 아니었다. 부임한 지 얼마 되지 않은 젊은 담임은 내 말에 신경도 쓰지 않는 눈치였다. 그날 이후 나는 권은이 죽을지도 모른다는 상상에 자주 빠져들곤 했다. 권은이 죽는다면, 하고 가정하는 것만으로도 숨이 막혀왔다. 어떤 날은 같은 반 아이들이 나 때문에 권은이 죽었다고 수군거리는 환청을 듣기도 했다.

누가 시키지도 않았지만 나는 그후로 몇번 더 권은의 방을 찾아갔다. 숨이 막혀오고 환청이 들리는 게 싫어서였을 뿐, 대책 같은 건 없었다. 내가 권은의 방에 갖다줄 수 있는 거라곤 읽다 만 만화책이나 스노우볼에 들어가는 건전지처럼 사소한 것뿐이었다. 너는 어서 가. 나는 괜찮아. 여자애와 단둘이 한방에 있는 게 어색했으면서도 쉽게 떠나지 못하고 방 안을 서성이고 있으면 권은은 그렇게 말하며 내 등을 떠밀곤 했다.

권은의 방을 나와 차도로 이어지는 좁은 내리막길을 따라 걷다 보면 주황빛의 전등도, 골목 사이로 급하게 사라지는 꼬마들도, 공동 화장실의 부서진 문짝과 그 사이로 살짝 보이는 더러운 변기도, 심지어 공터에 화난 짐승처럼 잔뜩 웅크리고 있는 불도저도 도무지 이 세상의 풍경 같지 않게 흐릿하게 번져 있곤 했다. 산비탈에 시멘트와 판자로 대충 지어진 집들은 그나마도 반 이상 헐린 상태였다. 나도 권은처럼 열세살일 뿐이었다. 폐허가 되어가는 동네의 외진 방에서 권은이 감당해야 하는 허기와 추위를 나는 해결해줄 수 없었다. 안방 장롱에서 우연히 후지사의 필름 카메라를 발견했을 때 일말의 주저도 없이 그걸 품에 안고 무작정 권은의 방으로 달려갔던 건, 내 눈에는 그 수입 카메라가 중고품으로 팔 수 있는 돈뭉치로 보였기 때문이다. 권은은 내 기대와 달리 그 카메라를 팔지 않았다. 그건, 당연한 일이었을 것이다. 그녀에게 카메라는 단순히 사진을 찍는 기계장치가 아니라 다른 세계로 이어지는 통로였으니까. 셔터를 누를 때 세상의 모든 구석에서 빛 무더기가 흘러나와 피사체를 감싸주는 그 마술적인 순간을 그녀는 사랑했을 테니까. 그런데, 셔터를 누른 직후 뷰파인더 속 그 빛이 한꺼번에 사라지고 나면 권은도 알마 마이어처럼 더 외로워지고 더 쓸쓸해졌을까. 사진에는 담기지 않는 프레임 밖의 풍경처럼, 그 이야기는 이제 내가 확인할 수 없는 영역 속에 있다.

어쩌면, 영원히.

권은은 그 후지사의 필름 카메라로 방 안의 사물들을 찍다가 카메라에 담을 만한 더, 더 많은 풍경을 찾기 위해 조금씩 집 밖으로 나오기 시작했고 학교도 다시 다녔다. 학교로 돌아온 그녀에게, 하지만 나는 다가가지 않았고 말을 걸지도 않았다. 언제나 똑같은 옷만 입고 다니는 권은과 친하다는 인상을 그 누구에게도 주고 싶지 않아서였을 것이다. 권은 역시 날 못 본 체할 때가 많았다. 우리는 결국 친구가 되지는 못했지만 그래도 서로의 비밀 하나씩을 지켜주긴 했다. 나는 권은이 고아나 다름없다는 걸 누구에게도 발설한 적 없었고, 권은 또한 내가 아버지의 카메라를 훔친 사실을 끝까지 모른 척했다. 권은이 친척을 따라 먼 지방으로 이사를 가게 되었다는 소식을 들은 건 겨울방학을 이주 정도 앞둔 어느날이었다. 학교에는 권은의 아버지가 도박장 근처 쓰레기장에서 시신으로 발견됐다는 소문도 떠돌았지만 확실한 건 없었다.

그로부터 아주 많은 시간이 흐른 뒤, 권은은 지상의 주소를 갖고 있지 않은 알마 마이어에게 이런 편지를 쓴다. 아버지가 좀처럼 돌아오지 않는 그 방에서 거의 날마다 똑같은 꿈을 꿨노라고, 그 꿈을 꾸고 싶지 않아 잠이 올 때까지 스노우볼의 태엽을 감았고 일 분 삼십초 동안 눈 내리는 세계에 빠져 있다가 마지막 멜로디가 끝나기 직전 이불을 머리끝까지 뒤집어쓰고는 급하게 눈을 감곤 했노라고도. 처음 와보는 낯선 도시를 헤매다가 엄마를 부르며 깨어나는 꿈이었죠. 단 한번도 그 레퍼토리는 바뀌지 않았어요. 거기까지 쓴 뒤, 권은은 잠시 침묵한다. 나도 그녀의 침묵을 지켜준다. 며칠이 지난 뒤에야 권은은 다시 블로그를 열고 천천히 쓴다. 어느날은 차가운 벽에 이마를 대고 간절히 기도도 했습니다. 이 방을 작동하게 하는 태엽을 이제 그만 멈추게 해달라고, 내 숨도 멎을 수 있도록. 내 손에 카메라가 들어오기 전까지 고작 그런 걸 난 기도했던 거예요. 그러니까…… '그러니까'에 이어지는 문장은 권은이 내 앞으로 쓴 단 한통의 편지에서도 비슷하게 반복됐다. 그 편지에서 그녀는 나를 반장이라고 불렀다. 이십여년 만이긴 했지만 내가 자신을 알아보지 못해서 서운했다고, 그러나 한편으론 다행이라는 생각도 했다고 편지에는 적혀 있었다. 편지 안에서 그녀가 내게 묻는다. 반장, 사람이 할 수 있는 가장 위대한 일이 뭔지 알아? 편지 밖에서 나는 고개를 젓는다. 누군가 이런 말을 했어. 사람을 살리는 일이야말로 아무나 할 수 없는 위대한 일이라고. 그러니까…… 그러니까 내게 무슨 일이 생기더라도 반장, 네가 준 카메라가 날 이미 살린 적이 있다는 걸 너는 기억할 필요가 있어. 은이. 그 편지가 저장된 날은 그녀와 내가 을지로에서 만나 맥주를 마신 날이었다. 내게 고맙다고 말한 뒤 택시를 타고 떠난 그녀는 연말의 서울 거리를 가로지르는 택시 안에서 언젠가 살아 있는 사람이 읽을 수도 있는, 이번에는 꽤 쓸모 있는 편지를 써야겠다고 다짐했던 것이다.

*

1943년이 되어서야 알마 마이어는 그 지하 창고를 벗어날 수 있었다. 누군가 알마 마이어를 독일 경찰에 신고했다는 소식을 전해 들은 장이 이번에도 그녀의 또다른 탈출을 도왔다. 알마 마이어는 장을 따라 스위스로 갔고 스위스 국경도시에서 그와 헤어졌다. 그때 이미 그녀는 노먼과 심장과 심장으로 연결되어 있었지만 인지하지는 못했으므로 장에게는 아무 말도 하지 못했다. 그녀가 노먼의 존재를 감지하게 된 건 미국으로 향하는 증기선 삼등칸에서 심한 뱃멀미를 하고 난 뒤였다. 1943년 11월, 미국의 관문인 엘리스 아일랜드에 도착한 알마 마이어가 가장 처음으로 한 일은 그녀에게는 몸의 한 기관과도 같았던 수제 바이올린을 판 것이었다. 그 돈으로 그녀는 거처를 구할 수 있었고 노먼을 낳을 때까지 일을 하지 않아도 되었다. 장이 살아 있다는 것을 알게 된 건 거짓말처럼 전쟁이 끝나고 오년이나 지난 뒤였다. 하지만 그녀는, 이미 결혼을 해서 가정을 이룬 장에게 자신의 생존과 노먼의 존재를 알리지 않았다. 그녀가 생각하기에, 장은 이미 그녀를 위해서 너무 많은 일을 했고 그로 인해 오랫동안 삶이 불안정했다. 그녀는 장의 일상을 또 다시 흔들고 싶지 않았다. 그것은 연인으로서의 자존심이라기보다는 인간적인 예의에 가까웠다.

헬게 한센이 보내준 영상을 보기 전까지, 하지만 그녀는 노먼이 오랫동안 장의 생애를 멀리서 지켜봐왔다는 것을 알지 못했다. 노먼은 무려 삼십년 가까이 뉴욕 외곽에 위치한, 타인의 개인정보를 비밀스럽게 수집해주는 비인가 사무소의 고객이었다. 노먼은 한달에 한번 정도 그 사무소에 들러 장의 최근 동향에 대해 들었고 간혹 사진을 건네받기도 했다. 그러나 노먼은 정보만 전달받았을 뿐, 장에게 자신의 존재를 알리지 않았고 편지나 전화를 한 적도 없었다. 어머니가 생각하는 인간적인 예의에 동의하지는 않았으나 그 선택을 지켜주고 싶었고, 세상에는 진실 이외의 것이 더 진실에 가까운 경우도 있다고 생각했기 때문이다. 2007년, 노먼은 장에 대한 마지막 정보를 건네받았다. 장의 장례식장을 찍은 사진과 묘지 주소가 적힌 상조회사의 책자 같은 것이었다. 유감이에요, 노먼. 오랜 시간 노먼의 일을 담당해오며 노먼과 함께 늙어온 사무소 소장은 그렇게 말한 뒤 담배 한대를 권했다. 담배를 다 피우고 나서 사무소를 나온 노먼은 주차해놓은 자신의 자동차를 지나쳐 무작정 걸었다. 장 베른, 프랑스계 벨기에인, 평생 작곡가를 꿈꾸었으나 단 한곡도 발표를 못한 사람, 마흔 이후엔 지방의 작은 오케스트라에서조차 밀려났으며 그 어디에서도 독주 초청을 받아본 적이 없는 무명의 호르니스트…… 삼십년 가까이 제공받아온 그 정보들을 떠올리며 노먼은 그날 이런 다짐을 했다.

—그가 인생에서 한 가장 위대한 일을 내 삶에서 재현해주자는 다짐이었죠. 쓰레기 같은 전쟁에서 죽을 뻔했던 여성을 살린 그 일을 말이에요. 사람을 살리는 일이야말로 아무나 할 수 없는 가장 위대한 일이라고 나는 믿어요. 보다시피 나도 이제 늙었어요. 더 늙기 전에, 나는 그가 했던 방식으로 그의 역사를 기념해주고 싶어요.

노먼이 말을 마치자 구호품 트럭 안엔 숙연한 침묵이 흘렀다. 카메라는 동승자 한명 한명을 클로즈업한 뒤 조금씩 뒤로 물러났다. 스크린은 서서히 페이드아웃되고 있었다. 완벽한 어둠이 찾아오기 직전, 그리고 관객들의 뒤통수를 내리치듯 강렬한 폭발음이 상영관 안을 가득 메웠다. 객석에 조명이 들어오고 스크린에는 엔딩 크레디트가 한줄씩 뜨고 있었지만 두 귀는 그 폭발음 너머의 비참한 장면에 닿아 있는 듯 여전히 얼얼하기만 했다. 가장 마지막으로 엔딩 크레디트에 올라오는 두사람의 이름 옆에는 생몰년도가 정확하게 기재되어 있었다. 노먼 마이어, 그리고 감독과의 인터뷰 이후 두달 만에 자택에서 숨진 알마 마이어였다. 그들의 세계를 작동하게 하던 태엽은 모두 2009년에 멈춘 것이다.

엔딩 크레디트마저 끝난 뒤에도 스크린에서 시선을 떼지 못한 채 자리를 지키고 있는데 누군가 내 등을 가볍게 쳤다. 뒤를 돌아보자 청소도구를 든 중년의 흑인 여성이 서 있었다. 그제야 주위를 보니 객석은 모두 비어 있었다. 가방을 챙겨 황급히 건물을 나오자 아침의 안개는 모두 걷히고 뜻밖에도 눈부신 겨울햇빛이 온 거리에 내리비치고 있었다.

*

나는 빛으로 일렁이는 맨해튼 거리 속으로 천천히 걸어들어갔다. 몇개의 블록과 모퉁이를 지나자 그곳이 눈에 들어왔다. 벌어진 입을 다물지 못한 채 거리의 모든 햇빛을 빨아들이는 그곳, 악기상점의 쇼윈도우 쪽으로 나는 한발 한발 다가갔다. 악기상점 안에는 여러종류의 악기가 진열되어 있었고 그중엔 바이올린과 호른도 있었다. 권은이 옆에 있었다면, 그녀는 분명 알마 마이어와 장 베른이 각자의 악기를 들어 연주를 하는 상상에 빠져들었을 것이다. 아마도 눈을 한번 꾸욱 감았다 뜬 뒤, 빛의 호위를 받으며…… 이상할 건 없었다. 태엽이 멈추고 눈이 그친 뒤에도 어떤 멜로디는 계속해서 그 세계에 남아 울려퍼지기도 한다는 것, 그리고 간혹 다른 세계로 넘어와 사라진 기억에 숨을 불어넣기도 한다는 것 역시, 나는 이제 이해할 수 있었다.

발아래를 보았다.

눈이 녹기 시작하면서 그 위에 새겨진 사람들의 발자국들이 조금씩 지워져가고 있었다. 몇걸음 앞에서 쭈그리고 앉아 있는 권은의 작은 뒷모습이 보였다. 일요일 오후, 눈 쌓인 학교 운동장에는 우리 외에는 아무도 없었다. 조금씩 권은에게 다가가자 누군가 남기고 간 발자국에 후지사의 필름 카메라를 들이대고 있는 그녀의 자세가 또렷해졌다. 뭐 해? 그건, 학교로 돌아온 권은에게 내가 처음 건넨 말이었다. 권은이 카메라에서 눈을 떼며 놀란 얼굴로 날 올려다보더니 이내 뚱한 목소리로 되물었다. 넌 왜 학교에 있는데? 집에 손님이 왔는데 갈 데가 없어서. 근데 여기서 뭘 하는 거야? 권은은 대답 대신 손짓으로 자기 옆에 앉아보라는 표시를 해 보였다. 내가 주춤하며 옆에 앉자, 테두리가 흐릿해지고 있는 발자국을 손가락으로 가리키며 권은이 말했다. 발자국 안에 빛이 들어 있어. 빛을 가득 실은 작은 조각배 같지 않아? 어, 그런가…… 여기에도 숨어 있었다니…… 뭐가? 셔터를 누를 때 카메라 안에서 휙 지나가는 빛이 있거든. 그런 게 있어? 어디에서 온 빛인데? 내가 관심을 드러내자 권은은 그때까지 내가 한번도 본 적 없는, 한껏 신이 난 얼굴로 날 바라봤다.

그녀의 이야기는 아직 시작되지 않았지만 나는 이미 알고 있었다. 평소에는 장롱 뒤나 책상 서랍 속, 아니면 빈 병 속처럼 잘 보이지 않는 곳에 얄팍하게 접혀 있던 빛 무더기가 셔터를 누르는 순간 일제히 펴져나와 피사체를 감싸주는 그 짧은 순간에 대해서라면, 사진을 찍을 때마다 다른 세계를 잠시 다녀오는 것 같은 그 황홀함에 대해서라면, 나는 이미 모든 것을 기억하고 있었다. 권은이 내가 알고 있는 그 이야기를 시작한다. 악기상점의 쇼윈도우에 반사되는 햇빛이 오직 그녀만을 비추고 있었다.

번역의 시작

그 도시를 떠나온 뒤부터 하나의 꿈이 반복됐다. 영수씨와 안젤라, 꿈의 주인공은 그들이었다. 그들은 마치 망각의 영역을 향해하는 한쌍의 작은 조각배 같았다. 많은 그림과 문장이 실린 그 조각배들은 시간이란 이름의 거센 파도를 피해가며 고요하게 흘러갔고, 밤이 되면 꿈의 입구로 이어지는 내 머릿속 쓸쓸한 항구에 정박하여 밧줄을 내렸다.

가령, 이런 식의 꿈이었다.

캐리어를 끌고 추운 거리를 헤매다가 허름한 문을 열고 들어가면, 오래전 그 도시에서 내가 잠시 살았던 태호의 스튜디오 아파트가 나타난다. 시트가 헝클어진 침대, 체크무늬 식탁보가 깔린 테이블, 여기저기 긁힌 자국이 있는 삼단짜리 옷장…… 꼭 필요한 가구만 있었던 그 공간은 그때의 모습을 고스란히 간직하고 있다. 테이블 위에는 뚜껑이 열린 맥주 한병이 놓여 있고 창밖으로는 반원 모양의 뒷마당이 보인다. 꿈의 세계가 제공하는 입주권인 듯 병 안에서 찰랑이는 맥주를 들이켜고 나면 철컹철컹, 철컹철컹, 귀에 익은 기차 소리가 들려온다. 마침 뒷마당에선 기차 한대가 느릿느릿 지나가고 있다. 창가로 다가갈수록 기차는 크고 선명해진다. 철로도 없는 뒷마당을 반복해서 돌고 있는 그 기차에는 기관사도, 검표원도, 화장실을 이용하는 승객도 없다. 탑승객은 오로지 영수씨와 안젤라, 두사람뿐이다. 나란히 앉은 그들은 하나같이 표정이 없고 입술을 뻥긋거리긴 하지만 목소리는 내지 못한다. 조금이라도 가까워지기 위해 창문 밖으로 손을 뻗어보지만 우리 사이의 거리는 좀처럼 좁혀지지 않는다. 뒤늦게 올라오는 취기에 비틀거리다가 맥없이 바닥에 주저앉으면 커다란 손이 아파트 벽을 뚫고 들어와 내 어깨를 흔든다. 철컹철컹, 철컹철컹. 나를 깨우는 손바닥에서도 늘 그렇게 기차 소리가 났다. 잠결에도 나는, 그 소리가 꿈속의 질서를 헝클이지 않기 위해 그 테두리만을 부드럽게 에두르며 지나간다는 걸 느끼곤 했다.

*

—영 레이디, 영 레이디!

들려오는 목소리에, 나는 가까스로 눈을 뜨고 내 어깨를 흔드는 여자를 올려다봤다. 그때 나는 안젤라의 이름이 안젤라란 것도 알지 못했으므로 그저 다부진 체격의 낯선 남미 여자가 내 잠을 깨웠다고 생각한 게 전부였다. 안젤라가 일주일에 한번씩 아파트의 마당과 복도, 공동 세탁실을 청소하러 오는 용역 직원이란 것 역시 그날 처음 알게 된 사실이었다. 마주치는 모든 사람들을 피부색과 체형으로만 각인한 뒤 열린 서랍 같은 머릿속에 되는대로 처박아 두고 지내던 시절이었다.

여긴, 어디인 걸까.

나는 몽롱한 눈길로 주위를 두리번거렸다. 마침 키가 큰 도토리나무에서 다 익은 도토리 몇알이 떨어졌다. 내가 있는 곳이 떨어지면 부서지고 부서지면 소리가 나는 현실이라는 것을 일깨워주려는 듯, 도토리 소리는 한줌의 메아리도 없이 단호하게 울렸다. 그러니까 그곳은 바람을 막아줄 차양 하나 없는 뒷마당의 철제계단이었다. 공간이 확인되자 그제야 몸 안에 스민 한기가 느껴졌다. 두 팔을 엇갈려 몸을 감싸며 나는 몇가지 사실들을 어렴풋이 떠올렸다. 간밤 그곳에서 맥주를 마시다가 아파트의 공동 현관문 열쇠를 떨어뜨렸다는 것, 닫으면 자동으로 잠기게 되어 있는 현관문을 열기 위해선 어떻게든 열쇠를 찾아야 했지만 이미 취한 상태였고 손전등 하나 챙겨 오지 않은 탓에 이내 포기한 채 쭈그리고 앉아 막연히 태호를 기다렸다는 것, 그러다가 잠이 들었고 그때껏 태호는 나를 찾으러 오지 않았다는 것, 그런 것들을 차고 건조하게……

여자는 자신을 안젤라라고 소개하며 도와주겠다고 말했지만 나는 일단 혼자 힘으로 상황을 정리하고 싶었다. 발치에 놓인 빈 맥주병들을 챙겨 일어나려던 순간, 그러나 나는 도로 주저앉고 말았다. 안젤라가 팔을 잡아주며 무슨 말인가를 걸어왔지만 내가 알아들을 수 있는 건 더이상 없었다. 안젤라는 맥주병들을 한쪽으로 치운 뒤 청소용역 직원에게 배당된 열쇠로 공동 현관문을 따주었고 302호 앞까지 나를 부축해주었다. 잘 알지도 못하는 타인의 과도한 친절은 불편했지만 체온을 나눠주고 쓰러지지 않도록 상체를 잡아주는 손길이 필요하긴 했다. 현관문 열쇠는 잃어버렸지만 302호 열쇠는 다행히 주머니 안에 있었다. 열쇠를 꺼내며 언뜻 뒤를 돌아보자, 안젤라는 포갠 두 손을 오른쪽 귀에 대 보이며 푹 자라는 다정한 메시지를 보내왔다.

302호 안에선 태호가 베개에 얼굴을 파묻은 채 곤히 자고 있었다. 마치 안젤라의 메시지를 자신이 이미 접수했다는 듯이. 일주일 전부터였나, 아니면 한달이 되어가는 걸까. 처음엔 밤마다 순순히 바닥에 담요를 깔던 그가 언제부터 나와 침대를 공유하게 되었는지 잘 기억나지 않았다. 어느날 아침에 눈을 떠보니 침대 끝에서 동그랗게 몸을 말고 있는 그가 보였다. 며칠이 지나자 그는 자연스럽게 침대 한쪽을 차지하게 되었고 새벽을 통과하는 동안 우리의 다리나 팔이 겹치기도 했다. 늘 쉬운 건 아니었지만, 우리는 메마른 성욕을 외면하는 데 익숙해져갔다. 어젯밤 그는 언제나처럼 자정이 다 돼서 귀가했을 것이고 불도 켜지 않은 욕실에 서서 대충 씻은 뒤 그대로 침대 위로 쓰러졌을 것이다. 내 숨소리가 들리지 않는다는 걸 의식할 틈도 없이 그는 곧바로 잠들었을 게 분명하다. 그렇게 생각하는 게 편했다. 내가 사라졌다는 걸 알고도 저렇듯 태평하게 잠을 자고 있는 건 아닐 거라고 믿어야 했다. 그 도시의 불문율 중 하나는 이것이었다. 내가 그곳에서 살고 있다는 것을 증언해줄 사람도, 뜻하지 않은 사고로 실종되거나 소멸된다면 그 상황을 세상에 알릴 사람도 태호 외엔 아무도 없다는 것……

나는 여전히 심하게 몸을 떨며 욕실로 들어가 샤워기를 틀었다. 가능한 한 오래오래 뜨거운 물방울의 위로를 받고 싶었지만 그새 깨어난 태호가 욕실 문을 거칠게 두드린 탓에 서둘러 샤워를 끝내야 했다. 대충 옷을 껴입고 문을 열자 태호는 급해서,라고 말하며 내 몸을 살짝 밀치고는 바로 욕실로 들어갔다. 변기에 쏟아지는 오줌 소리를 들으며 침대맡에 놓인 탁상시계를 내려다보니 시간은 어느새 일곱시 십분이었다. 그러고 보니 이 시간에 나는 주로 주방에 있었다. 빵과 샐러드를 준비하고 커피를 내리고 접시를 닦았다. 태호는 체크무늬 식탁보가 깔린 테이블에 앉으면 한숨부터 쉬곤 했다. 그는 늘 걱정이 많았다. 남들보다 월등한 조건으로 재취업을 하려면, 나아가 고액연봉자가 되어 서울 한복판에 있는 아파트와 매끈한 중형차를 소유하려면 A로 가득한 성적표가 필수였지만 언어의 장벽과 엄청난 분량의 과제가 그의 의욕을 꺾고 있었다. 경제적인 지원을 해주지 못하는 가난한 부모와 비행기까지 타고 날아와 좁은 아파트를 차지하고 있는 채권자도 그에게는 남들은 겪지 않아도 되는 자신만의 불우한 현실로 여겨졌을 것이다.

나는 주방으로 들어가 냉장고 문을 열어놓고 한참을 서 있다가 전날 먹다 남긴 베이글을 꺼내 토스터에 넣었다. 채권자는 채무자를 위해 이렇게 아침마다 식사를 준비한다. 물론 나 혼자만의 아침 식탁에 태호가 허락도 없이 끼어든 것이라 해야 더 정확한 표현이겠지만, 그런 태호를 제지하지 않은 건 분명 나였다. 커피잔에 뜨거운 물을 붓다 말고 나는 신경질적으로 주전자를 탁 내려놓았다. 벌써부터 뒷마당 철제계단에 앉아 맥주를 마시며 취해갈 수 있는 밤의 시간이 그리웠지만 현관문 열쇠를 찾을 때까지는 불가능할 터였다. 그날 아침, 태호와 마주 앉아 아침을 먹는 동안 내가 바라보는 허공에는 투명한 상자 안에서 잔뜩 웅크리고 있는 내 모습이 그려졌다. 열쇠로 인한 근심이 커갈수록 허공의 상자는 점점 더 내 몸을 옥죄어왔지만, 태호는 내가 열쇠라는 단어를 입에 올리기도 전에 마지막 베이글 한조각을 입안에 구겨넣고는 황급히 302호를 뛰쳐나갔다.

*

침실이자 거실로 이용되는 방 하나에 작은 욕실과 주방이 갖춰져 있는 302호에는 세개의 채널만 나오는 텔레비전과 국제전화가 제한되어 있는 전화기가 있었다. 태호는 할 일이 없을 땐 텔레비전을 보며 영어 공부라도 해보라고 조언했지만 아무리 인내심을 갖고 화면을 들여다봐도 내게 들리는 거라곤 예스와 노, 그리고 오케이가 전부였다. 나는 주로 낮잠을 잤다. 낮잠을 자고 일어나면 302호에서 소비해야 하는 시간이 그만큼 차감되어 있어서 좋았다. 외출은 거의 하지 않았다. 선불리 집을 나섰다가 길이라도 잃으면 또다시 태호의 도움을 필요로 하는 사람이 될 수밖에 없었고 그런 상황이라면 한번으로도 충분했다. 서울에서처럼 무작정 드라이브를 나갈 수도 없었다. 미국에 온 지 일주일도 안됐을 무렵, 새벽에 몰래 일어나 태호의 차를 몰고 나갔다가 가벼운 접촉사고를 낸 이후부터 자동차는 태호와 나 사이에서 금기어가 되어버렸다. 태호에게서 받은 돈으로 뉴욕에 머물다가 귀국하겠다는 계획이 틀어진 것도, 따지고 보면 그 접촉사고 때문이었다. 태호는 자신의 차와 상대 차의 수리비뿐 아니라 내 근육통 치료비를 계산해야 했다. 청구서는 간격을 두고 한장씩 날아왔고, 그때마다 그는 계산기를 두드리며 내게 갚아야 할 돈을 다시 산출했다. 내 적금은 그렇게 반으로 줄어들었지만 그에겐 그마저도 버거운 액수인 듯했다. 태호는 겨울방학이 시작되면 허드렛일을 해서라도 돈을 벌어 갚겠다고 큰소리쳤으나 그때가 되면 미국에서 비자 없이 체류할 수 있는 기간인 삼개월을 초과하게 될 터였다. 일단 귀국하여 태호의 송금을 기다릴 것인가, 아니면 돈을 받아낸 뒤 불법체류자 신분으로 출국할 것인가 하는 문제를 동전 던지기로 결정할 수는 없었다. 어느날은 꼭 돈을 받아낸 뒤 귀국하겠노라고 결심했지만, 또다른 날이 오면 잘못한 것도 없는데 미국 출입국관리사무소의 입국 거절 명단에 이름이 올라간다는 게 용납되지 않았다.

반원 모양의 뒷마당 철제계단에 앉아 어둠에 젖어가는 밤의 풍경에 빠져들기 시작한 건 아무것도 결정하지 못한 채 속수무책으로 흘려보낸 시간이 한달이나 되어가던 무렵이었다.

뒷마당에는 대체로 대여섯대의 차들이 주차되어 있었고 키 큰 도토리나무 두그루가 있었다. 해가 저물면 고층 빌딩과 네온사인, 대형 멀티비전을 모르는 그 도시의 순박한 어둠은 숨을 곳을 찾지 못하고 그 뒷마당에까지 퍼져들어왔다. 시간이 지날수록 주차된 차들과 도토리나무들은 조금씩 지워져갔고 끝내는 내 몸도 어둠 속으로 차근차근 스며들게 됐다. 첫날엔 아무것도 마시지 않았고 둘째 날엔 맥주 한병을 마셨다. 그리고 셋째 날부터는 취할 때까지 마시고 또 마셨다. 술에 취하면 어딘가에서 꼭 기차 소리가 들려왔다. 철컹철컹, 철컹철컹. 기차는 기차라는 사물에서 연상되는 고전적인 소리를 내며 끊임없이 어딘가로 떠나갔다. 기차 소리가 깃들면 그 평범한 뒷마당이 어느 국경도시의 환승역처럼 느껴졌다. 내가 갈아탈 기차가 어디로 갈지는 안내판을 보지 않아도 알 것 같았다. 나라는 한 인간이 덧없이 사라질 수 있다는 생소한 가능성, 기차의 목적지가 환기하는 그 가능성은 나를 두렵게도 했지만 매혹하기도 했다.

*

안젤라가 302호 문을 두드린 건 열쇠를 잃어버리고 한주가 지난

수요일이었다. 안젤라는 안젤라라는 이름을 또 한번 밝히며 한 손을 펴 보였는데, 그 안엔 놀랍게도 내 현관문 열쇠가 들어 있었다. 나는 두 눈만 끔벅이며 안젤라를 되바라봤다. 뒷마당에서 청소를 하다가 주웠는데 아무래도 302호에 사는 영 레이디의 열쇠 같아서 가져와봤다고 그녀는 말했다. 안젤라는 대수롭지 않은 일이라는 듯 열쇠를 건넸지만, 그 순간 내게는 그녀가 세상에 둘도 없는 위대한 마술사처럼 보였다.

현관문 열쇠가 없던 일주일 동안, 나는 혼자서는 건물 밖으로 한 발자국도 나가지 못했으므로 뒷마당에서 맥주에 취해가는 밤의 시간도 소유하지 못했다. 안젤라가 아니었다면 그런 폐쇄된 생활은 좀더 지속됐을 것이다. 열쇠를 잃어버린 다음 날, 태호와 함께 뒷마당을 샅샅이 뒤져보긴 했지만 한시간여가 지난 뒤 우리의 손에 들어온 거라곤 25센트짜리 동전 두개와 껌 봉지, 그리고 빈 담뱃갑이 다였다. 새 열쇠를 맞출 수밖에 없는 상황이 되었지만 태호는 시험을 들먹이며 기다리라는 말만 되풀이했다. 왜 열쇠를 잃어버려서 사람을 귀찮게 하느냐며 짜증을 낸 날도 있었다. 내가 누구 때문에 직장도 그만두고 여기까지 왔는데! 참지 못하고 악을 쓰자 태호는 예의 그 불쌍한 얼굴로 학점에 대한 불안감을 토로하기 시작했다. 망할 놈의 쇳덩어리…… 나는 종종 낮잠에서 깨어나 차갑게 중얼거리곤 했다. 쇳덩어리 하나도 내 힘으로 얻어낼 수 없다는 게 그 도시의 또다른 불문율이었다. 나는 그 도시의 열쇠공 연락처를 알지 못했고, 다운타운에 있다는 아파트 관리사무소에 전화를 걸어

상황을 설명하고 새 열쇠를 받는 절차엔 겁이 났다. 무언가를 새로 발급받을 때마다 밟아야 하는 절차는 대개 이런 식이었다. 대기실이나 로비에서 기다리고 있다가 이름이 불리면 신분증을 보여준 뒤 영어로 신청서를 쓰고 영어로 질문에 대답하는 것, 추가적으로 요구되는 서류나 유의사항을 알아듣지 못하고 부자연스럽게 고개를 끄덕이다가 성과도 없이 돌아서는 것…… 태호에게 도움을 청하지 않은 채 은행과 휴대전화 상점을 찾아간 적이 있었지만 계좌를 열고 휴대전화를 개통하는 것까지는 하지 못했다. 시립도서관 대출증과 백화점의 할인카드도 내 것이 되지 못했다. 나는 아무것도 하지 못했다. 아마도 그 무렵부터 영수씨가 빗물 한방울도 막아주지 못할 만큼 천이 다 찢긴 우산을 들고 다시 나를 찾아오기 시작했을 것이다. 나는 영수씨에 대해 거의 아무것도 몰랐지만, 그가 나보다 영어를 못했다는 것 정도는 잘 알고 있었다.

태호는 내게 필요한 것을 궁금해하지 않았고 먼저 물은 적도 없었다. 내가 더이상 아무런 사고도 일으키지 않고 없는 듯이 지내다가 때가 되면 조용히 돌아가길, 그는 오직 그것만을 바라고 있었을 것이다. 거의 반년 만에 만난 나를 건너다보던 그의 얼빠진 표정을 잊을 수 없었다. 열여덟시간에 걸친 긴 여정 끝에 그의 아파트 현관문 앞에 도착한 내게 그가 처음 한 말은 미안해,가 아니라 갚을게,였다. 난 네가 빌려준 거라고 생각했어, 진짜야. 화도 나지 않았다. 나는 그를 밀치고는 기내용 캐리어를 현관문 밖에 그대로 남겨둔 채 302호로 씩씩하게 올라갔다. 뒤에서 내 캐리어를 들고 따라오는 그의 얼굴이 시무룩했다.

태호와는 거래처 직원의 소개로 만났다. 특별하지도 않고 뜨거울 것도 없는 데이트가 몇번 이어졌다. 만난 지 석달이 되어가던 무렵 그가 사회생활에 대한 염증을 늘어놓은 뒤 곧 모든 것을 정리하고 미국으로 유학을 갈 예정이라고 밝힌 순간, 담담했던 마음이 동요하기 시작했다. 공교롭게도 그 무렵, 뉴욕의 센트럴파크 벤치에서 시신으로 발견된 한 한국 남자의 사연을 인터넷에 떠 있는 기사로 접하게 됐다. 기사엔 그가 이십년 전 혼자 미국으로 건너갔고 체류기간의 대부분을 불법체류자로 살았다고 적혀 있었다. 연락이 되는 가족이 없어서 한인들의 기부금으로 공동묘지에 안치됐다는 마지막 문장에 내 시선은 오래 머물렀다. 기사에 나온 그의 이름은 최영수가 아니었고 사진 속 노년의 남자 얼굴은 젊은 시절의 영수씨와도 겹쳐지지 않았지만, 이십년의 세월은 모든 것을 가능하게 할 수 있는 긴 시간이기도 했다. 뉴욕 외곽에 있다는 그 공동묘지로 내 발길을 이끌기 위해 어떤 보이지 않는 힘이 짧은 시차를 두고 태호와 그 인터넷 기사를 내 일상으로 밀어넣은 건 아닌가, 그런 생각이 들기도 했다. 어리석은 줄 알면서도, 도저히 그 생각에서 빠져나올 수가 없었다. 유학 이야기가 나오고 석달 후, 등록금 때문에 어렵게 합격한 경영대학원 입학을 포기해야 할 것 같다는 태호의 말에 나는 주저 없이 적금을 해지했다. 돈을 받던 날 태호는, 회사에서 퇴직금이 나오면 그 돈으로 간소한 식을 올린 뒤 곧바로 미국으로 가자고 말하며 활짝 웃어 보였다. 그리고 보름 뒤, 그는 내게 전화 한통 없이 혼자 출국했다. 그가 퇴직금을 거의 받지 못하는 계약직 직원이었다는 건 그의 미국 주소를 수소문하는 과정에서 뒤늦게 알게 됐다. 그가 합격한 대학 이름을 거짓으로 둘러댔다는 것 역시 그를 만나던 동안엔 눈치채지 못했다. 그렇게 아무것도 눈치채지 못한 채 새벽에는 영어회화 학원에 다녔고, 주말에는 재혼한 뒤 청주로 내려간 어머니를 한번이라도 더 만나기 위해 부지런히 버스터미널을 오갔다. 운명적인 끌림이라든지 따뜻한 소속감, 혹은 뭐든지 감수할 수 있는 희생 같은 것에 대해서는 깊이 고민하지 않았다. 태호를 향한 그때의 내 마음은 허름한 여관의 공동욕실 세면대에 내팽개쳐진 낡은 칫솔 같은 거였는지도 모르겠다. 필요하지만 더 깨끗한 칫솔이 있다면 굳이 사용하지 않을 대체 가능한 사물…… 그 벌을 받고 있는 거라고, 때때로 나는 302호 안에서 혼잣말로 중얼거리곤 했다. 감정보다 상황에 이끌린 죄, 진심을 모른 척했던 죄, 동시에 그의 진심도 보지 못한 죄, 그 모든 죄들의 댓가가 바로 302호의 무료한 시간이었다.

그날 안젤라는 내 초대로 302호 안으로 들어왔다. 체크무늬 식탁보가 깔린 테이블에 앉아 내가 건네는 접시와 커피잔을 받던 그녀와 눈이 마주쳤을 때, 순간적으로 나는 그녀처럼 환하게 웃고 말았다. 안젤라의 그 웃음은 그날 내게 찾아온 두번째 열쇠였을 것이다. 그 열쇠가 열어준 곳은 뜻밖에도 고향이었다. 신분증이 없어도 불안하지 않고 아무 데나 전화를 걸어도 소통이 되는 곳, 언어가 곧 거리감으로 치환되지 않는 곳…… 또한 그곳은 도로에서 가벼운 접촉사고를 냈다 해도 수갑과 감옥을 상상하며 공포감에 짓눌리지 않아도 되는 곳이기도 했다. 하지만 그 고향에 아무런 미련도 두지 않고 훌쩍 떠나려 했던 건, 그날로부터 불과 육개월여 전의 일이었다.

*

안젤라의 그 환한 웃음을 떠올리면 그 도시의 지하철역에 설치되어 있던 주황색의 티켓 체크인 상자가 내 감정의 모양이 되었다. 티켓을 상자에 넣으면 찰캉, 하는 소리와 함께 탑승 가능한 날짜와 시간이 찍혀 나오듯 안젤라의 웃음은 친구가 생겼다는 소식을 알리는 유효 표지처럼 내 마음속에 새겨졌다.

안젤라와의 수요일 점심식사는 그후로도 세번 더 이어졌다. 수요일마다 아파트로 청소를 하러 오던 그녀는 일을 끝내고 나면 어김없이 302호 문을 노크했고 302호로 들어온 뒤엔 빵과 수프, 샐러드와 커피가 차려진 테이블 앞에 앉았다. 그녀는 점심을 거른 채 저녁에는 아파트 근처의 이탈리아 식당으로 출근하곤 했으므로 내가 차려준 음식을 늘 남김없이 맛있게 먹어주었다.

몇차례의 점심식사를 통해 나는 안젤라가 진짜 마술사와 다름없다는 걸 알게 됐다. 내 현관문 열쇠를 찾아다 준 건 그녀가 펼쳐 보일 다양한 마술의 서막에 불과했다. 일단 그녀는 오직 영어만으로도 나와 대화를 나눌 수 있었다. 간혹 내가 대화 흐름과 상관없는 말을 하거나 적당한 단어가 생각나지 않아 뜸을 들여도 그녀는 답답해하거나 재촉하지 않았다. 오히려 무슨 말에든 적극적인 반응을 보였고, 말과 말 사이에 침묵이 끼어들면 차분히 기다려주었다. 그뿐만이 아니었다. 안젤라에겐 언어를 초월하는 교감능력도 있었다. 마지막이 된 우리의 네번째 점심식사에서 새벽의 도로에서 일어났던 접촉사고에 대해 언급하자 그녀의 얼굴은 마치 그 사고현장을 목도하기라도 한 듯 순수한 걱정으로 물들어갔다. 그것만으로도, 나는 뜨거운 눈물을 쏟을 뻔했다. 전화를 받고 현장으로 달려온 태호는 영어에 서툰 나를 대신해 경찰과 보험사 직원 앞에서 사고상황을 설명했고 내 음주 여부와 운전경력 등을 밝혔다. 그날 그와 나는 동이 틀 무렵에야 302호로 돌아올 수 있었다. 허락도 없이 자신의 차를 끌고 나가 사고까지 낸 것에 화를 낼 법도 한데 그는 내내 아무 말도 하지 않았다. 마치 그 방에 내가 없다는 듯 입을 꾹 다문 채 옷을 갈아입고 가방을 챙겨 그가 방을 나간 순간, 내 안은 잡동사니로 가득한 다락방의 거울로 채워졌다. 거울이 그곳에 존재하는 한 거울 속 풍경도 결코 바뀌지 않을 무용한 사물…… 영 레이디, 슬퍼하지 마. 접촉사고 이후 태호가 보인 반응까지 털어놓자 안젤라는 내 손등을 어루만지며 부드러운 목소리로 말했다. 안젤라의 가장 뛰어난 마술이 펼쳐진 건 그때였다. 실수에는 죄책감을 느낄 필요가 없다고 그녀는 말했다. 아니, 꼭 그렇게 말한 건 아니었지만 나는 그녀의 눈빛에서 분명 그 문장을 읽었다. 그녀는 언어가 아닌 눈빛으로 상대가 듣고 싶어하는 말을 전할 줄 알았다.

안젤라는 이야기꾼이기도 했다. 신비롭고 아름다운 은유들로 가득한 그녀의 이야기를 듣고 있노라면 아무리 읽어도 지루하지 않은 책 속에 들어와 있는 기분이 들었다. 그녀는 십오년 전, 보름 동안 쉬지 않고 걸어서 미국으로 왔다. 강을 건너고 들판과 사막을 가로질러 미국 국경을 넘어왔을 때, 서른명의 동행자 중 세명이 바람 속으로 사라지고 없었다. 그녀의 남동생도 그중 한명이었다. 바람이 멈추지 않는 한 그도 걷는 걸 멈출 수 없으므로 그가 언제 이곳에 도착할지는 아무도 몰랐다. 알 수 없지만, 기다림을 포기한 적은 없다고 안젤라는 이어 말했다. 하루에 딱 한번 거리 전체가 황금빛으로 변하는 동네에서 그녀는 어머니와 함께 날마다 남동생을 기다렸다.

— 그리고 내 남자친구 벤지는 커다란 새장 안에서 일해.

벤지가 화제에 오르자 그녀의 목소리가 저절로 높아졌다.

— 벤지의 몸은 정말 아름다워. 그의 몸은 울퉁불퉁한 산맥과 윤기 흐르는 들판과 깊은 계곡이 모두 있는 검은 대지의 축소판 같아. 그 대지 곳곳에는 세계 각국의 글자가 새겨져 있는데 왼쪽 어깨에서 팔꿈치까지 이어진 마야어 타투가 그중 가장 특별하게 보여. 그가 새장 안에서 하는 일은 별거 아닐지도 모르지만 아무나 할 수는 없어. 잘하면 뜨거운 환호를 받지만 못하면 가차 없이 버려지지. 일이 끝나면 그의 검은 대지엔 비가 내리고 상처 입은 새들이 그 빗속을 낮게 날아다니곤 해. 영 레이디, 사실 난 이제 그만……

거기까지 말한 뒤 안젤라는 긴 침묵 속으로 들어갔다. 침묵이 흐르는 동안 세상은 부지런히 어두워져갔고 안젤라의 얼굴도 그만큼 희미해졌다.

— 이제 그만, 새장 속에서 그를 꺼내주고 싶어.

그 말과 함께 안젤라가 다시 침묵에서 빠져나왔을 때, 그녀와 나는 뒷마당 철제계단에 앉아 맥주를 마시고 있었다. 그녀가 엄청난 양의 설거지를 해야 하는 이탈리아 식당이 새로 페인트칠을 하면서 일주일간 휴업을 한 덕이었다. 여느 때와 달리 조금은 우울해 보이던 안젤라는 나보다 두배 이상 빠른 속도로 맥주를 마셨다. 안젤라는 결국 취했다. 취한 안젤라가 몸을 좌우로 흔들며 고향의 노래를 부르는 동안, 내 눈에는 예의 그 찢긴 우산을 든 영수씨가 보였다. 안젤라는 계속해서 노래했고 영수씨는 안젤라의 노래에 맞춰 이리저리 우산을 돌리며 기이한 춤을 추었다. 그렇게 우리의 시간은 다른 통로 속을 지나갔지만 결국엔 똑같은 분량으로 뒷마당을 떠났다. 성실하게 지구를 왕복하는 어둠을 타고, 철컹철컹, 철컹철컹, 단 한번도 인간의 시간을 거절한 적 없는 그곳을 향해…… 버스 막차시간이 다 되어서야 자리에서 일어난 안젤라는 헤어지기 전 살짝 날 안으며 연거푸 속삭였다. 굿바이. 씨 유. 해브 어 나이스 나이트. 갓 블레스 유. 나는 그 인사를 한국말로 한번 더 반복했다. 잘 가. 또 봐. 근사한 밤을 보내. 너에게 신의 축복이 있길. 내 한국말 인사를 모두 들은 안젤라는 내 귀에 바짝 입술을 댄 채 어쩐지 물기가 밴 목소리로 속삭이듯 물었다.

—영 레이디, 너는 방금 내 고향의 말을 한 거니?

*

12월이 되면서 기온이 급격하게 떨어졌다. 무비자 체류기한은 열흘로 좁혀졌고, 그건 열흘이 지나기 전에 돈과 합법적인 귀국 중 무엇을 선택할지 결정해야 한다는 걸 의미했다. 결정한 것도 없으면서 무작정 한국 여행사에 전화를 걸어 육개월짜리 오픈티켓의 돌아가는 날짜를 조율하고 있을 때, 누군가 302호 문을 두드렸다. 테이블에 앉아 책을 보는 척했지만 실은 내 통화를 주의 깊게 듣고 있던 태호가 머리를 긁적이며 문 쪽으로 걸어갔다.

잠시 뒤, 태호의 짧은 비명이 들려왔다. 뒤를 돌아본 나는 예약을 마무리하지 못한 채 서둘러 전화를 끊어야 했다. 열린 문틈으로 믿을 수 없게도 안젤라가 서 있는 게 보였다. 안젤라, 외치며 나는 태호를 밀치고는 걸쇠를 풀었다. 그 추운 겨울밤에 안젤라는 짧은 셔츠에 얇은 트레이닝팬츠 차림이었고 양말도 없이 여름 슬리퍼를 신고 있었다. 게다가 한쪽 눈은 흉하게 부풀어 있었고 입가에는 피가 고여 있었으며 드러난 팔뚝에는 찍히고 멍든 자국이 있었다. 내 얼굴을 확인한 안젤라가 평소와 다르게 잔뜩 주눅 든 목소리로 두서없이 말했다.

—있지, 영 레이디, 처음엔 택시를 타고 병원에 가려고 했어. 근데 지갑이랑 휴대전화가 없었어. 집을 뛰쳐나올 때 필사적으로 뭔

가를 움켜잡긴 했는데 한참을 걷다가 주먹을 펴보니까 이 아파트의 현관문 열쇠더라고. 처음엔 호텔, 참, 내 정신 좀 봐, 호텔이 아니라 병원에 가려고 했다니까. 진짜야.

나는 일단 안젤라를 침대 쪽으로 데려갔고 주방으로 가서 물을 끓였다. 얼음과 마른 수건을 준비했고 세탁해놓은 두꺼운 담요도 꺼냈다. 정신없이 안젤라와 주방 사이를 오가는데 돌연 뒷덜미를 지나가는 서늘한 기운이 느껴졌다. 태호가 문 옆에서 팔짱을 끼고 선 채 나와 안젤라를 번갈아 보고 있었다.

—저 여자, 뭐야?

나와 시선이 마주치자 태호가 한국말로 물었다.

—친구야. 프렌드, 몰라?

태호는 웃었다. 그건, 내가 들어본 그 어떤 웃음소리보다 차가웠다. 웃음이 가시자 그는 붙박이장으로 걸어가 신경질적으로 외투를 꺼내 입으며 혼잣말인 듯, 그러나 내가 들을 수 있을 만큼은 큰 목소리로 중얼거렸다. 시험기간 된 거 알고 저러는 거야, 뭐야. 이젠 약쟁이 여자까지 내 집에 끌어들여? 그래, 갚는다 갚아. 그래봤자 한 학기 등록금도 안돼, 네 돈. 가방과 차 키를 챙겨 그는 곧 302호를 나갔다. 볼륨장치가 고장난 라디오를 나는 느끼고 있었다. 안에서는 분노의 가사가 담긴 노래가 터질 듯한 음량으로 울려퍼지고 있지만 스피커에서는 아무 소리도 나지 않는 바보 같은 라디오…… 담요를 뒤집어쓴 채 얼음수건을 눈가에 대고 있던 안젤라가 흔들리는 눈동자로 날 건너다보고 있었다.

— 괜찮아.

나는 아무 일도 아니라는 듯 최대한 덤덤하게 말했다. 마음은 이미 짐을 싸들고 공항으로 달려가고 있었지만 주방에서는 물이 끓고 있었고 내게는 날짜가 확정된 티켓이 없었다. 안젤라는 뜨거운 물을 마시는 동안에도 끊임없이 기침을 했다. 팔뚝 어딘가에 주삿바늘 자국이 있는지 유심히 살펴보다가 이내 그만두었다. 그 대신 안젤라, 부르며 나는 그녀 곁에 앉았다.

— 안젤라, 병원에 가야 하지 않아? 여기엔 비상약품도 없어.

반 정도 비운 컵을 도로 내밀며 그녀는 고개를 저었다.

— 걱정하지 마, 영 레이디. 난 어려서부터 자고 일어나면 아픈 게 다 나아 있곤 했어.

— 마술사처럼?

되묻자, 안젤라는 그제야 안젤라답게 환하게 웃었다. 나는 곧 자리에서 일어나 히터의 강도를 높이고 이불을 정리해주었다. 고마워, 침대에 누우며 그녀가 말했고 천만에, 나는 대답했다. 추위를 견디며 먼 거리를 걸어서인지 그녀는 이내 잠이 들었다. 태호는 돌아오지 않았고 새벽은 길었다. 테이블에 엎드려 있다가 자명종 소리에 놀라 눈을 떴을 때, 안젤라는 보이지 않았다.

*

그다음 주 수요일, 안젤라는 오지 않았다. 안젤라에게 작별인사를 한 뒤 떠날 계획으로 수요일 밤 비행기를 예약해놓은 게 소용없는 일이 되고 말았다. 오전 수업이 끝나면 차를 갖고 오겠다던 태호를 기다리다가 노트북을 켜고 구글 지도를 열어보았다. 그 근처에 이탈리아 식당은 다섯군데가 있었다. 정오쯤 짐을 정리하여 혼자 태호의 아파트를 나왔다. 처음 그 도시에 도착했을 때처럼 내게는 기내용 캐리어 외에는 아무것도 없었다.

세번째 들른 이탈리아 식당에서 덜 마른 페인트 냄새가 났다. 카운터로 걸어가 안젤라를 찾아왔다고 말하자 안젤라는 일주일째 결근 중이라는 대답이 돌아왔다. 그 대신 안젤라와 친분이 있다는 주방 직원이 잠시 나를 만나주긴 했다. 주방 직원의 이름은 에즈네였다. 에즈네에게도 내 이름을 밝히자 그녀는 안젤라에게서 들은 적이 있다며 반가워했고 자연스럽게 나에 대한 경계심도 풀었다. 에즈네를 통해 나는 안젤라를 좀더 알게 됐다. 아니, 나는 안젤라라는 이름 외에는 그녀에 대해 아무것도 몰랐으니 그제야 그녀를 조금이나마 알게 된 것에 불과했다.

에즈네는 안젤라의 집 주소도 알려줬다. 주소에 적힌 거리 이름은 도시의 북쪽으로, 한때는 공장단지였지만 제조업 쇠락으로 공장 대부분이 문을 닫으면서 이제는 우범지역으로 전락한 곳이었다. 나는 캐리어를 끌며 무작정 북쪽을 향해 걸었다. 두시간여를 쉬지 않고 걸으니 녹슨 건물들이 하나둘 보이기 시작했다. '러스트 빌리지'라는 별칭으로 불리는 옛 공장단지가 비로소 시작된 듯했다. 버려진 건물이 흔하고 행인이나 차량이 거의 눈에 띄지 않아서인지 녹(綠)의 동네에는 음산한 기운마저 돌았다. 그곳에서도 12월의 해는 짧았다. 오후 네시가 지나자 뉘엿뉘엿 해가 저물었다. 부지런히 앞을 향해 걷던 나는 어느 순간 가만히 멈춰 서서 눈앞의 풍경을 하염없이 바라보았다.

노을 속에서 공장들의 녹슨 배관통과 굴뚝이 황금빛으로 물들어가고 있었다.

마술의 시간이었다.

마술의 시간 속에서 나는, 에즈네가 내게 들려준 이야기를 떠올렸다. 나를 늘 영 레이디라 불렀던 안젤라는 실제로는 이제 겨우 이십대 초반으로 나보다 여섯살이나 어렸다. 십오년 전, 고향인 아르헨티나를 떠나 미국으로 밀입국하면서 잃어버린 남동생을 찾겠다는 일념 하나로 착실히 일만 했던 안젤라가 변하기 시작한 건 벤지를 만나고부터였다. 벤지는 격투기 선수라고는 하지만, 실제로는 도박용으로 만들어진 무허가 격투기장에서 실감나게 맞는 쪽을 담당하는 아마추어 중의 아마추어라고 했다. 매 맞는 게 일인 주제에 툭하면 안젤라를 괴롭혔지. 돈이나 빼앗고. 거기까지 말한 뒤, 에즈네는 크게 한숨을 내쉬었다. 그 순간, 새장 모양의 경기장 안에서 온몸이 땀에 젖도록 맞고 또 맞아 새처럼 슬피 우는 흑인 남자가 내 마음속에 쓱쓱 그려지기 시작했다. 은유로 가득했던 안젤라의 언어는 그렇게 하나의 그림으로 번역되었다.

노을이 지자 황금은 이내 녹으로 되돌아갔고, 그 녹은 다시 희미한 어둠에 묻혔다. 어둠과 추위는 같은 속도로 거리를 장악해갔다.

문득 이상한 느낌이 들어 손을 내려다보니 안젤라의 집 주소가 적혀 있던 메모지가 보이지 않았다. 깨지기 직전의 유리컵을 가슴에 품고 있는 것처럼 어지러움에 가까운 불안감이 엄습해왔다. 차도가 나올 법한 폭이 넓은 길을 따라 무작정 뛰고 또 뛰었다. 하지만 아무리 뛰어도 차도는 나오지 않았고 그 흔한 상점 하나 보이지 않았다.

그때였다.

철컹철컹, 철컹철컹. 실체도 없이 나를 위로해주곤 했던 그 기차 소리가 먼 곳에서부터 희미하게 들려왔다. 실에 끌려가듯 나는 맹목적으로 그 소리를 따라갔다. 기차와 철로 같은 건 발견하지 못했지만 어둠속에서 조명을 밝히고 있는 레스토랑은 보였다. 레스토랑 안은 따뜻할 터였고 택시를 부를 수 있는 전화기도 마련되어 있을 거였다. 반가운 마음에 레스토랑 안으로 들어서자 두셋씩 모여 햄버거나 샌드위치를 먹고 있던 흑인 몇명이 일제히 내 쪽을 쳐다봤다. 창가 자리에 앉아 웨이트리스에게 커피와 베이글을 주문했다. 레스토랑 창문에는 흔들흔들 움직이는 샌드백 하나가 비쳤다. 단 한번도 경기에서 이겨보지 못하고 퇴역한 늙은 복서의 샌드백 같았다. 안젤라는 내 마음속의 티켓 체크인 상자를 밀어내고는 그토록 남루하고 고독한 샌드백으로 돌아와 있었다.

시간이 흐를수록 레스토랑은 비어갔고, 어느 순간 나 혼자만 남게 되었다.

텅 빈 레스토랑 창가 자리는 마치 승객이 한명도 남지 않은 기차의 마지막 칸 같았다. 기차가 설 때마다 짐을 들고 주저 없이 기차에서 내린 사람들은 다시 돌아오지 않았다. 그사이 커피는 차갑게 식었고 베이글은 단단하게 굳어갔다. 택시를 불러야 하는 시간이 다가오고 있었지만 나는 레스토랑 어딘가에 있을 전화기를 찾는 대신 의자 옆에 세워둔 캐리어에서 영수씨의 공책을 꺼냈다. 이십년의 세월을 지나오는 동안 공책의 회색 하드커버는 비닐처럼 얇아져 있었고, 그 안의 종이는 손만 대도 바스라질 것처럼 누렇게 삭아 있었다. 큰돈을 벌려면 외국으로 나가야 한다고 믿던 시절, 영수씨는 뉴욕 플러싱에 한인마트를 개업한 친척을 돕겠다며 혼자 비행기를 타고 떠났다. 그리고 그로부터 삼년 뒤, 그는 사라졌고 그가 갖고 있던 통장과 간소한 소지품만이 귀향했다. 그의 마지막을 보았다는 사람들은 많았지만 그들의 증언은 모두 달랐다. 사라지기 직전의 그는 술집 앞에도 있었고 기차역 대합실에도 있었으며 상가의 지하 주차장에도 있었다. 인사도 받지 않은 채 고개를 푹 숙인 모습으로 어딘가를 향해 빠르게 걸어가는 걸 보았다는 증언도 있었다. 어머니와 나는 그 증언들 중 무엇을 믿어야 할지 알 수 없었다.

영수씨가 남긴 소지품 중에 서툴게 그린 그림으로 채워진 이 회색 공책이 있었다. 나이가 들면서, 그가 공책에 그린 그림들이 단순한 풍경이 아니라 그의 감정은 아니었을까, 나는 생각하게 됐다. 공식적인 기관에서 영어를 배워본 적 없는 영수씨는 뉴욕에 사는 동안 영어도 모국어도 될 수 없는 표현의 한계에 자주 절망했을 것이다. 그에게는 제3의 언어가 필요했을 터이다. 게다가 그의 머릿속에서 나는 한글을 깨치지 못한 다섯살 아이로 남아 있었다. 그림이라면 어린 딸아이도 해독할 수 있을 거라고, 그는 생각했을지 모른다. 다리의 길이가 제각각인 의자는 불안감, 식품 판매대에 생뚱맞게 놓여 있는 곰 인형은 외로움, 갖가지 모양의 사탕들로 가득한 유리병은 그리움…… 때로는 불확실한 언어보다 형체가 뚜렷한 사물이 그 순간의 감정을 더 정확하게 표현할 수 있는 거라고, 나는 이 공책을 보며 배웠다.

저녁 여덟시가 지나자 웨이트리스는 내 쪽을 흘끔거리며 빈 의자들을 테이블 위로 올리기 시작했다. 나는 자리에서 일어나 웨이트리스에게 다가가 조심스럽게 물었다. 당신은 안젤라를 압니까? 웨이트리스는 인상을 쓰며 어깨를 으쓱해 보일 뿐, 모른다는 대답도 하지 않았다.

계산을 마친 뒤 레스토랑을 나오자 습기가 밴 찬 바람이 불어왔다. 안젤라의 남동생과 나의 영수씨도 어딘가에서 이 바람을 맞으며 걷고 있을 거라고 생각하자 나는 춥지 않았다. 멀리서 그 무뚝뚝한 웨이트리스가 예약해준 택시가 다가오는 게 보였다. 철컹철컹, 철컹철컹. 택시 트렁크에 캐리어를 실을 때, 또다시 기차 소리가 들려왔다. 택시가 공항으로 가는 동안에도 그 소리는 내 귀 뒤편 어딘가에서 힘차게 울려댔고 의아한 마음에 차창을 열면 가뭇없이 사라졌다. 공항에 도착해서야 그 소리가 내게만 들리는 사라진 사람들의 언어라는 걸 나는 깨달았다. 아직 번역할 수 없는 먼

곳의 언어였지만, 뚜렷하게 감각되는 위로이기도 했다.

*

태호는 결국 돈을 갚지 않았다. 이년 만에 다시 만난 그는 내가 그 도시에서 자신의 아파트와 식료품과 물과 전기를 나눠썼으니 내게 갚아야 할 돈은 실질적으로 제로가 되었다고 말했다. 바라던 대로 미국 대학의 경영학 학위를 소지하게 됐지만 그는 여전히 구직 중인 듯했다. 무언가에 쫓기는 사람처럼 조급해하는 그의 얼굴을 물끄러미 바라보다가 커피숍을 나왔다. 이상하게 후회되는 게 없었다. 내가 있는 곳은 배들의 회항을 기다리는 텅 빈 항구일 뿐이었고, 나는 그 사실이 마음에 들었다. 어딘가에서 바람이 불어왔다. 습관처럼 손가락 끝으로 바람의 온도를 재보았지만 예전만큼 바람 속의 추위와 외로움이 걱정되는 건 아니었다. 꿈이 지속되는 한, 나는 더이상 혼자가 아닌 영수씨를 만날 수 있을 터였다. 망각을 거부하는 것, 어쩌면 그건 안젤라가 내게 선물해준 마지막 마술인지도 모르겠다. 언젠가 나도 그 기차에 탑승하게 될 거라는 투명한 확신은 바람 속을 둥둥 떠다니는 풍등(風燈)으로 내 눈앞에 나타나곤 했다. 풍등이 지나간 자리마다 사라진 사람들의 체온이 불빛으로 어른거렸다.

철컹철컹, 철컹철컹.

그리고 기차는 끊임없이 떠나갔다.

영수씨와 안젤라를 태운 그 기차가 늘 반원 모양의 뒷마당을 도는 건 아니었다. 기차는 내가 헤매고 다녔던 러스트 빌리지를 돌아다니기도 했고, 끝내 가보지 못한 뉴욕 플러싱의 허름한 뒷골목과 가족이 없는 자들이 묻힌 음산한 공동묘지를 통과하기도 했다. 총성이 울리는 삼엄한 국경지대를 지나간 적도 있었고, 비가 내리고 새들이 우는 검은 대지를 가로지른 적도 있었다.

그래도 기차 소리는 한결같았다.

철컹철컹, 철컹철컹.

그건, 나를 깨우는 아침의 소리이기도 했다. 하나의 꿈이 끝나면 꿈속의 이야기는 영수씨와 안젤라의 조각배에 새로이 얹어졌다. 그때마다, 또다른 번역이 시작되었다.

사물과의 작별

내가 일하고 있는 지하철 역사 귀퉁이의 유실물센터가 세계를 구성하는 하나의 표준적인 조각 같다는 생각이 들 때가 있다. 세계는 유실물센터와 유사한 조각들로 끝없이 이어져 있는, 무한히 크지만 시시한 퀼트 같은 것에 지나지 않는다고 여겨지는 것이다. 엄청난 오지가 아닌 이상 세계의 어디를 가도 그곳엔 지갑과 안경과 책이 있을 것이다. 휴대전화와 디지털카메라, 노트북 같은 전자제품도 없는 곳보다는 있는 곳이 더 많을 터이다. 내가 여행을 싫어하고 가능하면 생활권 안에서만 움직이려 하는 것도 세계란 사물들의 총합에 지나지 않다는 오래된 믿음 때문인지 모르겠다. 낯선 도시의 호텔 욕실에도 알루미늄 재질의 휴지걸이와 플라스틱 비누받침이 있을 테니 말이다. 내가 고모에게 이런 생각을 밝혔을 때 고모는 심드렁한 목소리로 대꾸했다.

— 게으른 성격이란 걸 참 복잡하게도 설명하는구나.

고모가 요양원 생활을 시작하고 두달 정도가 지났을 무렵이었다. 그날 고모와 나는 요양원 휴게실에 나란히 앉아 저녁까지 긴 이야기를 나눴다. 대부분 서군에 관한 것이었는데, 내게는 고모가 아프고 나서야 알게 된 서군의 존재보다 예전과 똑같이 말하고 웃고 반응하는 고모의 모습이 더 인상적이었다. 아무리 봐도 고모는 환자 같지 않았다. 하나같이 어눌한 말투에 혼자서는 제대로 걷지도 못하던 요양원의 노인 환자들과는 전혀 다른 종류의 사람 같기만 했다.

가벼운 두통일 거라 생각하고 병원을 찾아갔다가 알츠하이머 초기 진단을 받은 고모는 바로 그다음 날부터 주변을 정리하기 시작했다. 삼십년 넘게 교사로 근속한 학교에 사직서를 냈고 아파트를 정리했으며 예금과 각종 연금으로 죽을 때까지 요양원 비용이 해결되도록 조치를 취해놓았다. 가구와 가전제품, 옷과 책은 대부분 기증하거나 처분했고 애지중지 키우던 고양이 두마리는 동네 동물병원에 맡겼다. 부족함 없이 먹이되 두놈 중 한놈이라도 병이 들거나 먼저 가게 되면 안락사를 시켜달라며 거금을 내놓자, 동물병원 측은 흔쾌히 고모의 제안을 받아들였다고 한다. 이미 고양이의 평균수명에 근접한 늙은 고양이들이었다.

고모는 요양원으로 떠나기 바로 전날에야 시내의 고급 레스토랑에 형제들과 형제들의 가족을 불러놓고 그 사실을 밝혔다. 왁자지

걸한 식사를 마친 뒤 후식으로 나온 과일전병을 먹고 있을 때였다. 레스토랑엔 일순간 정적이 흘렀다. 알츠하이머는 진행만 될 뿐 근본적인 치료가 불가능한 퇴행성 질환이라고 고모는 덤덤히 설명했지만, 요양원을 남은 삶의 거주지로 삼겠다는 고모의 선택은 그 병명만큼이나 모두에게 충격을 주었다. 고모는 그때 고작 예순살이었던 것이다. 마침내 작은고모가 울먹이기 시작했고, 나의 아버지는 충혈된 눈으로 고모를 노려보다가 그러게 왜 시집을 안 가서 가족 하나 없이 요양원에서 말년을 보내느냐며 언성 높여 윽박지른 뒤 레스토랑을 뛰쳐나갔다. 고모를 보살펴주겠다고 나서는 가족은 없었다. 작은고모의 흐느낌만 깃든 어색한 침묵 속에서 고모는 입을 꾹 다문 채 두 손으로 보듬고 있던 찻잔만 하염없이 내려다봤다. 찻잔에 투영된 조명이 고모의 얼굴을 투명하게 음각하고 있었다. 그날 저녁, 레스토랑엔 손님이 들지 않았다. 나중에야 나는 고모가 그 레스토랑을 통째로 빌렸다는 걸 알게 됐다. 고모는 그 저녁식사를 기억이 유효하고 의식이 선명한 시절의 마지막 만찬이라 생각하고 생의 가장 큰 사치를 부렸던 것이다.

그게 벌써 오년 전의 일이다.

오년 동안, 고모는 급속도로 늙고 병들었다. 고모의 몸을 장악한 병은 인색한 신전(神殿)에서 보내온 신탁 같기만 해서 관용 따위는 베풀지 않았다. 저기, 간호사의 부축을 받으며 로비로 내려오는 고모는 이제 내가 이곳 요양원에서 처음 마주쳤던 그 수많은 노인들과 구분되지 않는 모습이었다. 온몸은 깡마르면서 미묘하게 안으로 말렸고 움직임은 둔해졌으며 표정은 없었다. 의자에서 일어나 간호사가 건네는 접이식 휠체어와 하루분의 약과 기저귀 등이 담긴 천가방을 받고 있는데, 어느새 곁으로 다가온 고모가 내 어깨를 쓸어주며 반갑다는 표현을 해왔다. 단박에 나를 알아보지 못하고 한동안 초점 없는 시선으로 주위를 두리번거렸던 지난번과는 달랐다. 그러고 보니 고모는 연하게 화장도 한 상태였다. 그제야 나는 고모가 육개월 전 나와의 약속을 기억하고 있었다는 걸 깨달았다. 낡은 전등이 아주 가끔씩만 켜지는, 어딘가에서 끊임없이 삐걱거리는 소음이 나고 기억의 상자들이 얹힌 선반들이 대부분 붕괴된 고모의 폐허 같은 머릿속에서 내 약속의 말은 기적적으로 온전했다.

*

육개월 전 나는 고모에게 다음번엔 외출 허가를 받아 청계천을 둘러본 뒤 서균을 만나러 가자고 말했었다. 유난히 우울해 보이는 얼굴이 마음에 걸려 얼결에 나온 말이었는데, 고모는 순간적으로 환하게 웃으며 나를 향해 크게 고개를 끄덕였다. 고모가 오랜만에 웃었으므로 나는 내가 내뱉은 말을 고아처럼 버려둘 수가 없었다.

청계천은 고모가 중학교 시절부터 대학을 졸업할 때까지 가족과 함께 산 곳이다. 그 무렵의 청계천은 더러운 하천과 판잣집, 헌책방과 고물상, 수많은 영세 공장들과 간판도 따로 없는 남루한 상점들로 채워져 있었다. 나의 친할아버지, 그러니까 고모의 아버지가 고향의 땅을 팔아 상경하여 청계천 근처 평화시장 골목에 레코드 상점을 연 건 1960년대 중반이었다. 정식 레코드는 진열대에만 있을 뿐 상점 안에는 미군 부대에서 밀반출된 레코드를 불법으로 복제한 일명 '빽판'들이 쌓여 있었지만, 그래도 외관만큼은 보기 드물게 번듯했다고 들었다. 할머니는 하고많은 장사 중에서 먹고사는 것과 아무런 관련이 없어 보이는 레코드 장사를 하겠다는 할아버지를 이해하지 못해서 몇달을 앓아누웠다. 땀 흘려 일하는 것을 병적으로 싫어하던 할아버지를 믿지 못했던 것이다. 하지만 그 레코드 상점—맏딸의 이름을 딴 태영음반사는 할머니의 우려와 달리 성공적으로 운영됐고 다섯 가족의 생계를 넉넉하게 책임져주었다. 레코드가 음악을 들을 수 있는 거의 유일한 수단이던 시절이었고, 전축이 부의 상징으로 부각되던 때였다. 내가 태어나기 직전까지, 그러니까 할아버지가 청계천8가의 아파트로 이사 간 첫날 술에 취해 귀가하다가 교통사고로 돌아가시기 전까지, 태영음반사는 서울의 돈 많은 한량들을 끌어모으는 유명 상점이었다.

고모가 서군을 만난 곳도 태영음반사였다.

서군, 고모는 그를 그렇게 불렀다. 자신보다 여섯살이나 연상인 사람에게 군(君)이라는 호칭을 쓴 건 애정의 표현이었을 것이다. 서군은 누구누구 씨나 선배님 같은 호칭보다는 확실히 애틋한 데가 있었다. 그렇다고 고모가 주변 사람들에게 서군과 관련된 이야기를 아무렇지도 않게 하고 다닌 것 같진 않다. 나의 아버지나 작은고모도 서군을 전혀 모르는 눈치였다. 내가 그에 대해 좀더 알게 된 건, 십여년 전에 국내에서 출간된 그의 에세이를 통해서였다.

서군이 한국에 온 건 1971년이었다. 그때 서군은 지쳐 있었다. 재일조선인이었던 그에게 국적은 무력하게 당하기만 해야 하는 폭력이자 치유가 불가능한 상처였다. 폭력도 상처도 없는 고국을 막연히 동경해오던 서군은 대학을 졸업하자마자 서울의 K대학에서 석사과정을 밟기 위해 유학을 왔다. 그러나 고국에는 또다른 고통이 그를 기다리고 있었다. 학자가 되고 싶었던 서군은 그 어떤 학생조직에도 몸담지 않은 채 깨어 있는 시간의 대부분을 강의실과 도서관에서만 보냈지만, 시위와 휴교가 반복되던 고국의 교정에서는 책을 읽는 것 자체가 거대한 부채감으로 연결됐다. 자고 일어나면 알고 지내던 학생 중 누군가가 잡혀갔다는 소식이 들려왔고 교수들은 반 이상 비어 있는 강의실을 침울한 얼굴로 둘러보곤 했다.

늦은 봄이었다. 서군은 전공과목이 휴강되면서 무작정 학교를 나와 걷다가 자연스럽게 청계천으로 발길을 돌리게 됐다. 한 노동자의 분신자살 이후, 청계천은 당시 학생들 사이에선 언제나 화제의 중심에 있던 공간이었다. 청계천에서 그의 시선을 가장 처음으로 잡아끈 것은 다리 밑 오물 위로 등을 보인 채 떠 있는 젊은 남자의 시체였다. 시체는 모든 살아 있는 인간에게 불안과 공포를 안길 수밖에 없다. 인간의 몸이란 체온이 없으면 냄새를 풍기며 썩어가는 고깃덩어리에 불과하다는 걸 일깨워주는 물리적인 슬픔의 증표, 시체는 그런 것이다. 서군은 천변에 앉아 끊임없이 자신의 죽음으로 환원되는 그 시체를 깨진 거울 보듯 들여다봤다. 몇몇 사람들이 몰려와 다리 밑을 가리키며 쑤군대긴 했지만 비명을 내지르거나 울음을 터뜨리는 이는 없었다. 얼마나 시간이 흘렀던가. 공무원으로 보이는 사내 두명이 개천에서 긴 막대기로 시체를 끄집어내더니 리어카에 실었다. 그제야 서군은 정신을 차리고 사내들에게 다가가 시체를 어디로 가져가느냐고 물었다. 사내들은 그걸 왜 알려 하느냐며 적대적으로 되물었고, 서군은 지갑에서 현금을 몽땅 꺼내 그들의 손에 쥐여주며 화장이라도 제대로 해달라고 부탁했다. 사내들은 서군에게서 받은 돈을 뒷주머니에 구겨넣고는 무성의하게 고개를 끄덕인 뒤 리어카를 끌고 어딘가로 떠나갔다. 훗날 서군은 에세이에 썼다. 고문받고 투옥되고 수감생활을 하던 중에도 세계 한복판에 내던져져 있던 그 시체를 생각하면 두려움이 사라졌다고, 언젠가 나 역시 그 어떤 가면이나 장식 없이 누군가에게 시체로 발견될 테니, 설계된 기능에 문제가 생기면 쓰레기통에 버려진 뒤 매립되거나 소각되는 하나의 사물처럼……

서군이 다시 청계천변을 걷기 시작한 건 거리에 어둠이 내릴 무렵이었다. 목적지가 없던 서군의 걸음이 멈춘 곳이 태영음반사 앞이었다. 그때껏 서군은 음악이 그토록 절대적인 힘을 발휘할 수 있다는 걸 한번도 체감한 적이 없었다. 넋이 나간 채 닐 세다카에서 사이먼 앤드 가펑클로 이어지는 선율을 듣고 있는데, 상점 안에서 거즈로 레코드를 닦고 있던 교복 차림의 여고생이 고개를 들어 서군 쪽을 바라봤다. 한순간이었어. 오년 전에 고모는 그렇게 말했다.

첫사랑이라는 화제는 장난처럼 시작됐지만, 그날 고모는 내내 진지했고 조금은 절박해 보이기까지 했다. 서군을 처음 만난 날부터 그의 원고와 관련된 사건들, 대전교도소 앞까지 갔다가 되돌아온 일과 오랜 시간 뒤에 거짓말처럼 걸려왔던 한통의 전화까지, 고모는 마치 훼손되어가는 기억을 안전한 시험관에 담아 보관하고 싶다는 듯 서군과 관계된 모든 일을 쉬지 않고 내게 쏟아냈다. 믿어지니? 긴 이야기의 끝에서 고모가 나른한 목소리로 물었다. 이렇게나 늙고 병들었는데도, 아침에 눈을 뜨면 내가 있는 곳은 여전히 그 봄밤의 태영음반사야.

늦은 점심을 먹고 휴대전화의 구글 지도를 따라 태영음반사가 있던 자리를 찾아가니 프랜차이즈 커피숍이 나왔다. 야외 테라스까지 손님들로 꽉 찬 3층짜리 커피숍은 다른 세계로 떠나기 위해 탑승 수속을 모두 마친 거대한 유람선 같았다. 근데…… 고모가 휠체어에서 일어나 내 소매를 슬쩍 잡아끌며 아주 작은 목소리로 물었다.

—근데, 여기가 어디예요, 오빠?

고모의 머릿속 전등이 꺼졌다. 난데없이 나의 누이가 되어버린 고모는 거의 울 것 같은 얼굴로 나를 건너다봤고, 나는 이곳이 태영음반사가 있던 자리란 걸 밝혀야 할지 말아야 할지 알 수 없어 머뭇거렸다. 사라졌으므로 부재하지만 기억하기에 현존하는 그 투명한 테두리의 공간 바깥으로는 바람이 일었다. 조각과 조각으로 잇대어진 세계의 표면을 훑으며 부지런히 가을의 끝에 도달한 바람은 건조했다. 어느 순간부터 불결한 냄새가 그 건조한 바람을 타고 내 쪽으로 실려왔다. 요양원 간호사에게서 이런 일이 분명 일어날 거라고 여러번 경고를 들었는데도 나는 당황했다. 일단 화장실로 가야 했다. 나는 고모를 다시 휠체어에 태운 뒤 지하철역을 향해 있는 힘껏 밀기 시작했다. 휠체어에 속도가 붙자 고모는 불안하다는 듯 쉼 없이 주위를 두리번거렸지만 걸음을 늦출 수는 없었다. 고모는 지금 벌거벗겨진 상태와 다를 바 없었다.

지하철역의 여자 화장실 앞에서, 그러나 나는 더이상 어디로도 가지 못하고 갈팡질팡했다. 여자들만 오가는 화장실 입구와 고모를 번갈아보며 어머니라도 불러야 하는 걸까, 고민하고 있는데 고모가 내 쪽을 돌아보며 태평한 목소리로 물었다.

—너, 환이 아니니?

전등이 켜졌다. 나는 그 전등이 꺼질세라 재빨리 고개를 끄덕였다.

—어머, 이런……

금세 상황을 파악했는지 고모가 그렇게 말하며 얼굴을 붉혔다. 조심스럽게 휠체어에서 일어난 고모는 내 손에 들려 있던 천가방을 낚아채듯 가져가더니 화장실 쪽으로 뒤뚱거리며 걸어갔다. 나는 고모의 뒷모습을 건너다보며 주머니 안의 담뱃갑만 손끝으로 매만졌다. 끊임없이 서군을 이야기하던 오년 전의 고모에게 간절하게 묻고 싶은 심정이었다. 미래의 태영이 서군을 만나는 것을 허락하겠느냐고, 내가 지금 상상하는 것—배설물 냄새가 밴 병든 자신을 서군 앞으로 데려간 조카에게 절대로 용서하지 않겠다고 울부짖는 모습은 과도한 걱정에서 빚어진 허상인 게 맞느냐고……
그러나 허락과 용서의 여부를 판단할 수 있는 고모는 폐쇄된 과거
속에만 있을 뿐, 지금 이 지하철역 화장실 앞엔 존재하지 않았다.

*

특별한 사람과 관련된 일련의 기억은 연극과도 같아서 기억 속
장면들은 실제와는 다소 차이가 나는 인위적인 무대에서 연출될
때가 많다. 기억의 주체는 감정적으로 과잉되기 마련이고, 때로는
사소해 보이는 소품 하나가 되돌릴 수 없는 비극을 불러오기도 한
다. 서군에게 할당된 고모의 기억 속에선 일본어로 씌어진 원고 뭉
치가 그 문제의 소품일지도 모르겠다. 막이 내릴 때까지 무대 한가
운데서 스포트라이트를 받는, 서군을 향한 고모의 모든 회한과 정
념이 수렴되는 단 하나의 사물……

그 늦은 봄날 이후, 서군은 종종 청계천을 찾았고 산책을 끝내고
나면 태영음반사에 들러 음악을 들으며 레코드를 구경했다. 서군
이 태영음반사에 갈 때마다 고모가 있었던 건 아닐 것이다. 그러나
그들은 제법 자주 마주쳤고 대화를 나누게 되었으며 조금이나마
서로에 대해 알아갈 수 있었다. 밖에서 따로 만나 청계천변을 걷다
가 황학동 노천 식당에 마주 앉아 국수를 먹은 일요일 오후도 있었
다. 단 한번의 데이트였다.

서군의 에세이에는 그 시절 자신의 발길을 청계천으로 이끈 건

풍경이었다고 적혀 있었다. 빨랫줄에 걸린 한 가족의 남루한 옷들, 수치감 따위 모른다는 듯 가판대에 아무렇게나 펼쳐진 포르노 잡지, 약장수의 빤한 거짓말을 주의 깊게 듣고 있는 행인들과 성인 남자의 머리통보다 몇배나 큰 짐 꾸러미를 불가해한 힘으로 이고 가는 여인들, 여공들의 핏기 없는 새파란 입술과 품 안에 근로기준법전과 휘발유를 숨기고 있을 것만 같은 젊은 노동자의 날카로운 잿빛 눈동자…… 커다란 주크박스인 양 끊임없이 미국 팝송이 흘러나오던 태영음반사는 젊은 남자의 시체를 발견한 날을 기록한 페이지 외에는 등장하지 않았다. 그럴 만했다. 서군이 증언하고 싶었던 풍경은 가난과 피로의 청계천이었을 테니까, 고국을 떠난 뒤 한국 정부를 비판하는 기고문을 일본의 언론 매체에 지속적으로 발표한 건 훗날의 투옥과 상관없이 청계천변을 산책하며 이미 결심했던 일이라고 그는 썼으므로.

화장실을 나온 고모는 다시 휠체어에 올라탄 뒤에도 주눅 든 얼굴로 흘끗흘끗 내 쪽을 돌아봤다. 부끄러워하는 것도 같았고, 자신에게서 아직도 냄새가 나는지 알고 싶어하는 것도 같았다. 나는 고모가 좋아하는 유실물센터 이야기를 꺼냈다. 유실물센터에서 일한다는 건 시간을 견딘다는 의미라고, 사람들이 규칙적으로 소지품을 잃어버리는 건 아니니 어느날은 한건의 접수도 받지 않고 지나가기도 한다고, 그래서 종종 선반에 놓인 유실물을 가져와 꼼꼼히 살펴보곤 한다고, 재미있다고, 나는 고모 뒤편에서 휠체어를 밀며 짐짓 경쾌한 목소리로 떠들어댔다.

실제로 유실물에는 저마다 흔적이 있고, 그 흔적은 어떤 이야기로 들어가는 통로처럼 나를 유혹할 때가 많다. 다이어리나 카메라는 비교적 세밀하게 그 이야기가 기록된 경우이고 녹슨 반지, 굽이 닳은 구두 한짝, 세탁소 라벨이 붙어 있는 비닐 안의 와이셔츠 같은 것은 어느정도 상상력을 동원해야 완성되는 이야기를 갖고 있다. 엄밀히 말하면 그 이야기는 유실물을 사용한 누군가의 손때로 만들어진 것에 지나지 않지만, 그 누군가를 잃어버린 유실물은 선반의 고정된 자리에서 과거의 왕국을 홀로 지켜가는 것이다. 간혹 유실물에서 빛이 날 때가 있다. 일년 육개월이라는 보관기간을 채우고도 찾아오는 이가 없어 처리되기 직전, 홀연히 나타났다가 한순간에 사라지는 빛이었다. 그때마다 나는, 한 개인에게 귀속되지 못하고 망각 속으로 침몰해야 하는 유실물이 세상에 보내오는 마지막 조난신호를 본 것 같은 상념에 빠져들곤 했다. 일종의 상실감이었다.

거기까지 말했을 때 고모의 뒷목이 가볍게 툭, 꺾였다. 잠이 든 모양이었다. 차를 주차해놓은 교보빌딩 지하에 도착해 잠든 고모를 안아 조수석에 앉히는데, 등허리로 땀이 흘러내렸다. 고모는 잠결에 입술을 오물거리며 어깨를 안으로 옴츠렸고 그 모습이 내 눈에는 잠투정을 하는 아이처럼 보였다. 고모가 변해가는 모습이 내게 고통이었던가, 스스로에게 물어보았다. 최근 일이년 사이 요양원을 찾아가는 빈도가 뜸해진 진짜 이유는 연민이 아니라 공포였다는 걸 끝까지 모르는 척할 수는 없었다. 고모의 현재에 나의 미래를 투영하는 것이 괴로웠고, 나 역시 언젠가는 노인들의 보편적인 얼굴로 소멸이란 이름의 롤러코스터에 탑승하게 되리란 예감이 무서웠다. 휠체어를 접어 트렁크에 넣은 뒤 운전석에 앉아 시동을 걸었다. 고모에게 지금 우리는 서군을 만나러 가는 거라고 차근차근 설명해주고 싶었지만 고모는 쉽게 깨어날 것 같지 않았고, 나는 여전히 내가 옳은 선택을 한 건지 확신할 수 없었다.

*

그 일본어 원고 뭉치는 그해 겨울방학이 시작되기 직전 서군이 태영음반사로 와서 고모에게 직접 건넨 거였다. 방학이 끝날 때쯤 귀국하면 찾으러 올 테니 그때까지만 남들 눈에 띄지 않는 곳에 잘 보관해달라고 서군은 부탁했다. 고모는 무턱대고 그 원고를 받긴 했지만, 왜 자신에게 이런 부탁을 하느냐는 질문은 끝까지 안으로 삼켰다. 서군의 신뢰를 받고 있다는 것이 순수하게 기뻤던 고모는, 서군에게서 서울에 아는 사람이 없어서라거나 비행기를 타고 오갈 때 거추장스러워서라는 상식적인 이유를 듣게 될까봐 겁이 났던 것이다. 고모는 몰랐지만, 사실 그 무렵 서군에게는 불길한 일이 하나 있었다. 갈 곳이 없다며 찾아온 고향 친구를 며칠 동안 하숙집에 기거하도록 해주었는데, 나중에야 그 친구가 조총련과 접선해왔다는 걸 알게 된 것이다. 친구에게는 곧 수배령이 떨어졌다. 조총련이 법정 최고 실형을 받을 수 있는 간첩과 동일하게 치부되던 시절이었다. 서군은 친구가 머물던 자신의 하숙집이 언제라도 경찰의 수색을 받을 수 있다고 판단했으므로 문제가 될 만한 서적들은 모두 버리거나 태웠다. 그 원고는 아마도 처분하고 싶지 않아 고모에게 맡겼을 것이다. 서군이 하고많은 사람 중에서 왜 하필 레코드 상점 딸에게 원고를 위탁했는지는 원고에 담긴 내용과 함께 이제는 아무도 알지 못하는 영역 속에 있다. 그는 그 이야기를 에세이에 쓰지 않았고, 고모는 일본어를 전혀 할 줄 몰랐으므로 원고를 읽어보려는 시도조차 하지 않았다.

그 겨울 고모는 대학 합격 통지서를 받았지만 다른 예비 대학생들처럼 마음 편히 지낼 수 없었다. 영화관이나 양장점에 구경 가자는 친구들의 권유를 모두 뿌리치고 고모는 거의 매일 태영음반사에 나가 할아버지 대신 가게를 보았다. 고모에게는 질리도록 길었던 겨울이 끝나고 이듬해 3월이 되었지만 서군은 나타나지 않았다. 서군에게 연락할 방법은 없었다. 고모는 그의 일본 집 주소나 하숙집 전화번호를 알지 못했다. 서군을 만날 수 있는 공간은 오직 태영음반사뿐이었지만 이제 막 대학생이 된 고모에게도 많은 일들이 일어나고 있었다. 사정이 생겨 태영음반사에 들르지 못하는 날이면 서군이 원고를 받으러 왔다가 헛걸음만 하고 돌아간 건 아닌지, 그 원고가 없어서 학업에 차질이 빚어진 건 아닌지 걱정이 되어 아무것도 손에 잡히지 않았다. 고모가 서군의 원고를 서류봉투에 담아 K대학을 찾아간 건 3월 말이었다. 그날 K대 근처에선 시위가 있었다. 시위대에 떠밀려 매캐한 연기 속을 무작정 뛰어다니다가 가까스로 K대 법학과 사무실에 도착했을 땐, 머리칼은 잔뜩 헝클어져 있었고 난생 처음 입어본 원피스에선 좌루액 냄새가 났다. 사무실에서 나오던 서군 또래의 남자가 그런 고모를 유심히 쳐다봤다. 조교라고 생각했어. 고모는 말했다. 당연하잖아. 학과 사무실에 나온 이십대 청년을 그럼 무어라고 생각하겠니. 항변하듯 거친 목소리로 덧붙여 말하며 얼굴까지 붉히던 고모를 휴게실의 몇몇 노인들이 흘끗거렸던 기억이 난다. 지금 와서 그 청년의 정체를 확인할 길은 없지만, 어쨌든 그는 서군을 알고 있었고 서군에게 줄 것이 있다는 고모에게 호의적이었다. 괜찮다면 자신이 원고를 전해주겠다던 청년에게 고모는 의심 없이 서류봉투를 건넸다. 고모는 그토록 엉망인 상태로 서군과 마주치고 싶지 않았다.

그리고 그날로부터 보름 정도 뒤에 아무도 예상하지 못한 일이 벌어졌다. 모든 언론을 통해 대대적으로 보도된 일본 유학생들의 간첩단 조직에 서군의 이름이 포함되어 있었던 것이다. 고모는 자연스럽게 그 원고가 당시 정부의 시선으로 봤을 땐 불온한 내용이고 법학과 사무실에서 만난 청년은 기관원이라고 확신하게 됐다. 충격과 공포의 나날이 이어졌을 것이다. 서군이 맡긴 원고를 기관원에게 넘긴 행위는 한껏 멋을 내고 K대학을 찾아간 천진한 용기와 합쳐지면서 용서할 수 없는 젖덩어리가 되었다. 고모는 학교 수업에도 거의 나가지 않고 집 안에만 틀어박힌 채 자신의 삶에서 스무살의 봄과 여름을 아프게 도려내었다.

그런데 고모가 미처 알지 못한 것, 아니 알려 하지 않은 것이 하나 있다. 서군의 에세이에는 그가 이미 2월 말에 하숙집 근처에서 사복 차림의 사내들에게 납치되었다고 나와 있다. 그때 서군이 끌려간 곳은 높은 담으로 둘러싸인 목조식 2층 가옥이었고 그곳에서 서군은 간첩이 되었다. 고모의 추측대로 그 원고가 불온한 내용이고 기관원에게 흘러들어가 또다른 증거물이 되었을 수도 있지만, 그 모든 건 가능성의 차원일 뿐 진실은 아니었다. 게다가 그들의 시나리오는 서군의 원고와 상관없이 이미 오래전부터 완벽하게 짜여 있었을 것이다. 어쩌면 고모는 자신의 잘못을 믿고 싶어서 믿어버린 건지도 몰랐다. 악역으로라도 그의 삶에 개입하고 싶었을 고모의 마음을, 그러나 나는 자학적인 욕심이었다고 함부로 단정하고 싶지는 않다. 고모는 충분히 외로웠다. 고모에게도 몇명의 애인들이 있었고 그중엔 결혼 이야기가 오간 사람도 있었다지만, 그 누구를 만나던 시절에도 고모의 하루는 태영음반사의 유리문 사이로 서군과 눈이 마주쳤던 1971년의 늦은 봄밤에서 시작됐다. 사랑이 아닌 것은 때때로 사랑의 영역 바깥에서 하나의 영토를 일구기도 한다. 서군이라는 이름의 영토 한가운데엔 상상의 법정이 있었고 고모는 수사관과 피고인, 증인의 역할을 모두 떠맡으며 한평생을 살았다. 고문하고 고문받으며, 죄를 묻는 동시에 자백하면서, 어제의 증언을 오늘 다시 부정하길 반복하며…… 인간의 삶이 뿌리내리기엔 지나치게 척박한 영토였지만 그곳을 떠나지 않은 건 고모의 선택이었다. 고모와 서군을 한번만, 딱 한번만 다시 만나게 해주기로 결심한 건 내게는 고모의 삶 전체가 마지막 조난신호 같았기 때문인지도 모르겠다. 침몰은 이미 시작되었고, 무대는 곧 막을 내릴 터였다.

*

강북에 위치한 대학병원 지하 주차장으로 내려가면서 과속방지턱을 감속 없이 지나간 탓에 차가 한번 출렁였다. 깜짝 놀라며 잠에서 깬 고모가 주섬주섬 상체를 바로 하더니 재킷 소매로 차창을 닦았다. 차를 주차한 뒤 실내등을 켜고 고모를 바라봤다. 시간과 공간의 좌표를 잃은 눈동자는 공허해 보였지만, 나는 고모가 무언가를 예감한 듯 긴장하고 있다고 느꼈다. 준비되었느냐고 묻는 대신, 한칸씩 잘못 꿰인 고모의 재킷 단추를 모두 풀어 새로 채워주었다. 단추를 하나하나 채우는 동안 고모의 가는 어깨가 여러번 떨렸다.

서군에 대해 조사하는 건 사실 그리 어렵지 않았다. 그는 제법 많은 글을 남겼고, 그를 취재한 국내 신문 기사도 여러건 검색됐다. 이십대 중후반에 서울구치소와 대전교도소를 돌며 이년 육개월의 형기를 마친 서군은 일본으로 돌아가서도 공부를 계속한 끝에 쿄오또 지역의 사립대학 교수가 됐다. 그동안에 결혼을 했고 딸을 낳았으며 아내와는 사별했다. 그의 에세이 서문에는 죽은 아내를 향한 헌사의 문장이 적혀 있었다. 사랑과 존경이라는 단어가 들어간 그 문장을 읽었을 때, 내 마음은 설명할 길 없이 쓸쓸해졌다. 그가 다시 한국으로 온 건 재작년이었다. 서울에 살고 있던 그의 외동딸과 한국인 사위가 병든 그를 데려왔을 것이다. 그는 근육이 서서히 마비되는 병을 앓고 있었다.

두달 전부터 나는 격주로 이곳 대학병원을 찾아와 그의 병실 근처를 서성였다. 내가 실질적으로 접근할 수 있는 사람은 오십대로 보이던 조선족 간병인뿐이었는데, 그녀가 소변통을 들고 화장실로 걸어갈 때 슬쩍 다가가 다른 환자의 보호자인 양 말을 건네면 자연스럽게 대화가 이루어졌다. 간병인에 따르면 서군은 목 아래가 거의 마비되었고, 지난겨울부터는 병이 악화되어 기관을 절개하고 인공호흡기까지 삽입한 상태였다. 딸의 집에서 요양하다가 병원에 장기 입원하게 된 것도 그 무렵부터라고 했다. 의사가 지나가면서 한 말, 고문으로 인한 정신적외상이 오랜 기간 잠복해 있다가 차츰차츰 치명적인 병으로 발전했을 거라는 비공식적인 진단도 간병인에게서 들은 거였다. 몸은 마비되어가도 의식은 멀쩡하기 때문에 고통이 더 클 거라던 말을 들은 날에는 새벽까지 악몽을 꾸기도 했다.

서군은 보통 저녁을 먹은 뒤 외출을 했다. 그래 봤자 간병인이나 딸이 밀어주는 휠체어에 몸을 싣고 병원 로비를 오가는 게 다였지만, 그래도 서군에게는 하루 중 유일한 외출이었다. 로비를 서너바퀴 돌고 나면 서군의 휠체어는 대형 텔레비전 앞에 정물처럼 놓이곤 했다. 접수대도 마감을 하고 메인 조명도 꺼진 조용하고 어둑한 로비에서 서군은 표정 변화 없이 텔레비전을 시청했다. 간혹 간병인과 딸은 밤이 깊어질 때까지 로비로 서군을 데리러 오지 않았다. 신문을 보는 척하며 서군 옆에 앉아 있던 날들이 많았다. 장태영

씨, 기억해요? 한번 만나보시겠어요? 수도 없이 묻고 싶었지만 번번이 입이 떨어지지 않았다.

도저히, 그럴 수가 없었다.

— 고모, 서군이 저 위에 있어요.

마지막 단추까지 채운 뒤 그렇게 일러주자 고모는 내 말을 알아들었다는 듯 서군, 서군, 중얼거렸다. 차에서 내릴 때 보니 고모는 쇼핑백을 품에 안은 채였다. 그러고 보니 고모는 하루 종일 저 쇼핑백을 몸에서 떼어놓으려 하지 않았다. 휠체어는 꺼내지 않았다. 그 대신 고모의 어깨를 부축하며 병원 로비로 이어지는 엘리베이터에 올랐다. 엘리베이터가 멈추고 로비로 나가자 여느 때의 저녁처럼 대형 텔레비전 앞에 놓인 서군이 보였다.

서군의 휠체어 옆 플라스틱 의자가 마침 비어 있었다. 그쪽으로 다가가 조심스럽게 고모를 앉히자 고모는 슬쩍 서군을 보는 듯하더니 이내 가만히 나를 올려다봤다. 고모의 표정은 이제 너는 퇴장해도 된다는 허락으로도 읽혔고 나를 두고 떠나지 말라는 애원으로도 읽혔다. 이번에도 판단은 오롯이 내 몫이었다. 나는 천천히 고모의 손을 놓았고 고모는 소리 없이 입술로만 서군? 하고 물었다. 그렇다는 의미로 고개를 끄덕여 보인 뒤 그대로 돌아섰다. 숨어 있을 만한 공간을 찾고 있는데 희미한 불빛이 어른거리는 음료수 자판기가 눈에 들어왔다. 고모나 서군의 시선이 닿지 않도록 자판기 측면에 몸을 붙였다. 한참을 허공만 응시하다가 그들 쪽으로 고개를 돌린 순간, 긴장감으로 굳어 있던 두 다리에서 힘이 빠져나갔다.

그곳에선, 내 예상과 전혀 다른 장면이 연출되고 있었다.

서군과 고모는 나란히 앉아 물끄러미 텔레비전만 올려다볼 뿐, 아무것도 하지 않았다. 그들은 기차에서 우연히 동석하게 된, 그래서 대화를 나눌 필요도 없고 서로의 얼굴을 들여다볼 까닭도 없는 한시적인 동승자들처럼 보였다. 어느 순간부터 나는 선반의 유실물들을 떠올리고 있었다. 어쩌면 그들은 정말로 세계로부터 분실된 존재들인지도 몰랐다. 동의 없이 그들을 이 세계로 밀어내고는 향유할 기억과 움직일 수 있는 자유를 빼앗아간 뒤 결국엔 이 어두컴컴한 병원 로비에 방치한 그 최초의 분실자를 용서할 수 없었다. 그자의 잔인함에 가까운 무신경을, 끝까지 아무런 책임을 지지 않는 게으름을, 뒤늦게라도 그들에게 이야기를 되돌려주지 않는 고집스러움을, 그 모든 것을……

그때였다. 텔레비전에서 시선을 떼고는 한곳을 유심히 바라보던 고모가 갑자기 의자에서 벌떡 일어나더니 현금인출기 쪽을 향해 허둥지둥 걸어가기 시작했다. 재빨리 고모를 따라가던 나는 이내 걸음의 속도를 조금씩 늦출 수밖에 없었다. 고모는 현금인출기에서 돈을 찾던 젊은 남자 뒤에 바짝 서 있다가 그가 돌아선 순간, 그때껏 품에 안고 있던 쇼핑백을 넌지시 건넸다. 나는…… 남자가 얼결에 그 쇼핑백을 받자 고모가 힘겹게 입을 열었다.

—나는…… 미안합니다.

—……

—미안하고, 또 미안했습니다. 다……

—……

—다, 전부, 잊어주세요.

—……

거기까지 말하고 고모는 남자를 향해 허리를 구십도로 꺾었다. 괴로운 건, 서군을 만날 수 있는 마지막 기회를 놓쳐버린 고모의 오인이 아니라 고모가 가짜 서군에게 전한 그 몇마디의 말이었다. 사랑하는 사람에게 영원한 타자일 수밖에 없었던 고모의 긴 인내의 시간은 미안하다는 말과 잊어달라는 부탁으로 끝났다. 고작, 그뿐이었다.

어리둥절한 얼굴로 누구냐고 묻는 남자를 향해 고모는 또 한번 정중히 목례를 하고는 천천히 돌아섰다. 쇼핑백이 이번 생의 유일한 짐이었다는 듯 느린 걸음으로 로비를 가로질러가는 고모는 홀가분해 보였다. 아니, 그래야 했다, 반드시. 나는 남자에게 다가가 대충 상황을 설명하고 쇼핑백을 받아온 뒤 멀찍이 서서 고모를 지켜봤다. 고모는 어느새 유리로 된 병원의 출입문 앞에 서 있었다. 비가 내리고 있었는지 유리에 투영되는 불빛이 물에 젖은 듯 번져 보였다. 그 캄캄한 유리문을 마주 보며 고모는 한참을 서 있었다.

오년 전, 알츠하이머 진단을 받은 날에도 고모는 저런 자세로 병원 출입문 앞에 서 있었을 것이다. 인간이란 구르는 걸 멈추지 않는 한 조금씩 실이 풀려나갈 수밖에 없는 실타래 같은 게 아닐까, 그때 고모는 그런 생각에 잠겨 있었다고 했다. 병원 문을 열고 나가면 실타래는 이전보다 훨씬 더 빠른 속도로 굴러갈 것이고, 실타래에서 풀려나간 실은 밟히고 쓸리고 상하면서 먼지가 되어갈 것이다. 친밀했던 사람, 아끼던 사물, 익숙한 냄새를 잃게 될 것이고 세상도 그 속도로 고모를 잊어갈 터였다. 어느날은 거울 속 늙고 병든 여자를 보며 이유도 모른 채 뚝뚝 눈물을 흘리기도 하리라. 하나의 실존은 그렇게 작아지고 또 작아지면서 아무도 모르게 절연을 준비하는 것이다. 그 누구의 배웅도 없이, 따뜻한 작별의 입맞춤과 헌사의 문장도 없이…… 오후가 저녁이 되고 저녁이 밤이 될 때까지, 실제로 고모는 그 문을 열지 못했다.

*

고모를 요양원에 도로 데려다주고 유실물센터로 온 나는, 불도 켜지 않고 내 책상에 앉아 고모의 쇼핑백 안에 들어 있던 것을 하나하나 꺼내 보았다. 남성용 양말과 비누 세트, 수건과 담요였다. 오래전 고모가 대전교도소에 가면서 준비한 영치물도 이렇게 구성되어 있었을 것이다. 서군이 서울구치소에서 대전교도소로 이송되고 몇달 뒤에야 고모는 자리를 털고 일어나 서울역으로 갔다. 그 몇달 동안 고모는, 서군에게 잘못을 고해야 한다는 강박증과 그가 자신을 절대로 용서하지 않을 거라는 불안감 사이를 유령처럼 오갔을 것이다. 국가보안법을 위반한 수감자는 직계가족 외에는 면회가 안된다는 걸 알면서도 부딪치면 방법이 있을 거라고 막연히 기대하며 고모는 대전행 기차에 몸을 실었다. 9월의 어느날이었지만 교도소 부근은 겨울처럼 추웠다.

놀랍게도 고모의 그 대책 없는 시도는 거의 성공할 뻔했다. 고모가 교도소 문 앞에서 면회 신청을 받아달라며 교도관에게 사정하고 있을 때, 서군이 투옥된 뒤로 한국으로 건너와 지내고 있던 서군의 어머니가 마침 고모 곁을 지나가게 된 것이다. 고국이라고는 하지만 친척 하나 남지 않은 한국에서 외롭게 옥바라지를 하고 있던 서군의 어머니는 아들을 보러 대전까지 내려온 서울 아가씨가 그저 반가웠다. 하지만 그 반가움이 미안한 마음으로 바뀌는 데는 그리 긴 시간이 걸리지 않았다. 서군에게는 오래 만나온 정혼자가 있었다. 그녀는 서군과 같은 재일조선인으로, 서군 대신 결혼 비용을 벌어놓기 위해 간호사로 재직 중인 병원에서 퇴근한 뒤에도 오오사까 시내 응급실을 돌며 파트타임으로 일을 하던, 보기 드물게 성실하고 속 깊은 사람이었다. 거기까지 말한 서군의 어머니는, 아가씨를 내 막내딸이라고 속이면 함께 접견실로 들어갈 수 있을 텐데 정말 그걸 원하느냐고, 한층 조심스러워진 목소리로 물었다. 고모는 그 사려 깊은 질문에서 단단한 방어막을 느꼈다. 가족, 그 방어막의 이름이었다.

그날 고모는 영치물을 다시 품에 안고 서울행 기차에 올랐다. 피곤하고 배도 고팠지만 고모는 허리를 꼿꼿이 편 정자세로 정면만을 응시했다. 아무도 의도하지 않은 슬픔이라면 그 감정은 오류투성이인 거라고 고모는 생각했다. 자세가 흐트러지면 그 기만적인 슬픔에 잠식되고 말 터였다. 고모는 자신과의 감정 게임에서 지고 싫지 않았다. 그러나 그 소모적인 게임이 기차에서 내린 뒤에도 끈질기게 이어질 거라고는 고모 역시 예감하지 못했을 것이다. 고모가 사랑한 것은 서군이 아니라 서군의 이미지였으므로, 실체가 없는 이미지는 때려눕힌 뒤 링 밖으로 내던질 수가 없는 거니까. 서군의 한 시절을 망쳤다는 근거 없는 죄책감은 서군 대신 링에서 내려가려는 고모의 뒷덜미를 잡아채고는 끈질기게 상상의 법정으로 끌고 갔다. 서군을 향한 고모의 영토는 그렇게 유지됐다. 국경도 여권도 없는 땅, 이민과 망명이 봉쇄된 독재의 나라, 아름답지도 않고 따뜻한 적도 없던 불모의 유형지……

나는 휴대전화 조명에 의지하여 쇼핑백을 빈 상자에 담아 밀봉한 뒤 작성한 유실물 접수 서류와 함께 빈 선반에 두었다. 41327. 새 유실물의 일련번호였다. 그것은 시간 단위로 환산할 수 없는, 상자 속 사물들에 선고된 기다림의 형량이기도 했다.

전화벨이 울린 건 가방을 챙겨 유실물센터에서 막 나가려던 참이었다. 나는 수화기를 들 생각도 하지 못한 채 어둠속에서 두 눈만 끔벅였다. 오랫동안 잊고 있었던, 그래서 정지된 화면 같던 어린 시절의 어느 하루가 갑자기 눈앞에 펼쳐지면서 생생하게 움직이기 시작했다. 이제 막 수리된 영사기가 등 뒤 어딘가에 숨겨져 있기라도 한 것처럼 그날의 모든 일들이 손에 잡힐 듯 점점 더 선명해지고 있었다.

겨울방학이었을 것이다. 어머니를 따라 고모의 아파트에 놀러 간 날, 나는 안방 침대에 누워 책을 읽다가 전화 한통을 받았다. 한국말에 서툰지 한음절 한음절 힘주어 말하는 남자 목소리에 의아해했던 기억이 난다. 장태영 씨의 아들이냐는 물음에 아니라고 대답하려는데 마침 안방 문이 열리면서 고모가 들어왔다. 나는 고모에게 수화기를 건넨 뒤 다시 책을 집어들었다. 책장을 넘기다가 이상한 느낌에 고모 쪽으로 고개를 돌린 순간, 두 손으로 수화기를 보듬은 채 연거푸 고개만 끄덕이는 고모가 보였다. 그때 서군이 뭐라고 했는데요? 오년 전, 요양원 휴게소에서 내가 묻자 고모는 쑥스러운 듯 작게 웃으며 말했다. 학위를 받고 딸을 낳고 교수 임용을 준비하면서 바쁘게 살고 있었는데, 그러다가 문득 어머니가 한 말이 생각났대. 그분이 생전에 내 이야기를 한 적이 있었나보지.

—한국에 있는 지인들한테 부탁해가며 고모 전화번호를 알아낸 사람이 고작 그런 말만 했다고요?

—알고 있었대.

—네?

—그 사람은 언젠가 한번은 내게 연락하리란 걸 늘 알고 있었대.

—……

—그런 날이 오면 자식과 남편 자랑을 하고 직장 상사를 흉보고 휴가 계획에 대해 떠드는 그런 일상적인 이야기를 듣고 싶었다고 하더라.

—그래서 뭐라고 대답하셨어요?

—아무 말도……

—……

—아무 말도 하지 못했어. 그냥 듣기만 했어. 서군이 작별 인사를 하는데도 입을 꾹 다물고 있었지.

—……

—그리고 전화는 끊겼고, 그렇게 끝났어……

—……

고모의 말은 사실이었다. 나는 그때 고작 여덟살이었지만 말 한마디 없이 고개만 끄덕이는 통화가 이상하다는 것쯤은 느낄 수 있었다. 수화기에선 곧 남자의 목소리가 사라지고 신호음만 울리는 게 내게도 들렸지만 고모는 좀처럼 수화기를 내려놓지 않았다.

내 기억은 거기에서 끝났다.

그러나 영사기는 계속 돌아가며 그때 내가 미처 보지 못했던 고모의 얼굴을 비췄다. 이제야 확인하게 된 그 얼굴을 하염없이 바라보고 있는데, 지금쯤 잠이 들었을 고모의 꿈속으로 밀려들어간 듯 몽롱한 기운이 순식간에 유실물센터를 에워쌌다. 어딘가에서 삐걱거리는 소음이 났고 선반들은 물렁하게 휘어지면서 하나둘 무너지기 시작했다. 고모는 어쩐지 쇼핑백을 내버려둔 채, 대전을 출발하여 사십오년 만에 서울역에 도착한 기차에서 하차하는 꿈을 꾸고 있을 것만 같았다. 고모가 유기한 쇼핑백이 이곳에 있는 한, 유실물센터는 세계의 그 어떤 곳으로도 대체될 수 없는 고유한 공간으로 남게 되리란 걸 나는 알 수 있었다. 동시에, 이 세계를 구성하는 데 없어도 무방한 덧없는 조각일 뿐이란 것도, 내가 분명하게 그것을 알고 있다는 사실이, 나는 슬펐다.

* 이 소설을 쓰며 다음 책에서 도움 받았음을 밝힙니다.
최인기 『떠나지 못하는 사람들』, 동녘 2014.
노무라 모토유키 『노무라 리포트』, 눈빛 2013.
서승 『서승의 옥중 19년』, 역사비평사 1999.

동쪽 伯의 숲

친애하는 희수에게

오래전, 한나에게는 스스로 세운 세개의 규칙이 있었다. 비밀을 나누는 친구를 사귀지 않을 것, 미래를 공유할 애인을 만들지 않을 것, 마지막으로 죄의식을 고백할 수 있는 신을 믿지 않을 것. 이 규칙들만 지켜나간다면 인생에서 견디기 힘든 배신감이나 일상을 흔들어놓는 절망감은 피해갈 수 있을 거라고 한나는 믿었다.

관계의 시작부터 차단해버리는 이 세계의 메마른 규칙들은 내게는 증조부가 되는 분의 죽음이 그 계기가 되었을 거라고 나의 아버지—그러니까 한나의 아들—는 말하곤 했지만, 나는 그런 추측이 지나치게 단순한 감이 있다고 생각한다. 누구나 가까운 사람의 죽음을 경험하지만 그렇다고 우리 모두가 그런 규칙들로 단 한번뿐인 삶을 척박한 유배지로 만들지는 않는 것이다. 한나는 어느 한 시절, 생의 바닥을 보았던 게 아닐까. 미래란 과거의 무한한 반복일 뿐이라고 되뇌게 되는, 뭐랄까, 감정과 감각은 새로울 게 없고 희망이나 의욕은 헛것임을 직시할 수밖에 없는 그런 바닥 말이다. 증조부의 죽음 자체보다 증조부가 서서히 말라가듯 죽어가던 몇년이 한나에게는 그 차디찬 바닥으로 추락해가는 과정이었을 거라고 나는 생각한다.

스물두살이 될 때까지 한나는 비교적 그 규칙들을 잘 따랐다.

고향을 떠나와 베를린예술대학교 음악대학에서 작곡을 공부하고 있던 한나가 안수 리를 만난 건 희수의 나라에서 온 어느 작곡가의 집에서였다. 안수 리는 작곡가의 고향 후배이자 베를린자유대학교를 다니던 철학과 학생이었다. 1964년 가을이었다. 서베를린과 동베를린 사이에 장벽이 만들어진 지 삼년이 되던 해였고 전쟁과 학살, 혁명에 대한 소문이 버려진 엽서들처럼 사람들의 발길에 차이던 때였다. 작곡가는 이미 유럽의 여러 도시에서 자신의 곡을 발표한 유명인이었는데, 역동적이고 자유분방한 그의 곡과 달리 쓸쓸한 은둔자의 인상을 풍겨서 한나는 조금 놀랐다고 한다. 한나는 오래전부터 그 작곡가를 몹시 만나고 싶어했다. 그러니까 그날은 한나가 지도교수의 주선으로 그에게서 정식으로 초대를 받은 날이었고, 안수 리가 고향의 음식이 그립다는 이유로 예고도 없이 그 작곡가의 집을 찾아온 날이기도 했다. 불청객은 안수 리였지만 그날의 저녁식탁에서 소외된 쪽은 오히려 한나였다. 작곡가와 작곡가의 부인, 그리고 안수 리는 곧잘 그들의 모국어로 격의 없이 이야기하다가 이따금 한나가 있다는 것을 알아차리면 머쓱해하며 그 긴 대화를 독일어 문장 몇줄로 요약해주는 게 다였다. 식사가 끝나고 와인을 마실 때쯤 유쾌하던 식탁 분위기는 어둡고 심각해졌다. 12월에 예정된 고국 대통령의 서독 방문이 화제에 오른 뒤부터였다. 서독 정부가 주관하는 한국 대통령 환영연에서는 작곡가의 작품 중 한곡이 연주될 예정이었는데, 작곡가는 그럴 수밖에 없는 현실에 침울해하는 듯 보였다. 광부를 수출할 만큼 가난한 그들의 고국이 정치적으로도 몹시 열악한 상황이라는 것을 한나는 짐작할 수 있었다. 지금 그곳은 군인들의 나라예요. 안수 리가 한나의 빈 잔에 새로 와인을 따라주며 그런 말을 할 때, 그의 얼굴은 슬퍼 보였다.

어둠이 깊어질 무렵 작곡가의 집을 나온 한나와 안수 리는 한나의 하숙집 쪽으로 함께 걸어갔다. 곡물이 익어가고 바람이 풍요로워지는 9월의 밤이었다. 간간이 대화가 오고 가긴 했지만 두사람은 대체로 침묵했다. 편안한 침묵이었다. 발길이 한나의 하숙집 앞에 도달하자 안수 리는 '달의 날'답게 베를린에도 보름달이 떴다며 손가락으로 하늘을 가리켰다. 안수 리의 말에 따르면 그날은 그의 고국에선 한해의 농사를 마무리하며 달에게 감사를 드리는 큰 명절이었다고 한다. 그런데 달의 날이라니. 한나는 그 표현이 신선하고 재미있어서 웃었다. 하늘의 달과 서로의 얼굴을 번갈아 바라보다가 두사람은 자연스럽게 다음 약속을 정하게 된다.

안수 리를 보내고 하숙집으로 들어온 한나는 계단을 통해 3층에 있는 방으로 올라가며 천천히 깨달았다. 자신의 삶에 안수 리가 걸어들어오고 있다는 것을, 그에게 많은 비밀을 털어놓고 싶다는 욕망이 시작되었다는 것과 삶에서 오랫동안 배제해왔던 그 욕망에 스스로 아무런 거부감을 느끼지 않는다는 것도…… 욕실로 들어가 세면대에 수돗물을 받으며 언뜻 고개를 들었을 때, 거울 속에서 스물두살의 한나는 여전히 기분 좋은 미소를 짓고 있었을 것이다.

희수, 한나는 보름 전 임종을 맞았다.

나는 가끔 생각한다. 한나가 1964년 가을에 안수 리를 만나지 않았다면 그녀의 남은 삶은 어떻게 되었을까. 안수 리가 그녀의 유배지로 자진하여 들어가 친구가 되어주지 않았다면 한나는 그뒤에 내 아버지의 아버지를 만나 한 가정을 이룰 수 있었을까.

그럴 수는 없었을 것이다.

안수 리는 한나에게 단순한 친구가 아니었다. 그는 한나에게 역사를 준 사람이다. 그리고 그 역사의 끝에 내가 서 있는 것이다.

희수, 우리가 작년 겨울 베를린예술대학교에서 마련해준 독일 작가들과 아시아 작가들의 교류의 밤 행사에서 만났을 때, 내가 당신에게 한나와 안수 리의 이야기를 들려주자 당신이 큰 관심을 보였을 때, 사실 나는 몹시 설레었다. 물론 한나의 죽음은 갑작스럽고 비통한 일이지만 그와 별개로, 나는 언젠가 당신에게 이런 부탁을 하게 될 날이 오리란 걸 처음의 만남에서부터 예감하고 있었던 듯하다. 희수, 나는 지금의 나를 있게 해준 안수 리에게, 그가 만약 살아 있다면, 한나의 임종을 전하고 싶다. 한 사람의 일생은 최대한 존엄하고 유의미하게 매듭지어져야 할 것이다. 안수 리가 한나의 죽음을 알고 애도하는 순간에야 한나는 살았고 사랑했고 슬퍼했던 흔적을 가진 온전한 존재가 될 수 있을 거라고 나는 믿는다.

작년 교류의 밤 행사에서 당신도 보아 알겠지만 나는 비행기를 탈 만한 몸 상태가 아니다. 그때 예고한 대로 나는 항암 치료를 받기 시작했고 수차례가 더 남은 이 치료가 무사히 끝난다 해도 내 건강이 되돌아올지는 미지수다. 나의 부모님은 안수 리를 찾아 한나의 죽음을 전해야 한다는 내 생각에 동의하지 않을 뿐더러 오히려 시간적 금전적 낭비라고 여기고 있다. 그렇다고 대사관이나 외교부 같은 관공서를 통해 안수 리를 찾고 싶은 마음은 없다. 한나의 죽음은 그 어떤 사무적인 건조함 없이 오로지 개인 대 개인의 섬세한 언어로 전해져야 할 것이다.

희수, 그러니 안수 리를 찾는 데 당신의 도움이 절대적으로 필요하다. 교류의 밤 행사에서 언뜻 말했다시피 안수 리는 1967년 4월 베를린에서 감쪽같이 사라졌고 그의 실종 두달 후부터는 서독 내 한국 유학생 및 광부 열여섯명 — 한나가 마음으로 존경하던 그 작곡가도 포함되어 있었다 — 이 한국에서 파견된 특수 경찰들에게 유인되어 강제로 한국행 비행기를 타게 됐다. 안수 리의 실종과 한국인들의 강제 귀국에는 모종의 인과관계 — 생전의 한나는 이 관련성에 대해 언급하는 것을 끝까지 회피했지만 — 가 있을 것이다.

안수 리를 찾는 데 가장 결정적인 역할을 해줄 열쇠가 바로 이 인과관계일지도 모르겠다.

일단 당신의 대답을 듣고 싶다.

당신의 답장이 올 때까지, 나는 그저 기다리는 사람이다.

베를린에서 발터

그리운 발터에게

발터, 지난겨울의 베를린을 나는 당연히 기억하고 있다. 그 밤의 애틋하도록 따뜻했던 분위기와 독일 작가들의 가식 없는 환대는 지금도 간혹 어떤 환시처럼 눈앞에 고스란히 그려지곤 한다. 그사이에 해가 바뀌었고, 세번의 계절이 지나간 자리에서 또다른 겨울이 시작되고 있다는 것이 도저히 믿기지 않는다. 세월이 허공을 가르는 화살처럼 순식간에 지나가버렸음을 깨닫는 이런 순간이 오면, 세상의 모든 시계들이 실은 우리의 짐작과 계산보다 훨씬 더 빠르게 작동되도록 설계된 건 아닌가, 괜한 트집을 잡고 싶어진다.

당신의 크나큰 애정의 대상이었던 한나가 이제 더이상 당신 곁에 없다는 것에 나는 먼저 깊은 유감을 표한다. 삶이 죽음으로 완성되듯이 죽음 또한 다른 살아 있는 자들의 애도 속에서 봉합될 수 있는 것이라면 한나의 뜻깊은 친구인 안수 리에게 그녀의 임종을 전하고 싶은 당신의 마음도 충분히 이해가 된다.

그런데 발터, 그런 과정이 과연 한나를 위해 의미있는 것인지는 솔직히 의문이 든다. 당신이 말한 1967년의 그 사건을 나는 알고 있다. 사실 서독에 거주하던 한국인들만이 그 비밀스러운 연행의 대상이었던 건 아니다. 프랑스, 미국, 오스트리아에 거주하던 몇몇 한국인들도 어느날 갑자기 위법자가 되어 한국으로 강제 송환되어야 했다. 안수 리가 한나에게 말한 바 있듯이 1960년대, 그리고 그후로도 오랫동안 이곳은 군인들의 나라였다. 이 말을 이해하는가, 발터? 그 시절 이 나라엔 법도, 정의도, 상식도 통하지 않았다는 뜻이다. 단순히 동베를린의 북한 대사관을 방문한 적이 있다는 이유로 외국에서 살고 있던 학생들과 노동자들을 한국으로 끌고 가 고문한 뒤 실형을 내린 것은 일본과의 어리석은 전후 협정과 집권당의 부정선거에 분노한 여론을 잠재우기 위해 조작된, 그 시절에는 너무도 흔했던 정치적 폭력 중 하나였다. 안수 리가 그 사건에 연루된 사람들 중 한명이었을 거라는 당신의 추측은 아마 사실일 것이다. 하지만 중요한 것은 한나가 안수 리의 실종과 그 사건의 관련성을 회피했다는 사실이 아닐까. 작년 교류의 밤 행사에서 한나는 평생 안수 리를 그리워했지만 정작 그를 찾기 위해 한국을 방문한 적은 없다고 당신은 말하지 않았던가. 그러니 발터, 당신도 한나가 그럴 수밖에 없었던 이유를, 그러니까 안수 리와 한국 정부의 협력 가능성을, 다시 한번 고민해봐야 할 것이다.

게다가 발터, 나는 시를 쓰는 사람일 뿐 역사학자도 탐정도 아니다. 아니, 독일을 다녀온 뒤로 최근까지 단 한줄의 시도 쓰지 못했으니 엄밀히 말하면 시인이라고 할 수도 없다. 시인은 시를 쓸 때에만 시인이라는 정체성 속에 머물 수 있고, 작품을 생산하지 못하는 시인의 책상은 네개의 다리가 달린 평편한 나무판자에 지나지 않는다.

많은 일들이 있었다.

안수 리가 살았던 시대로부터 오십여년의 세월이 부지런히 흘렀지만 납득하기 어려운 정치적 폭력은 온기 없는 잿빛의 현장에서 재현되고 있었다. 독일에서 돌아온 이후, 나는 종종 동료 작가들과 철거지역이나 노동자들의 집회 같은 현장 속으로 들어가 피켓을 들기도 했고 낭독을 하기도 했다. 처음엔 분연했지만 집으로 돌아올 땐 쓸쓸했다. 무력하게 지켜볼 땐 갑갑했는데 거리에 서 있을 땐 내 몸에 비해 너무 큰 옷을 입고 있는 듯 어색했다. 작가가 작품 이외의 다른 채널로 말을 거는 게 합당한 건지 알 수 없었고, 그리 유명하지도 않고 작품활동도 하지 않는 내가 시인이라는 이름으로 사람들 앞에 나서도 되는 것인지 판단이 되지 않았다. 현실을 외면하는 것도, 그 안으로 뛰어들어가는 것도, 심지어 뛰어들어간 뒤 적당한 자세를 잡지 못한 채 엉거주춤 서 있는 것도, 모조리 가식 같기만 했다.

최근에 내가 택한 방법은 나의 자격을 의심하는 것이다. 내가 살아온 과정이 대단할 것도 없고 떳떳하지도 않은데 어떻게 나 같은 사람이 나 아닌 다른 이의 고통을 대변하며 잿빛 거리에 서 있을 수 있단 말인가. 나의 자격을 되묻는 반복은 발터, 법도 정의도 상식도 통하지 않는 이 세상 한곳에 나만의 의식적 함몰구역을 만들어주기도 한다. 작은 웅덩이 같은 그곳은 안온하고 평화롭다. 아무것도 하지 않은 채 그저 가만히 웅크려앉아 있어도 되는 것이다. 권장량의 탄수화물과 지방을 섭취하면서, 소화하고 배설하는 내장뿐인 몸으로, 시계의 초침 간격이 과연 정직한가와 같은 부질없는 의혹과 다투며……

발터, 당신이 기다리는 대답을 들려주지 못해 미안하다. 그러나 당신도 나처럼 시를 쓰는 사람이니 나의 이러한 목적 없는 반복을 이해해줄 거라는 믿음, 그 믿음에 마음을 기대며 조심스럽게 답장을 보낸다.

서울에서 희수

친애하는 희수에게

희수, 답장 고맙다.

전하고 싶은 말은 많지만 지난번 메일에서 제대로 설명하지 못한 부분이 있어 일단 그 이야기부터 쓰려 한다.

한나가 처음부터 안수 리를 찾지 않으려 했던 것은 아니다. 안수 리는 실종 삼일 후 한나와 자신의 하숙집 주인에게 편지 한통씩을 보낸 바 있다. 하숙집 주인에게 보낸 편지에는 사정이 생겨 급히 귀국하게 되었으니 다른 하숙생을 구하라는 짧은 메시지가 적혀 있었던 반면, 한나에게 보낸 편지에는 독일에서 얻고자 했던 것을 얻지 못하여 깊은 환멸에 빠져 있으니 이만 포기하고 고국으로 돌아가겠다는 개인적인 고백이 담겨 있었다.

한나는 그 편지를 믿지 않았다. 한나가 아는 안수 리는 편지 한 통만 남겨놓고 사라질 무심한 성격과는 거리가 멀었고 박사논문 심사를 내팽개치고 도망갈 만큼 유약한 유형도 아니었다. 당시 안수 리는 니체 철학에 관한 박사논문을 마무리하고 있었는데, 한나는 그 논문을 위해 그가 무엇을 희생하고 어떤 시간을 견뎠는지 누구보다 잘 알고 있었다. 베를린에서 공부하는 오년 동안 한번도 고향에 가보지 못한 그였다. 한나는 안수 리가 자의와 상관없이 귀국길에 올랐다는 것을 직감했다.

한나는 안수 리의 친구들을 찾아다니며 이 묘연한 정황을 알렸고 경찰에 실종신고도 했다. 그해 6월부터는 서독 내 한국 유학생들과 광부들의 실종이 빈번해졌으므로 일간지에 취재를 요청하기도 했다. 7월엔 매스컴도 이 사건을 본격적으로 보도하기 시작했고 급기야 정치권까지 움직이면서 서독 정부는 자국의 학생들과 노동자들을 허락도 없이 잡아간 것은 명백한 주권 침해라며 한국 정부를 압박하기에 이른다. 고국으로 끌려간 일군의 한국인들이 짧게는 육개월, 길게는 삼년여 내에 대학과 일터로 돌아올 수 있었던 데에는 서독 정부의 이러한 강경한 대응도 한몫했을 것이다. 그리고 그 시초엔, 바로 한나가 있었다.

당신도 알다시피, 그때 안수 리의 행방은 밝혀지지 않았다. 안수 리가 여전히 실종 상태인데도 한나가 더이상 그를 찾지 않은 건 당신의 표현대로 "그럴 수밖에 없었던" 무언가가 있어서였을 것이다. 당신이 우려하고 나 역시 의심하고 있는 그 가능성, 바로 안수 리가 동베를린의 북한 대사관을 출입한 적 있는 한국인들을 밀고한 스파이였을지 모른다는 그 가능성이 사실이라 해도, 한나 역시 그 가능성을 염려하며 평생 동안 괴로워했다 해도, 한나와 안수 리의 우정과 나에게까지 닿아 있는 그 우정의 힘을 부정해야 하는 합리적인 이유는 되지 못한다고 나는 생각한다. 나의 신념은 개인이 세계에 앞선다는 것, 이것이다. 게다가 안수 리의 정체란 현재로선 가능성일 뿐이지 않은가.

사실 한나에게는 "그럴 수밖에 없었던" 다른 이유가 있었다.

지난번 메일에서 썼듯이 한나는 어린 시절 내 증조부가 죽어가는 과정을 지켜봐야 했다. 증조부는 기자였다. 전쟁이 끝나고 기자직에서 해고된 그는 가족을 데리고 고향인 독일 남부의 프라이부르크로 내려갔고, 한나가 세살 꼬마에서 열두살 소녀가 되는 동안 제대로 된 외출 한번 하지 않았다. 외출은커녕 깨어 있는 시간의 대부분을 서재 창가에 놓인 안락의자에서만 보냈고, 가슴을 움켜쥔 채 격렬한 기침을 토해낼 때를 제외하면 움직이는 일도 거의 없었다. 한나의 눈에 그는 종종 의자의 부속품처럼 보였다. 아니, 이 세상의 풍경을 완성하는 데 딱히 필요하지 않은 여분의 퍼즐 한

조각으로 비쳤다고 해야 더 정확한 표현일 것이다. 한나가 그의 이름으로 보도된 기사들을 읽게 된 건 열살이 되던 해였다. 그날 서재는 비어 있었고 그 앞을 지나가던 한나는 기묘한 호기심에 이끌려 무심결에 서재 문을 열고는 그 안락의자 쪽으로 걸어갔다. 의자에 앉아 주위를 두리번거리다가 책상 서랍을 열었을 때, 먼지가 수북이 쌓인 신문 더미가 한나의 눈에 들어왔다. 마치 카드를 뒤집는 것 같았지. 그 카드를 뒤집지 않았다면 나는 안전했겠지만 그땐 그 뒤에 닥칠 엄청난 고통을 상상도 못했으니까. 카드란 건 왜 그리 가벼운 건지. 언젠가 한나는 그날의 일에 대해 무덤덤한 목소리로 이렇게 회고한 적이 있다. 극렬한 논조로 전쟁을 지지하던 그 기사들을 읽은 이후 한나는 자주 악몽을 꾸었다. 동네 사람들과 학교 친구들의 날카로운 눈초리를 의식하며 대로에 진열되어 있는 유리감옥 속 자신의 아버지를 향해 울부짖듯 욕을 하는, 깨어나면 한 시절이 무상하게 끝나고 마는 그런 악몽을……

한나는 예전으로 돌아갈 수 없었다. 이른 아침이나 잠들기 전, 나의 증조부는 간혹 한나를 서재로 불러 '나의 아가씨, 나의 한나'라고 쉰 목소리로 속삭이며 숨이 막혀올 만큼 세게 끌어안곤 했는데, 십초 정도 지속되던 포옹이 끔찍해진 것도 그 무렵이었다. 진정 끔찍한 것이 포옹의 시간인지, 아니면 그 십초의 포옹으로 버림받은 현재를 버티는 아버지인지 정확하게 인지하지 못한 채 한나는 날마다 아주 조금씩 웃음을 잃어갔다.

한나가 열두살이 되던 해 증조부는 결국 그 안락의자에서 숨을 거뒀다. 아무도 울지 않는 쓸쓸한 장례를 치른 직후 한나는 초경을 했다. 생리혈이 묻은 속옷은 한나에게 묘한 패배감을 안겨주었다. 인간 개개인이 아무리 고통에 몸부림쳐도 누군가는 죽고 누군가는 생명을 준비한다는 것, 그래서 결국 세상은 평형을 유지한다는 것, 생리혈은 그런 식의 냉정한 메시지를 전하는 것만 같았다. 생리혈이 묻은 속옷을 벗어 피아노 의자 속에 숨겨놓았던 바로 그날, 한나는 자신의 삶 테두리에 세개의 규칙들로 단단한 울타리를 치고는 처연히 그 안으로 걸어들어간 것이다.

독일로 돌아온 유학생들과 광부들 속에 안수 리가 없다는 것을 알게 됐을 때, 한나는 아마도 의도적으로 그 사건에서 멀어졌을 것이다. 또 한장의 운명의 카드가 자신 앞에 놓여 있었던 셈이니까. 들어서 뒤집는 건 쉬울 테지만 그뒤에 닥칠 수도 있는 고통은 외면하고 싶었을 한나의 절실한 마음을 그 누가 함부로 재단할 수 있겠는가.

희수, 부디 내 부탁을 재고해주길 바란다. 어쩌면 이 이야기는 당신에게 새로운 작품의 모티프가 될 수도 있을 것이다. 한나와 안수 리의 역사가 당신에게 그 무기력한 환멸에서 걸어나올 수 있는 한줌 빛이 되어주는 선물이라면 좋겠다. 진심이다.

추신: 그런데 미안하다니. 내게 미안해할 필요는 없다, 희수. 나는 미안하다는 말을 그리 좋아하지 않는다. 그런 말이야말로 당신이 표현한 '의식적 함몰구역'의 최전선 방어벽이 될 만한 조건이

아닌가.

베를린에서 발터

그리운 발터에게

이틀째 서울에는 비가 오고 있다. 가을의 끝에서 내리는 11월의 비는 소멸을 알리는 이정표 같은 것이어서 쓸쓸한 것일까. 이제 이 비가 그치면 나무들은 가난해질 것이고 숲은 고요해질 터이다. 젖은 아스팔트에 떨어진 나뭇잎들을 밟으며 나는 오늘 이 도시에서 가장 큰 도서관에 다녀왔다.

'동쪽 伯의 숲' 사건.

주로 독일 내 한국 유학생들과 광부들이 한국으로 연행되어 실형을 받았던 그 사건에 누군가 이렇게 이름을 붙였다. '伯의 숲'(伯林)은 '베를린'의 일본식 발음에 맞는 한자를 가져와 만들어진 단어인데, 영어로 음차를 표기한다면 'baeklim' 정도가 될 것이다. 한자 伯은 형제 중 첫째를 의미하기도 하고 숫자 100을 뜻하기도 한다. 이제는 한국에도 베를린을 'baeklim'으로 부르는 사람은 거의 없다. '동쪽 伯의 숲' 사건이 망각되고 있는 것처럼 '첫번째 숲' 혹은 '백개의 숲'을 의미하던 베를린의 옛 이름도 사라져가고 있는 것이다.

도서관에서 '동쪽 伯의 숲' 사건을 기록한 세권의 책과 두권의 학위논문, 여러 소논문들과 보고서들, 그리고 관련 기사가 수록된 신문과 잡지 등을 샅샅이 살펴봤지만 안수 리의 이름은 없었다. 공식적으로 안수 리는 이 사건에 연루된 사람이 아닌 것이다. 물론 1960년대의 한국에서는 한명의 독재자를 위해서라면 모든 불가능을 가능으로 바꿀 수 있었으므로 독재자와 그의 군인들이 안수 리의 이름이 서류에도 기록되지 않도록 손을 썼을 수는 있다.

발터, 안수 리에 대한 정보가 필요하다. 고향 주소나 가족관계, 한국에서 다녔던 학교 이름이나 대학 때 활동했던 써클, 그 무엇이라도 필요하다. 안수 리를 찾고 싶다. 찾아서 한나의 죽음을 전하겠다. 당신의 선물에 대한 내 보답이다.

서울에서 희수

친애하는 희수에게

서울의 비는 투명한가. 베를린에 비가 내리면 이상하게도 나는 그 비의 빛깔이 검다고 느껴왔다. 오늘에서야 나는 생각한다. 그동안 내가 봐온 'baeklim'의 비는 망각을 경고하는 숲의 검은 입김에 물들어 있었던 건지도 모르겠다고……

당신의 답장을 받고, 오늘 오후 나는 브란덴부르크 문에 다녀왔다. 희수, 브란덴부르크 문을 아는가. 그리스 아크로폴리스의 정문인 프로필라이온을 본떠서 만들었다는 이 문은 1961년 동베를린과 서베를린 사이에 장벽이 만들어진 뒤부터 동과 서를 잇는 유일한 통로가 되었다. 장벽이 만들어지기 전보다는 덜 자유로웠지만 허가를 받은 자는 브란덴부르크 문을 통해 동과 서를 오갈 수 있었다. 1964년 작곡가의 집에서 처음 만난 한나와 안수 리가 그다음번 약속 장소로 선택하여 산책한 곳도 바로 브란덴부르크 문 근처였다.

나는 검은 비가 부슬거리는 브란덴부르크 문 근처를 서성이며 젊은 시절의 한나와 안수 리가 무슨 대화를 나누었을지, 간혹 웃기도 했는지, 비가 왔다면 한개의 우산을 나눠 썼을지 아니면 각자의 우산을 폈을지, 여러 상상을 해봤다. 그날 안수 리는 한나에게 한국에 브란덴부르크 문 같은 게 있다면 그 문은 '거울의 문'이 될 거라고 말했다. 배워서 익힌 지식이 거꾸로 흘러가는, 거짓을 진실로 되비추는 이상하고도 슬픈 문…… 실제로 안수 리는 동베를린의 북한 대사관에서 허락도 없이 정기적으로 보내오는 홍보 책자를 보고 무척 놀랐다고 한다. 홍보 책자에는 당시 남한보다 발전한 북한의 경제상황이 잘 드러나 있었는데, 그것은 안수 리를 비롯한 대부분의 한국인들이 갖고 있던 지식과 상반되는 것이었다. 한국 유학생들과 광부들이 브란덴부르크 문을 넘어 북한 대사관을 방문했던 데에는 막연한 호기심이나 근원적인 동질감 외에도 그들이 보내온 홍보 책자가 과연 진짜인가 하는 의구심도 한몫했을 것이다. 하지만 브란덴부르크 문 같은 이념을 뛰어넘는 통로가 고대도시의 신전만큼이나 비현실적인 당신의 나라는 젊은 그들의 순수한 의도를 있는 그대로 받아들이지 못했던 모양이다.

희수, 지금 당신은 브란덴부르크 문이 있을 리 없는 'baeklim'의 동쪽 숲을 홀로 가로질러가고 있을 것이다. 광포한 바람에 숲의 잎들이 출렁이고 나뭇가지가 깊은 그늘을 드리워도 당신이 걷는 걸 멈추지만 않는다면 나 역시 언제까지고 이곳에서 당신을 응원할 것이다. 희수, 숲의 바깥에도 동행자가 있다는 걸 잊으면 안된다.

그런데 안타깝게도 내가 안수 리에 대해 알고 있는 것은 별로 없다. 한나로부터 들은 거라곤 그가 1940년 한국의 남쪽 도시인 통영에서 태어났다는 것과 한국에서는 가장 유명한 대학교를 나왔다는 것, 이 정도가 다이다. 만일 통영과 대학 이름으로 그를 찾지 못한다면 나 역시 이곳에서 어떻게든 정보를 모아보도록 할 테니, 희수, 주저 말고 말해주면 좋겠다.

참, 한나와 안수 리가 함께 찍은 사진 한장이 있어 파일로 만들어 첨부한다. 흑백이고 오래되어 질감도 좋지 않지만 한나가 갖고 있던 그의 유일한 사진이다. 도움이 될지 모르겠다.

행운을 빈다.

베를린에서 발터

그리운 발터에게

처음엔 막막했다. 통영시청에 의뢰도 해보고 안수 리가 다녔을 거라 짐작되는 대학교의 동창회 주소록도 찾아봤지만 결과물은 없었다. 그러다가 문득 스스로에게 이런 질문을 해봤다. 외국으로 유학을 떠났던 한국인이 극소수였던 1960년대, 독일 대학에서 니체 철학으로 박사논문까지 준비한 사람은 한국에 돌아와 무엇을 했을까. 답은 의외로 쉽게 나왔다.

철학과가 아직 폐지되지 않고 남아 있는 대학의 홈페이지를 모두 훑기 시작했다. 안수 리의 이름은 좀처럼 보이지 않았다. 그러다가 니체 철학에 관한 연구서를 찾아 읽게 되었는데, 발터, 놀라지 마라. 니체 연구서 중 여러 책에서 나는 안수 리를 봤다. 당신이 보낸 사진과 책 표지에 인쇄된 사진 속 그의 얼굴은 시간의 격차가 무색할 만큼 거의 똑같았다. 그는 여러 대학의 철학과에서 강의를 하기도 했으나 대체로 어떤 공식적인 직책도 맡지 않은 채 순수 학자로 살아왔다. 그런데 그는 오래전 이름을 바꾸었던 모양이다. 그의 현재 이름은 수철 리. 그가 안수에서 수철이 된 과정을 지금으로선 알 길이 없다. 일단은 출판사를 통해 알게 된 그의 이메일 주소로 어젯밤에 메일 한통을 보내놓긴 했다.

발터, 지금 나는 그의 답장을 기다리는 중이다.

답장이 와서 그를 만나게 된다면 바로 당신에게 알려주겠다. 당신이 보낸 행운이 이 모든 것을 가능하게 했을 터이다. 발터, 조금만 기다리면 될 것이다, 아주 조금만……

서울에서 희수

친애하는 희수에게

희수, 답장이 늦었다.

지난번 비를 맞으며 브란덴부르크 문 근처를 산책했던 게 화근이었는지 며칠 동안 나는 몹시 앓았다. 항암 치료 중에는 면역력이 떨어져 감기에 걸리기 쉬운데 문제는 감기약을 함부로 쓸 수 없다는 데 있다. 기절하다시피 깊은 잠에 빠졌다가 눈을 뜨니 응급실이었다. 무력하게 주사를 맞은 뒤 담당의가 처방해준 약을 복용하고 나면 다시는 깨지 못할 것 같은 엄청난 강도의 잠이 몰려오곤 했다. 굳이 설명하자면 삶과 죽음, 기록과 삭제, 슬픔과 평온 사이의 잠이었다. 닷새간 입원실에 있다가 어젯밤에야 나는 퇴원했고, 그래서 당신의 반가운 메일도 늦게 확인하게 됐다.

그새 안수 리를 만났는지 궁금하다. 솔직히 두렵기도 하다. 그가 한나를 기억하지 못할까봐, 기억하더라도 한나와는 다른 무게와 질감으로 그 시절을 간직하고 있을까봐 그렇다. 안수 리와 수철 리 사이에도 거울의 문 같은 게 존재하는 건 아닌지, 나는 지금 뒤집어보지 않는 편이 더 좋을 카드 한장을 받아놓고 괜한 고집을 피우는 건 아닌지 걱정도 된다.

하지만 거울 너머의 진실이, 카드 뒷면의 암시가 아무리 혹독하다 해도 그것은 내 몫일 것이다. 희수, 나도 당신처럼 도망가지 않으려 한다.

이번엔 내가 나 자신에게 행운을 보낸다. 희수, 당신에게는 내 마음의 한량없는 우정을……

베를린에서 발터

그리운 발터에게

1967년 4월, 도서관에 가기 위해 하숙집을 나서던 안수 리에게 양복을 차려입은 한국인 두명이 다가왔다. 그들은 마치 오랫동안 사귀어온 친구들처럼 주저 없이 악수를 건네며 본 주재 한국 대사관에서 젊은 유학생들의 노고를 치하하는 연회가 있으니 함께 가서 시원한 맥주나 한잔하자고 말했다. 안수 리는 어리둥절했다. 한국 대사관으로부터 그런 초대를 받은 적이 없을뿐더러 논문 준비로 온 신경이 극도로 예민하던 때였다. 초대는 고맙지만 논문이 통과된 뒤 다시 불러주면 안되겠느냐고, 안수 리는 정중하게 거절의 의사를 밝혔다. 4월 말, 부활절이 지나면서 봄의 기운이 만연한 때였지만 그날따라 베를린에 부는 바람은 서늘하기만 했다. 남자들은 난처한 표정이나 그 어떤 강압적인 제스처도 없이 아주 자연스럽게 안수 리를 주택가에 주차해놓은 검은색 벤츠 쪽으로 몰고 갔다. 그래도 지금 가시는 게 여러모로 좋을 겁니다. 남자들 중 누군가 비웃듯 말했을 때, 안수 리는 그제야 연회니 맥주니 하는 게 그들의 진짜 의도가 아니란 것을 눈치챌 수 있었다. 그때가 첫번째 기회였소. 안수 리는 말했다. 하지만 도망갈 수 있는 그 최초의 기회를 나는 놓쳤지. 당시 내가 한국 나이로 스물여덟살이었어. 스물여덟살의 내겐 부당한 처사에 대항할 배짱이란 게 없었던 게요.

당시 서베를린은 마치 섬처럼 동베를린에 둘러싸여 있었으므로 본으로 가려면 동베를린을 한번은 통과해야 했는데, 이때에는 반드시 여권을 소지해야 했다. 뒤늦게 자신의 가방 속에 여권이 없다는 것을 떠올린 안수 리는 여권 검사가 필요한 순간이 오면 그것을 빌미로 은근슬쩍 이 이상한 동행을 유예하자고 건의하려 했다. 그러나 그 두번째 기회는 그의 손에 잡히지도 않았다. 남자들은 이미 안수 리의 여권을 대체할 수 있는 서류를 준비해놓고 있었던 것이다. 서베를린을 빠져나온 뒤 본까지 가는 동안 벤츠는 단 한번도 쉬지 않았고 누구도 말을 꺼내지 않았다.

벤츠가 본에 위치한 한국 대사관에 도착하자 안수 리는 연회장이 아니라 대사관 건물의 지붕 아래 방으로 인도되었고, 신변에 변화가 왔을 때 수소문할 만큼 친분이 있는 독일 내 지인들에게 편지를 쓰라는 명령을 받았다. 물론 한국 대사관이나 벤츠를 몰고 온 남자들에 대한 언급은 없어야 했다. 안수 리는 낡은 원목 책상에 앉아 하숙집 주인과 한나 앞으로 편지를 썼고 작성된 편지를 수거해간 대사관 직원은 밖에서 문을 잠갔다. 천장이 낮고 컴컴한 그 방에 혼자 남겨진 그는 한나에게 쓴 편지에 차마 담지 못한 한줄의 문장만을 곱씹으며 새벽을 맞았다. 발터, 나는 그에게 그 문장이 뭐냐고 묻지 않았다. 우리는 그 문장이 빠진 그들의 결여된 이야기를 지붕 위로 펼쳐지는 별들의 수신호처럼 상상의 영역에서 해독해야 할 것이다. 당신의 신념은 나의 것이기도 하다. 개인은 세계에 앞서고, 세계는 우리의 상상을 억압할 수 없다.

다음 날 다시 벤츠에 실려 함부르크 공항에 도착한 안수 리는 수많은 사람들이 오고 가는 그곳이 자신에게 주어진 마지막 기회라는 것을 감지했다. 독일어로 살려달라고 했소. 살려달라고, 제발 독일 경찰에 신고해달라고. 안타깝게도 그날 함부르크 공항에서 그의 목소리를 새겨듣는 사람은 없었다. 그저 동양에서 온 어느 미치광이가 정신과 치료를 받기 위해 고국으로 돌려보내지는 어수선한 광경일 뿐이라고 여기고 말았을 그들의 무관심이 안수 리에게 주어진 세번째이자 마지막 기회를 박탈한 셈이다.

한국에 도착한 안수 리는 지하 취조실에 갇혔고 그곳에서 발가벗겨진 시간을 경험했다. 발가벗겨진 시간, 그는 그렇게 표현했다. 그 시간은 한 인간으로서 숨겨두고 싶었던 모든 것을 한줌의 배려도 없이 적나라하게 들춰냈다. 매달려 매를 맞고 물속에 잠기고 전기 충격이 온몸을 관통할 때마다 그는 바닥을 기거나 침을 흘리며 짐승처럼 헐떡였고, 이미 준비된 자술서에 서명하라는 협박을 받을 때면 인간적인 갈등과 지독한 모욕감을 동시에 감당해야 했다. 옆방에서 전해져오는 흐느낌과 신음 소리는 마음의 가장 어둡고 불안한 곳에서 거센 파도가 되어 밤새도록 파랗게 부서지곤 했다.

구원은 의외의 방식으로 찾아왔다. 독일 유학생 중에서 자발적인 스파이가 나타난 것이다. 안수 리가 필요 없어진 그들은 그에게 알 수 없는 약을 잔뜩 먹인 뒤 어느 대학병원 입원실에 가뒀다. 그 병실에서 안수 리의 육체는 조금씩 회복되었지만 정신은 형편없이 훼손되어갔다. 깨어 있을 때도 정신이 몽롱하여 사리 판단이 되지 않았던 것은 주기적으로 맞는 주사 때문인 듯도 했고, 한줄기의 빛도 들어오지 못하도록 창문에 나무까지 덧댄 병실의 폐쇄성 탓인 것도 같았다. 그는 무력하게 침대에 누워 천장을 올려다보는 것 외엔 할 수 있는 게 없었다. 형광등을 오래 보고 있으면 빛 알갱이가 산란하는 게 보인단 말이오. 그 빛은 흩어지고 모이면서 나비나 새가 되어 날아다니기도 하고 때로는 오직 한 사람의 얼굴도 되지. 끝내 그 얼굴이 완성되지 않았기 때문에 나는 견딜 수 있었던 거겠지요. 그 시절을 지나와 생각해보니 그렇다는 거요.

그해 7월 말이 되어서야 그는 병원에서 풀려났다. 독일에서 얻은 병이 호전되지 않아 한 천주교 재단의 도움으로 급히 귀국하게 되었다는 그들의 시나리오에 서명을 한 뒤였다. 석달여의 시간에 비밀의 열쇠를 채운 뒤 거리로 나선 그가 갈 수 있는 곳은 고향뿐이었다.

고향에선 또다른 고통이 그를 기다리고 있었다. 신문과 방송과 사람들의 입술은 끊임없이 '동쪽 伯의 숲' 사건에 대해 떠들어댔고, 안수 리는 자신이 믿고 의지했던 사람들이 체포되어 공판을 받는 과정을 건강해진 눈으로 지켜봐야 했다. 그에게 곧잘 더운밥을 해주었던 작곡가의 아내가 수의 차림으로 재판장에 끌려가는 모습을 신문에서 발견한 이후로는 하루에도 몇번이고 언론 기관이나 시민단체를 찾아가 이 사건이 철저하게 조작되었다는 것을 폭로하는 계획을 세웠지만 한번도, 단 한번도 행동에 옮기지 못했다. 머리보다 몸이 먼저 그 "발가벗겨진 시간"을 기억했다. 자신의 신념과 철학을 창백한 문장들로 만들어버리는 육체의 나약한 속삭임을 그는 떨쳐내지 못한 것이다. 그 시간을 외면하면서 그는 살아남았다. 아니, 죽어갔다.

다행히 서독을 비롯한 유럽의 여러 나라에서 이 사건에 대한 항의와 규탄이 연이어졌고 이에 부담을 느낀 한국 정부는 재판을 거듭할 때마다 피의자들의 형량을 줄여나갔다. 최종심에서 사형이나 무기징역을 선고받았던 마지막 피의자 세명이 1970년 12월에 성탄절 특사로 석방되면서 '동쪽 伯의 숲' 사건도 끝이 나게 되었다.

안수 리는 독일행을 포기했다. 한나를, 작곡가를, 그리고 수년간 외지에서 함께 공부했던 동료들을 마주할 용기가 없었다. 아니, 어쩌면 그것은 용기가 아니라 용서의 차원이었는지도 모른다. 용서할 수 없었던 그 무력한 시절은 어느날엔 단 하나의 진실처럼, 또 다른 날엔 악의적인 거짓말처럼 끊임없이 그에게 되돌아왔을 것이다. 그 과정은 회귀하는 동일성을 넘어 날마다 새로워졌을까. 그래서 그는 조금이나마 죄책감에서 벗어날 수 있었을까. 나는 찻잔을 내려놓고 고개를 들어 그를 건너다봤다. 내가 묻기도 전에 그가 말했다. 부끄러웠지. 견딜 수 없이 부끄러웠는데, 아이러니하게도 그 견딜 수 없는 부끄러움이 날 견디게 해주더군요. 그의 말을 듣는 동안, 내 마음속엔 삶의 끝자락에 깃발을 꽂고 어제보다 더 큰 부끄러움을 좇아 욕망 없는 정복자처럼 한걸음 한걸음 혼신의 힘으로 걸어왔을 한 인간의 긴 발자취가 그려지기 시작했다. 그가 걷는 곳은 언제나 빈 들판이었고, 투명한 계단을 지나 하늘 끝까지 이어진 그 발자취는 자격을 되묻는 것으로 충만했던 내 작은 웅덩이에서 올려다본 한 인간의 별자리처럼 빛났다. 상상보다 더 환하게, 더 고독하게……

내가 주체할 수 없이 눈물을 흘리기 시작한 건 그때부터였다. 한나의 죽음을 전할 때도, 그가 무심한 듯 슬픈 눈동자로 내 등 너머를 바라보며 '한나' 하고 속삭였을 때도 흘러내리지 않았던 눈물이 얼굴을 타고 내려와 꽉 쥔 주먹 위로 투두둑 떨어졌다. 어느새 한발 다가온 그가 내 어깨를 다독이며 괜찮으냐고 물었다. 나는 내 어깨에 닿은 그의 손을 잡으며 조금 더 울었던 것 같다.

발터, 안수 리는 이번 달 안에 독일에 가겠다고 내게 말했다. 한나의 묘지를 찾아가 정식으로 애도를 표하겠노라고 했다. 그에게 당신의 이메일 주소와 독일 전화번호를 알려주었다. 곧 다가올 어느날, 당신은 안수 리를 저녁식사에 초대하여 브란덴부르크 문에서 그와 한나가 어떤 자세로 우산을 썼는지 확인해봐도 좋을 것이다.

발터, 고맙다.

서울에서 희수

친애하는 희수에게

서울에도 그새 눈이 왔는지 궁금하다. 베를린에는 어젯밤부터 눈이 내렸고 안수 리는 오늘 아침 한국행 비행기에 올랐다. 사십오 년 만에 독일을 다시 찾은 안수 리에게 눈 내리는 베를린 풍경을 선물할 수 있어서 기뻤다.

그리고 일전에 당신이 준 메일 — 시를 다시 쓰기 시작했다는 그 소식에 내가 한동안 흐뭇하게 웃었다는 것을 고백하지 않을 수 없다. 언젠가 우리가 다시 만나게 된다면 '동쪽 伯의 숲' 한가운데를 함께 걸으며 당신의 시로 긴 노래를 부르고 싶다. 희수, 그런 날은 반드시 올 것이며 나는 언제까지고 그 노래를 잊지 않겠다.

베를린에서 발터

산책자의

행복

흐리고 오후 한때 진눈깨비가 날린 날, 오늘도 저는 긴 산책을 다녀왔습니다. 한달 전부터 같은 페이지가 접혀 있는 전공 서적과 뜨거운 커피를 담은 보온병, 그리고 대충 자른 훈제 햄을 끼워넣은 식빵 두조각을 챙겨서요. 산책의 방향에 대해서는 계획을 세우지 않았습니다. 늘 그렇죠. 그저 걷는 것입니다.

이 도시는 산책자를 위한 최상의 조건을 갖춘 곳이라고 제가 쓴 적이 있던가요. 서너시간만 걸어도 시청사와 박물관, 대성당이 모여 있는 도심뿐 아니라 공원과 공동묘지가 자리한 외곽까지 둘러볼 수 있죠. 소도시에 불과하지만 이곳에 없는 거라곤 국제공항과 출입국관리사무소 정도일 거예요. 수시로 국경을 넘어야 하는 직업만 피해간다면 태어나서 죽는 순간까지 필요한 거의 모든 것이

이 도시엔 마련되어 있습니다. 간혹 그런 사람을 상상해봅니다. 이 도시의 시립병원에서 태어난 뒤 도시 안에 있는 학교와 직장을 다니다가, 생애가 소진될 즈음 다시 그 시립병원으로 돌아가 임종을 맞은 사람, 그러니까 이 도시에 있는 건물들을 옮겨 다닌 물리적인 이동이 삶의 전부인 사람…… 어쩌면 그런 삶이 이 세계의 표준인지도 모르겠어요. 여러 나라의 국경을 넘어 지금은 이곳에 있지만 제 삶에도 새로운 것은 없으며 그저 몇개의 동일한 일상과 감정이 반복되고 있을 뿐이니까요.

라오슈라면 분명 이런 조언을 해주겠지요. 전진하려 했으나 장벽에 부딪혀 돌아온 허무와 애초부터 전진을 시도하지 않은 고정된 허무는 다르다고, 일상과 감정의 반복 속에서 스스로 실존의 의미를 찾아야 한다고요. 라오슈가 학생들에게 자주 했던 말이죠. 하지만 라오슈, 하루하루가 특별한 감각 없이 머릿속 망각의 창고 안에 쌓여가고 있는데, 나라는 존재 하나 해석할 수 없어 생산성과는 완전하게 무관한 산책이나 하며 부모님이 보내주는 돈을 낭비하고 있는데, 이런 제가 어떻게 제 세계의 둘레를 벗어나 전진할 수 있을까요. 해변에 버려진 종이상자처럼 파도가 밀려올 때마다 조금씩 무너지고 있을 뿐입니다.

라오슈, 오늘도 저는 긴 산책을 했고 책은 펼쳐보지 않았습니다. 그리고 라오슈에게선 여전히 답장이 오지 않았습니다.

*

높은 곳에서 새벽의 M시를 내려다본다면, 형광등의 창백한 빛에 둘러싸인 편의점은 네모난 모양의 부표처럼 보일 거라고 그녀는 생각하곤 했다. 그렇다면 그것은 안전하면서도 풍요로운 영역이 있다는 걸 알리는 부표인 셈이다. 실제로 새벽의 편의점 안에서 바라보는 문밖의 어둠은 물결처럼 일렁이곤 했고, 어둠을 가로질러 담배나 생수를 사러 오는 사람들은 저마다의 항로를 갖고 있는 외로운 항해사처럼 보일 때가 많았다.

그녀는 이년 전에 M시로 이사 왔다. 이사가 결정되기 전부터 살짝 언 강물 위를 맨발로 걷고 있는 듯 매 순간이 춥고 위태로웠음을 그녀는 기억한다. 어디로든 발을 뻗어야 하지만 내딛는 곳이 곧 나락이 될 수도 있다는 걸 분명하게 의식해야 하는 불안한 피곤…… 그 시절 불행은 각종 청구서와 독촉장에 찍혀 배송되었고, 그녀는 숫자로 구체화된 불행의 위력 앞에서 무력했다. 서른살 때부터 이십년 가까이 해오던 대학 강의를 그만두면서 수입은 제로가 되었는데 어머니의 병원비와 은행 빚은 꾸준히 불어났다. 살던 집을 처분하고 타고 다니던 구형 자동차를 팔아도 해결될 기미가 보이지 않았다. 결국 개인파산을 신청했고 기초생활수급자가 되기 위한 절차를 밟았다. 임대아파트 입주권자가 발표되던 날, 그녀는 어머니가 입원해 있던 병원 비상구 계단에 앉아 새벽을 맞았다. 하나의 세계는 끝났다. 그렇게 생각했다. 이를테면 불행이란 진실을 사유하는 데 필요한 관념으로만 존재하던, 혹은 진정한 행복을 완성하는 부속품이라고 여기던 세계는 단단하게 셔터를 내린 것이다. 입과 거주지를 국가에 의탁해야 하는 세계, 수치심은 사치가 되고 무엇이든 표현할 수 있는 인간으로서의 자유는 최후의 보루조차 될 수 없는 세계, 그녀 앞에 새로 펼쳐진 세계는 그런 곳이었다.

정부가 지정해준 임대아파트가 M시에 있었다. 지금은 번듯한 신도시의 외관을 갖추게 됐지만 그녀가 이사 올 때만 해도 M시는 유령의 은신처처럼 황폐하기만 했다. 여기저기 땅이 파헤쳐져 있었고 입주가 안된 빈 아파트들은 거대한 시멘트 덩어리 같았으며 인도엔 부서진 벽돌이나 각목 조각이 나뒹굴었다. 그때는 지하철 역사도 아직 정비되지 않아서 M역은 이름만 존재할 뿐, 지하철은 정차하지 않았다. 시내에 나갔다 올 때면 그녀는 늘 M역의 전역에서 내린 뒤 M시까지는 걸어서 이동했다. M시는 오랫동안 그린벨트로 묶여 있었으므로 개발구역을 제외한 곳은 논밭이 많았고 M시로 이어지는 6차선 차도엔 횡단보도나 신호등이 마련되어 있지 않았다. 이상해. 차들이 속도를 내며 달리는 6차선 옆 좁은 인도를 묵묵히 걸으며 그녀는 중얼거리곤 했다. 이상한 풍경이긴 했다. M역의 전 역까지는 대도시의 윤곽이 뚜렷하고 밤에는 인공적인 불빛에 휘감기는데, M시로 이어지는 길은 풀벌레 우는 소리와 곡물 익어가는 냄새로 가득한 것이다. 마치…… 메이린에게 답장을 보낸다면 이렇게 시작하는 문장을 쓰고 싶다고, 언젠가 희미한 낮달이 배에서 떨어져나온 닻처럼 떠 있던 여름하늘을 올려다보며 그녀는 생각한 적이 있었다.

마치, 메이린, 그 길은 얼어붙은 강물 밑 같았어. 늘, 너무 추웠어.

메이린은 그녀가 철학과 강사로 대학에서 마지막 학기를 보내던 때 만난 중국 유학생이었다. 보통 한국어를 일이년 정도 배운 뒤 입학하는 중국 유학생들은 고난도의 어휘와 복잡한 어순의 문장으로 점철된 전공 서적을 제대로 이해하지 못했다. 좀처럼 강의에 집중하지 못한 채 휴대전화를 들여다보거나 잡담을 하는 그들을 볼 때마다 그녀는 의욕을 잃곤 했다. 그녀는 중국 유학생들에게 도무지 애정을 가질 수 없었다. 적어도 메이린을 알기 전까지는 그랬다.

메이린은 달랐다. 아니, 특별했다. 강의 중 무심결에 언급한 책까지 구하여 밤새도록 읽어오는 열정은 놀라웠고 그녀의 말을 그대로 흡수하는 듯한 총명한 눈빛은 신뢰감을 주었다. 강의가 끝나면 가방을 정리하는 그녀에게 다가와 그날의 강의를 꿰뚫는 질문을 해오기도 했는데, 그럴 때마다 그녀는 누구보다 학자로서의 가능성이 있는 메이린의 젊은 미래가 부러웠다. 부러웠지만, 동시에 안쓰럽기도 했다. 가능성은 실패하고 좌절할 확률과 비례한다는 의미니까, 어떤 실패와 좌절은 또다른 가능성에 가닿는 사다리가 되지 못하고 나락으로 떨어지는 직선의 통로가 되기도 한다는 걸 잘 알고 있었으므로. 철학과가 다른 비인기 학과와 묶여 인문학부로 통합되고 철학과 관련된 교양수업이 폐강되면서 그녀는 대학이라는 울타리 밖으로 밀려나게 됐지만, 그 이듬해 졸업을 한 메이린은 독일로 유학을 떠난 뒤에도 잊지 않고 이메일을 보내왔다. 그사이에 그녀는 퇴원한 어머니와 함께 M시로 이사를 왔고 일년 전부터는 일주일에 세번씩 M시 한복판에 위치한 이곳 편의점에서 자정부터 새벽 여섯시까지 카운터를 지키고 있다. 책과 논문들을 방수비닐에 싸서 재활용 쓰레기장에 버린 날도 있었고 캄캄한 방에 누워 가능하고도 합리적인 죽음의 방법을 고민한 날도 있었다. 메이린에게는, 단 한번도 답장을 보내지 않았다.

그녀는 편의점 카운터에 비스듬히 서서 메이린이 처음으로 그녀를 라오슈(老師)라고 불렀던 어느날을 떠올렸다. 제법 친해져서 교정 뒤쪽의 낮은 야산으로 함께 산책을 간 날이었다. 메이린은 대화 도중 실수로 나온 모국어에 얼굴을 붉혔지만 그녀는 웃었고, 그 호칭이 마음에 드니 앞으로도 그렇게 불러주면 고맙겠다고 말했다. 진심이었다. 적어도 그녀에게는, 라오슈가 관계의 위계라든지 근엄함의 성향이 배제된 중립적인 호칭처럼 들려서 좋았다. 강의실에서 메이린을 만날 무렵, 그녀는 곧 대학을 떠나야 하는 자신의 처지를 예감하고 있었고 그 어느 때보다 교수님이라든지 선생님으로 불리는 것이 부담스러웠다. 게다가 노래하는 소리 '라'와 바람소리 '슈'가 결합된 그 단어는 가만히 듣고만 있어도 마음의 밑바닥에서 붕 떠오르는 듯한 착각을 불러왔다.

마침 후드티를 뒤집어쓴 젊은 남자가 들어오면서 그녀는 자세를 바로 했다. 담배를 사러 온 손님이었다. 그녀는 등 뒤에 비치된 담배 진열장에서 남자가 찾는 담배를 집어 바코드 리더기를 갖다댔다. 내내 휴대전화를 들여다보고 있던 남자와 시선이 마주친 건 결제를 마친 신용카드를 주고받을 때였다. 남자는 충혈된 눈으로 그녀의 얼굴을 유심히 보는가 싶더니 이내 후드티 모자를 벗어 깍듯하게 인사한 뒤 편의점을 나섰다. 그녀는 남자 쪽을 쳐다보지 않기 위해 뚫어지게 정면만을 응시하다가 편의점 문이 닫히는 소리가 들린 뒤에야 등받이 없는 플라스틱 의자에 털썩 주저앉았다. 마음은 쉽게 진정되지 않았다. 방금 전의 후드티 남자를 강의실에서 만난 적 있을지 모른다는, 확인할 수 없고 확인하고 싶지도 않은 공허한 의심으로 인한 동요였다.

석달 전, 그런 손님이 있었다. 앳된 얼굴의 키가 작은 여자 손님이 카스 두캔과 감자칩 한봉지를 카운터 위에 올려놓다 말고 고개를 갸우뚱거리며 그녀에게 물었다. 혹시 홍미영 교수님 아니세요? 그녀는 제대로 고개를 들지 못한 채 어수룩하게 대답했다. 아, 아닙니다. 다행히 여자 손님은 더이상 아무것도 묻지 않고 편의점을 나섰지만, 그날 이후 그녀는 나이가 어려 보이는 손님이 편의점으로 들어설 때마다 반사적으로 긴장하는 몸의 습관을 갖게 되었다. 생존은 스스로 해결하되 세상이 인정하고 우대해주는 직업에 연연하지 말라고, 눈 가린 말들처럼 정해진 트랙을 달릴 필요 없다고, 종강 즈음이면 한 학기를 정리하며 그녀는 학생들에게 말하곤 했다. 속된 세계로의 편입을 선택하지 않는 자유를 지키는 한 어떤 형태의 가난 속에서도 인간으로서의 품위를 지킬 수 있다고도 했다. 그렇게 말할 때 그녀는 늘 확신에 차 있었고 그 말의 무게를 책임질 준비도 되어 있었다. 그러나 이제 그녀에게 남은 선생으로서의 마지막 말은 존재와 신념을 모두 부인하는 배교자의 언어였다. 그 언어는 종종 새벽의 편의점 안에서 손의 형상으로 빚어졌다. 끊임없이 그녀를 돌려세워 광대의 의자에 앉힌 뒤 그녀가 강의실에서 했던 말들을 바닥에 널어놓고는 조롱하듯 손가락질하는 거칠고도 악센 손들…… 아직 새벽의 한가운데였다. 편의점 사장과 교대하려면 앞으로도 네시간 십오분을 기다려야 했고, 그 동안에 환각은 물러나지 않은 채 좀더 그녀를 괴롭힐 터였다. 그녀는 당장이라도 메이린에게 답장을 쓰고 싶었다.

사는 게 원래 이토록 무서운 거니, 메이린?

그렇게, 묻고 싶었다.

*

올해의 마지막 날, 저는 부재에 대해 생각했습니다. 오랜만에 공원 쪽으로 산책을 나갔다가 공원의 상징이었던 청동상이 철거된 자리, 그 시꺼먼 공백을 보았기 때문일까요. 석고 받침대에 남은 발 모양의 흔적은 사라진 존재의 비밀스러운 단서가 아니라 그저 누군가의 부주의로 미처 치우지 못한 먼지 더미처럼 보일 뿐이었습니다.

노년의 농부를 형상화한 동상, 기억하세요? 영웅이나 유명 예술가가 아니라 이름과 생몰년도가 기록되지 않은 신원미상의 농부를 동상으로 세운 것에 적잖이 충격을 받았다고 일전에 저는 썼죠. 이번에 알게 되었는데, 그 동상은 오래전부터 논란의 대상이 되어왔던 모양이에요. 지역신문에는 동상을 철거해야 한다는 사설이 주기적으로 실렸고 지난번 유대인들의 속죄일에는 동상 앞에서 피켓 시위를 하는 대학생도 있었다고 들었습니다. 그 크고 작은 소란은 농부의 평범함이 한 시절의 역사에선 악이 되었음을 모두가 끈질긴 힘으로 기억해왔기 때문이겠죠. 동상은 제이차세계대전 때 주조되었다고 알려져 있습니다. 땅을 믿으며 씨앗을 뿌리고 곡식을 추수하던 평범한 농부들이, 단지 유대인이라는 이유로 어제까지 안부를 묻던 이웃들을 밀고하거나 그들에게서 재산을 빼앗던 시절이었죠. 총에 맞고 쓰러지고 불에 태워지는 이웃의 구체적인 얼굴을 목격했으면서도 그들은 시장에 가고 빵을 굽고 잠들기 전에는 자녀의 뺨에 키스를 해주었을 것입니다. 저의 하숙집 주인할머니—그녀는 러시아 출신의 이민자입니다—는 언젠가 저에게 이야기한 적이 있습니다. 독일의 러시아 침공 당시, 고작 열여섯살에 간호병으로 입대한 큰언니가 종전과 함께 일년 만에 귀가한다는 통지서를 받고 온 가족이 마중을 나갔는데 아무도, 심지어 어머니조차 그녀를 알아보지 못했다고요. 플랫폼에는 열일곱살의 싱그러운 처녀가 아니라 백발을 길게 늘어뜨린 신산스러운 분위기의 여인이 서 있었으니까요. 훗날 백발이 어색하지 않은 나이에 이른 할머니의 큰언니는 다행이라는 말을 가장 많이 했다고 해요. 늙어서, 잊어가고 있어서, 곧 죽을 수 있어서 다행이라고…… 생애가 기다란 원통 모양이라면 그녀에게 다행이라는 말은 시간의 그물망을 통과하여 그 밑바닥에 쌓인, 정제되고 또 정제된 결정체 같은 것이겠지요. 전쟁은 그런 것일 테지요.

그러니 동상이 철거된 것은 도리에 맞는 일일 것입니다. 알면서도 라오슈, 저는 서운했습니다. 분명 며칠 전까지만 해도 볼 수 있고 만질 수도 있었는데, 그 주름진 손에 들린 것이 칼이나 책이 아니라 쟁기인 것을 보고 제가 받은 작은 충격을 기억하고 있는데, 그렇듯 하루아침에 존재가 부재로 바뀌었다는 것이 믿기지 않았습니다. 이 도시의 누구도 동상이 철거될 예정이란 걸 저 같은 이방인에게 알려줄 의무는 없지만 저는 배신감마저 들었습니다. 어쩌면 저를 둘러싼 이 세계의 모든 것이 언제라도 제 감각 밖으로 사라질 수 있다는 걸 상기하는 과정이 괴로웠던 건지도 모르겠어요.

—살아 있는 동안엔 살아 있다는 감각에 집중하면 좋겠구나.

그때 라오슈는 말했고, 저는 들었습니다.

죽음을 주제로 한 강의가 끝난 뒤 제가 라오슈에게 이선의 급작스러운 죽음을 털어놓고 말았을 때, 라오슈는 제 손을 잡으며 분명 그렇게 말했죠. 그 흔한 반지 하나 없는 라오슈의 맨손이, 평생 책을 읽고 집필을 하고 학생들의 과제와 시험지를 들여다보던 나이 든 여자의 그 작은 손이 제 몸에 그대로 각인되는 듯했습니다. 이선을 잃은 뒤 죄책감으로부터 도망치고 싶었던 제 비겁함을 끌어안은 실체는, 그때껏 그 손뿐이었죠. 한 사람은 죽었고 그 사람이 있던 자리는 머리카락 한올 남지 않은 공백뿐인데, 왜 나는 아직 살아남았고 계속해서 살아야 하는가. 이선은 저에게 그런 류의 질문을 남긴 아이였으니까요.

라오슈, 오늘 저는 부재에 대해 생각했습니다. 그건, 영원이라는 시작도 끝도 없는 선 위에서 점멸하는 작은 점, 부재함으로써 존재하는 이선을 생각했다는 의미이기도 합니다. 라오슈는 지금 어디에 계신가요. 어떤 언어가 라오슈의 시간을 통과하고 있는 걸까요. 행복한가요, 라오슈? 제가 라오슈에게서 듣고 싶은 말은 사실 그뿐인데, 오늘도 저의 타전은 무력합니다.

*

내내 긴장하고 있었지만 그녀에게 깍듯하게 인사하는 손님은 더 이상 없었다. 손님의 발길이 뜸해지는 새벽 세시가 지나자 긴장이 풀리면서 졸음이 밀려왔다. 플라스틱 의자에 앉아 잠시 선잠에 들었던 그녀는 휴대전화 진동음에 퍼뜩 눈을 떴다. 휴대전화 화면에는 집 전화번호가 떠 있었다. 수술과 긴 입원생활을 마친 뒤 우울증을 얻은 어머니는 간혹 이런 새벽에 아연히 깨어나 그녀에게 전화를 걸어오곤 했다.

선뜻 전화를 받을 수 없었다. 언제부터인가 어머니는 그녀에게 고향과 외할머니 이야기를 하고 싶어했다. 대부분은 어머니가 예닐곱살에 고향에서 경험한 전쟁과 관련된 일화들이었다. 그녀는 어머니의 고향인 산청에 가본 적이 없었고 외할머니는 그녀가 태어나기도 전에 죽었으며 그녀에게 전쟁은 인위적인 국경이라는 결과

물로 남은 객관적으로 비참한 사건일 뿐이었다. 아프기 전까지는 혹시라도 닥칠 불이익을 염려하며 가족사에 대해 철저하게 함구했던 어머니가, 생의 종착역에 다다라서야 외할머니와 살았던 고향으로 되돌아가는 여정을 반복하는 이유를 그녀는 알 수 없었다.

망설이다가 통화 버튼을 누르자 내가 마저 하지 못한 말이 있다, 어머니는 내내 기다렸다는 듯 곧바로 이야기를 꺼냈다. 초조한 목소리였다.

—네가 꼭 들어야 되는 거야. 그때 말이야, 우리 마을에 청년들이랑 경찰들이 떼로 와서 사람들을 많이 죽였다고 했잖아.

그녀는 질끈 눈을 감았다. 어머니가 뒤이어 어떤 말을 할지는 다 알고 있었다. 이미 여러번 들은 레퍼토리였다.

—실은 우리 아버지, 그러니까 네 외할아버지도 그때 돌아가셨다. 즉결 처분이라나 뭐라나. 아버지를 묻어주지도 못하고 엄마 손에 이끌려 외삼촌이 살던 산 너머 마을로 밤도망을 갔어. 한겨울이었는데, 가는 길에 보니 개들은 시체를 먹고 사람들은 그 개를 잡아먹고 있더라. 엄마도 나도 말은 안했지만 아버지도 개들의 먹이가 되었을 거란 걸 알고 있었지. 외삼촌 집에 도착했을 땐 동상으로 손발 아픈 거는 까맣게 잊어먹을 만큼 밥 생각뿐이었어. 삼일은 굶었을 거야. 외숙모가 야속하게도 국밥을 딱 한그릇 말아줬는데 엄마한테 잡숴보라는 말도 않고 내가 다 먹어치웠다. 게 눈 감추듯이 말이야. 근데 그만 새벽에 탈이 나서 다 토하고, 그게 아까워서 나도 울고 엄마도 울고. 엄마, 우리 엄마가 어떤 사람인지, 미영아,

너는 아니?

어머니는 절박하게 물었지만 그녀는 해줄 수 있는 말이 없었다. 이제 그만 주무세요, 그녀가 가까스로 그렇게 말했을 때 어머니는 흐느끼기 시작했고 그녀는 어머니가 울 때면 늘 그랬듯 죄인이 된 기분에 사로잡혔다. 속죄도 구원도 바랄 수 없는, 태어나기 이전부터 운명 지어진 죄인……

그녀는 휴대전화를 카운터에 내려놓았고 전화가 끊길 때까지 가만히 기다렸다.

피곤했다.

어머니의 전두엽에서 종양이 발견된 뒤부터 시작된 피곤이었다. 그리 멀지 않은 미래에 닥칠 어머니의 죽음을 상상하면 눈발이 날리는 텅 빈 들판에 혼자 서 있는 듯 지독한 외로움이 밀려왔지만 상상 속 외로움은 현실의 피곤을 이기지 못했다. 피곤은 줄지도 않았다. 아침에 눈을 뜨면 어제와 똑같은 크기와 질량의 피곤이 또다시 시작됐다. 죽음에 가닿은 피곤이라고, 그녀는 생각했다.

한때는 죽음에 매혹된 적도 있었다. 그녀가 흠모했던 철학자들은 죽음을 전제한 존재의 성찰을 두려워하지 않았다. 그녀는 그들의 책을 읽으며 젊은 시절을 보냈고 그들처럼 미래의 죽음을 떠맡으며 강인한 현재를 살기 위해 애썼다. 그녀에게 죽음은 구체적인 단절이 아니라 존재를 완성하고 성숙의 의미를 되새기게 하는 추상적인 과정이었다.

—아니요, 죽음은 채워지지 않는 식탁의 빈자리 같은 거예요.

손을 뻗어도 만질 수 없고 머리를 맞댄 채 웃으며 이야기할 수도 없는 거요. 그냥 끝이라고요, 끝, 아무것도 없고 되돌릴 수도 없는 것, 아시겠어요?

강의가 끝난 텅 빈 강의실에서 그렇게 항의하며 울먹이던 메이린은 작은 주먹을 꽉 쥐고 있었다. 그날은 처음으로 개별자로서의 메이린을 인식하게 된 날이기도 했다. 무리 중의 학생이 개별자가 되는 건 흔한 일은 아니었다. 아니, 어쩌면 유일한 경험이었는지도 모른다. 희미하게 몸을 떨며 한바탕 울고 난 메이린은 최근에 자신이 겪은 죽음에 대해 이야기했다. 이선, 고작 스물세살에 스스로 죽음을 선택한 메이린의 한국인 친구…… 타인의 고유한 고통을 알게 되면 애틋함이 생기고 그 애틋함은 결국 스스로를 보듬는 도구가 된다. 철학과가 사라질 조짐을 보이고 그녀가 흠모했던 철학자들의 책들이 도서관 구석으로 옮겨지는 걸 지켜봐야 했던 그때, 친구를 잃은 메이린의 슬픈 얼굴이 그녀에게는 세상 끝에 버려진 거울 같기만 했다. 동질감을 느꼈다. 아니, 느끼고 싶었다. 악의적인 운명에 단 하나였던 우주를 빼앗긴 사람이 나만은 아니라는 믿음이, 그것이 공동의 현상이라는 증거가, 그때는 위로가 됐다.

그녀는 메이린이 필요했다.

버스 첫차시간의 기준이 되는 새벽 네시가 지나면서 편의점의 문이 열리는 빈도가 잦아졌다. 손님 대부분은 동이 트기 전에 M시의 공사 현장이나 빌딩 화장실, 혹은 식당 주방으로 출근하려는 사람들이었다. 늙고 가난한 노동자들이 출근길에서 구입하는 건 컵라면이거나 봉지에 든 빵, 둘 중 하나인 경우가 많았다. 개중 누군가는 편의점 안쪽 간이 선반에 서서 허술한 아침식사를 해결하기도 했다. 편의점엔 이내 값싼 음식들이 피워내는 인공적인 냄새로 가득해졌다. 허기를 일깨우는 냄새였다. 한바탕 손님이 들었다가 나간 뒤 그녀는 냉장칸에서 유통기한이 지나 판매할 수 없는 삼각김밥 하나를 꺼냈다. 밥알 하나하나에 찬 기운이 서린 삼각김밥을 여러번에 걸쳐 베어 먹는 동안, 오래전 친척 집에서 씹지도 않고 국밥을 삼켰을 어머니의 실루엣이 그녀의 몸에 고요하게 겹쳐지는 게 느껴졌다. 팔랑이는 두장의 종이처럼 어머니의 과거와 그녀의 현재가 맞닿아졌다. 한 시절이 지나가고 있다고, 그녀는 생각했다.

*

새해 들어 첫눈이 내린 날, 오늘 저는 대성당으로 이어지는 다리 위에서 난간에 기대앉은 채 플라톤의 『향연』을 읽는 청년을 보았습니다. 청년 곁에 납작하게 엎드려 있는 흰 털의 큰 개는 병들어 보였고 청년의 남루한 옷차림과 아무렇게나 기른 수염이니 머리칼은 오랜 노숙생활을 증명하는 듯했지만, 청년 앞에 놓인 바구니를 보지 않았다면 그저 제멋대로 살아가는 히피 성향의 대학생일 거라고 여기고 말았을 거예요. 바구니에는 동전 몇개가 담겨 있긴 했지만 얼핏 봐도 온전한 한끼 식사를 책임질 만한 돈은 안될 성싶었습니다. 걸음을 멈추고 자세히 들여다보니 그제야 청년의 조악한

살림이 눈에 들어왔습니다. 담요가 비어져나온 배낭과 배낭에 달린 컵과 스푼, 책 몇권과 휴대용 베개, 그러니까 청년이 앉은 곳은 그가 거주하는 집이었던 셈입니다. 그 어떤 건물에도 소속되지 않는, 지붕도 창문도 없이 거리 위에 펼쳐진 생애의 일부분……

저는 청년의 주변을 계속해서 서성였습니다. 청년은 간간이 하얀 입김을 내뿜으며 거칠게 기침을 했고 그때마다 허리를 수그려 개의 목덜미에 얼굴을 묻고는 무슨 말인가를 중얼거렸죠. 제 시선이 느껴졌는지 청년이 고개를 들어 저를 보았습니다. 청년은 저를 향해 손짓을 해 보였지만 저는 주춤했습니다. 청년의 집에 발을 들여놓는 것이 보이지 않는 경계를 넘어 무시와 냉대의 영역으로 들어가는 행위와 같다는 걸 저도 모르지 않았으니까요. 다리를 건너가는 행인들은 청년을 못 본 척하거나 적대적으로 바라봤습니다. 빈 유모차를 보행기 삼아 느릿하게 걷던 노파는 청년을 향해 들릴 듯 말 듯한 목소리로 욕설을 내뱉은 뒤 크게 성호를 그으며 지나가기도 했고요.

사실, 최근 들어 자주 목격되는 장면이죠.

얼마 전 독일을 충격에 빠뜨린 이민자와 난민의 집단 성범죄가 세상에 알려지면서 지난주 토요일엔 이 작은 도시에도 그들의 유입과 정착을 반대하는 거리행진이 있었습니다. 행진은 평화로웠지만 행진 뒤에 남은 극우단체 소속 회원들은 자동차의 유리를 깨거나 거리의 소화전을 부수었습니다. 밤늦도록 창밖은 경찰차의 싸이렌과 사람들의 고함 소리로 소란했고, 다음 날 아침까지 거리엔 빈 술병들과 찢어진 깃발이 나뒹굴었어요. 그날 루카스—플라톤을 읽던 청년의 이름입니다—와 비슷한 외모의 사람들은 그 누구의 눈에 띄지 않도록 문을 잠그고 커튼을 내린 채 숨을 죽이고 있었을 거예요. 상상 속에서 부풀려진 공포와 잠재된 폭력을 분출할 수 있는 도화선이 간절한 사람들이 거리를 지배하던 날이었으니까요.

망설임 끝에 다가간 저에게 청년은 작은 초콜릿을 건네며 흐뭇하게 웃어 보였습니다. 마치 아이를 다루듯이 말이에요. 그의 『향연』을 가리키며 나도 읽어보았다고 말하자 그는 진심으로 놀라는 듯했습니다. 내가 이미 스물여섯살이고 이 도시의 대학에서 철학 전공으로 석사과정을 밟고 있다고 밝혔을 때는 몇번이나 정말이냐고 묻기도 했죠. 그는 제가 기껏해야 사춘기 무렵의 여자아이라고 여겼던 모양이에요. 어느새 저는 그의 곁에 쭈그리고 앉았고 우리는 그의 한스—큰 개의 이름입니다—를 번갈아 쓰다듬으며 이야기를 나눴습니다. 루카스는 쿠르드족의 후예이긴 하지만 독일에서 태어났고 지금껏 한번도 독일 국경을 벗어난 적이 없다고 했습니다. 독일 정부가 발급한 합법적인 신분증을 갖고 있었고 모국어는 독일어이며 한때는 독일 회사에 고용되기도 했지만, 모든 것이 일시적이었어,라고 루카스는 말했습니다.

—빌딩의 비상구 계단에서 작은 창을 통해 올려다본 구름처럼……

그런 일시성, 잠시 침묵한 뒤 루카스는 강조하듯 덧붙였죠. 돈 좀

있니? 그가 물었습니다. 고개를 끄덕이자 그는 깨끗한 물이 필요하다고 말했고 저는 가까운 상점에서 생수를 사와 그에게 건넸습니다. 그는 배낭에 달려 있던 컵에 생수를 따라 한스에게 먼저 주었고, 한스가 충분히 목을 축인 뒤에야 컵에 남은 물을 천천히 마시더군요.

그의 집에 오래 머물 수는 없었습니다. 해가 지면서 다시 눈발이 날려서이기도 했지만, 그보다 더 큰 이유는 무시와 냉대의 영역에서 도망치고 싶은 제 연약한 마음 때문이었을 거예요. 짧은 인사를 나누고 몇걸음 걷다가 슬며시 뒤를 돌아보았을 때, 루카스는 다시 『향연』을 읽고 있었습니다. 이미 수십번이나 읽어서 책장이 모두 해어져 있던, 그가 거주하는 또하나의 집…… 태초의 인간은 남자와 여자, 여자와 여자, 남자와 남자가 한 몸이었다죠. 『향연』의 어느 페이지에서 읽은 기억이 났습니다. 새삼 그들이 부러워졌습니다. 태초의 인간들에게는 인종도 국가도 종교도 없었을 테니까요. 그들에게는 그저 끝없는 사랑만 있었겠지요. 손만 뻗으면 제 몸에 붙은 연인을 만질 수 있는 사랑의 그 짧은 거리, 단순하고도 감각적인 것. 어쩌면 행복이란 단지 그뿐인지도 모르겠습니다. 다리 끝에 멈추어 선 채 인간의 재주와 힘으로 올린 대성당의 십자가를 물끄러미 올려다보았습니다. 한겨울의 허공에서 이곳을 굽어보는 신의 눈동자는 무정한 슬픔이 읽히는 흐린 잿빛일 거라고, 저는 생각했습니다.

학교를 떠났다는 소식, 전해 들었습니다. 실은 이미 오래전에요.

강의실이 아닌 다른 곳에 있을 라오슈의 모습이 상상되지 않습니다. 상상조차 할 수 없으므로 섣불리 염려하지도 못합니다. 답장을 기다리는 것 외엔 도무지 할 수 있는 일이 없는 것입니다. 대성당을 지나쳐가며 그때껏 손에 들려 있던 작은 초콜릿을 입안에 넣고는 오랫동안 단맛을 음미했습니다. 살아 있는 동안엔 살아 있다는 감각에 집중하면 좋겠구나. 그 순간, 라오슈의 그 말이 알을 깨고 나오는 작고 연약한 생명체처럼 제 마음 깊은 곳에서부터 눈을 뜨고 깃털을 돋우는 듯했습니다. 떠올릴 때마다 경이로운 그 말을, 라오슈, 저는 한번도 잊은 적이 없습니다.

*

편의점 사장은 오늘도 여섯시 오분 전에 나타났다. 몸 안에 시계라도 내장되어 있는 듯 그의 출근시간엔 오차가 없었다. 그 정확함은 일년을 주기로 해도 마찬가지였다. 지난 일년 동안, 그는 하루도 빠짐없이 아침 여섯시부터 오후 두시까지 편의점의 카운터를 맡아왔다. 기념일이 없는 사람. 그녀는 그에 대해 그렇게 정의하곤 했다. 몇년 전에 그를 알았다면 그녀는 그에게 일말의 관심도 갖지 않았을 것이다. 기념할 것 하나 없이 파트타임 직원에게 줄 급여를 아끼는 것에서 만족을 느끼는 사람이라면 생각만으로도 따분했다. 관성과 습관에 복종하며 사는 건 심연을 모른 채 표면만을 훑는 가짜의 방식이라고 오랫동안 그녀는 믿어왔다.

그는 편의점 로고가 찍힌 초록색 조끼를 입으며 언제나처럼 간밤에 손님이 많았냐는 질문으로 안부의 인사를 대신했다. 그녀는 평소와 비슷했다고 대답한 뒤 외투와 가방을 챙겼다. 새벽의 매상이 기록된 영수증을 훑어보던 그가 언뜻 고개를 들어 여전히 같은 자리에 서 있는 그녀를 바라봤다. 그녀는 얼결에 웃어 보였다. 아내와는 사별하고 장성한 아들은 미국에서 결혼하여 지금은 혼자 살고 있다는 그의 처지를 알게 된 뒤부터 그의 그늘 아래를, 아늑한 침대와 자족적인 식탁을 남몰래 탐하곤 했다. 입과 거주지를 국가가 아니라 구체적인 한 사람에게 의탁하고 싶다는 욕망은 낯설긴 해도 상상했던 것만큼 추하지는 않았다. 어쩌면 가짜의 방식을 의식하며 괴로워할 필요 없는 고요만이 오늘을 견디게 하는 행복인지 몰랐다. 안전하고 풍요로운 네모난 조각 안에서, 그녀는 쉬고 싶었다.

—가서 좀 쉬어요. 참……

그녀의 생각을 읽기라도 한 듯 그가 말했다. 그러나 그 목소리에, 그녀가 기대했던 체온은 없었다.

—참, 저번에 식사 한번 하자는 약속을 못 지키고 있네요. 요즘 내가 정신이 없어서. 다음 달에나 다시 약속 잡아봅시다.

그녀는 괜찮다고, 식사는 하지 않아도 상관없다고 대답하고 싶었지만 그는 이미 영수증으로 시선을 옮긴 뒤였다. 아주 천천히 걸었다. 천천히 걸었지만, 어느 순간 정신을 차리고 보니 그녀는 이미 편의점 밖 거리로 나와 있었다. 쓰라림도 회한도 없는 초라한 사랑이 지나가고 대신 기초생활수급자의 하루가 다시 시작되고 있었다.

그녀는 외투의 앞섶을 여미며 횡단보도를 건넜고 병원과 아파트와 학교, 그리고 관공서와 사무실들로 가득 찬 건물들과 교회를 지나갔다. 누군가의 삶을 펼쳐놓은 것 같은 거리는 M시에도 있는 것이다. 의도와 상관없이 수많은 삶을 통과하고 있다는 생각은 또다른 차원의 피곤을 불러왔다. 그녀는 쫓기듯 골목 안쪽으로 꺾어 들어갔고, 골목은 끝없이 이어졌다.

중심지에서 먼 골목일수록 철거를 앞둔 허름한 다가구주택들과 구멍가게나 이발소, 정육점 같은 소규모의 상점들이 풍경을 구성했다. 허물어진 담벼락에 기대어진 녹슨 자전거, 귀퉁이가 터진 쓰레기봉투, 아무렇게나 버려진 옷가지처럼 사람의 배려로부터 멀어진 사물들도 그 풍경의 일부였다. 또다시 이년이 흐르면 이런 골목에도 아파트단지와 프랜차이즈 상점들이 들어설 터였다. 날마다 키가 자라는 소년처럼 하룻밤 사이에도 층을 올린 건물이 흔한 M시 안쪽에 소멸의 절차를 밟아가는 노인의 얼굴이 숨겨져 있다는 건 언제나 새삼스러웠다.

바람이 찼다.

등 뒤에서 쇠가 바닥에 끌리는 날카로운 소리가 들려온 건 문 닫힌 분식집 앞을 지나갈 때였다. 그녀는 가방의 어깨끈을 부여잡은 채 불길한 눈길로 천천히 뒤를 돌아봤다. 품종을 알 수 없는 검은색의 큰 개가 체인 모양의 은빛 쇠 목줄을 끌며 어슬렁거리고 있었다. 누군가 아침 일찍 개를 데리고 산책을 나왔다가 목줄을 놓친 모양이었다. 개는 시체를 먹고 사람들은 그 개를 잡아먹고…… 마치 이 순간에 떠올리도록 눈금이 맞춰진 타이머가 작동이라도 한 듯 어머니의 말이 귓가에서 되살아났다. 개는 그녀에게 관심이 없는지 여기저기 냄새를 맡으며 주변을 탐색만 할 뿐이었지만 그녀는 개에 고정된 시선을 거둘 수가 없었다. 몸매가 날렵하고 근육이 발달되어 있었지만 목덜미와 뒷다리에 피 흘린 자국이 남아 있는 개였다. 그녀가 경직된 자세로 노려보는 것이 느껴졌는지 개가 귀를 쫑긋 세우며 그녀 쪽을 쳐다봤다. 견고한 적막 속에서 시선이 얽히자 개는 으르렁거렸고, 침을 흘리며 이빨을 드러내면서도 꼬리를 흔들었다. 그녀는 돌아서서 정신없이 걷다가 어느 순간부터 온 힘을 다해 달리기 시작했다. 등 뒤의 쇠 마찰음은 점점 더 간격을 좁혀오며 끈질기게 따라오고 있는데도, 흘러내리는 가방과 밑창이 해진 운동화 때문에 마음처럼 빨리 달리지 못한다는 것이 그녀는 답답했다. 골목이 끝나고 아파트단지 입구가 보였다. 아파트 안으로 들어가면 경비실이 있을 것이고 경비실엔 개를 쫓아줄 누군가가 있을지 몰랐다. 그러나 먼 곳에서 조명을 밝히고 있는 경비실을 목격했으면서도 그녀는 앞만 보며 달렸고 이내 아파트단지 입구로부터 멀어져갔다. 그녀가 사는 아파트가 아니었다. 독거노인과 장애인과 기초생활수급자가 사는 임대아파트도 아니었다. 그녀는 거절당하고 싶지 않았다. 세계가 눈앞에서 셔터를 내리는 걸 또다시 지켜볼 수는 없었다. 풀린 운동화 끈이 밟힐 때마다 비틀거리면서도 그녀는 멈추지 않았다. 오르막길에 이르렀을 때 맞은편에서 승용차 한대가 다가오는 게 보였다. 그제야 그녀는 스르르 주저앉았고 바닥의 돌멩이 하나를 손이 으스러지도록 꽉 쥐었다. 승용차는 급정거를 하며 클랙슨을 울렸고 뒤에서는 개가 짖었다. 잠시 숨을 고르다가 안간힘으로 일어나자마자 돌아선 그녀는 손에 쥐고 있던 돌멩이를 힘껏 내던졌다.

개는 없었다.

아무도 없었다. 허공에서 뚝 떨어진 돌멩이가 바닥을 데굴데굴 굴러갔다. 승용차가 또다시 클랙슨을 울리며 그녀 곁을 지나갔다. 피곤했다. 그녀는 다시 걸었고, 길이 갈라질 때마다 그 끝이 어디인지 알 수 없는 하나의 길을 선택해야 했다.

—살고 싶어.

목적 없이 뻗어 있는 길 한가운데서 그녀는 속삭였다. 미치도록……

미치도록 살고 싶어.

메이린, 부르며 그녀는 흐느꼈다.

*

오늘은 춘절이어서 밀가루로 만두피를 만들고 잘게 다진 돼지고기와 양배추, 부추를 넣어 교자를 빚었습니다. 표고버섯이나 청주 같은 것도 있었다면 더 좋았겠지만 이곳에선 구하기 힘들더군요. 하숙집 주인할머니에게 한접시 갖다드리자 할머니는 마침 빵과 커피가 충분하니 함께 식사를 하자고 제안하셨습니다.

할머니와 식탁에 마주 앉아 음식을 나눠 먹은 건 처음이었어요. 제 커피잔이 바닥을 드러낼 즈음 간호병이었던 큰언니의 안부를 물으니 할머니는 교자를 씹다 말고 의아하게 저를 보았습니다. 살아 있다면 아흔이 다 된 나인데 몸도 약했던 사람이 지금껏 살아 있겠느냐고, 죽은 지 벌써 이십년도 넘었다고 말하면서요. 저는 어쩔 줄 몰라 유감이라고, 할머니의 큰언니를 위해 기도하겠다고 대답했습니다. 할머니는 제 잔에 커피를 새로 따라주며 덤덤히 말했습니다.

—너는 아직 아이니 모르겠지. 살아 있는 시간이 길어지면 죽음은 유감이 아니야. 슬픔은 더더욱 아니고. 내 장례식은 이제 내게 남은 마지막 파티야. 그 마지막 파티에서 사람들이 나를 흉보지만 않으면 좋겠다는 게 지금 내가 바라는 전부지.

더 어떤 말을 보태야 할지 알 수 없어 그저 가만히 할머니를 건너다보자, 너도 내 장례식에 와주겠니?라고 할머니는 물으셨습니다. 저는 얼결에 고개를 끄덕였고 할머니는 호탕하게 웃으며 남은 교자를 마저 드셨습니다.

라오슈, 죽음은 과정이라는 그 말, 자신이 죽은 뒤에야 시작되는 마지막 파티를 겸허히 기다리는 할머니도 그 말을 부화 직전의 알처럼 품고 있는 걸까요. 저도 나이가 들면 유감도 슬픔도 없이 죽음에 가까워질 수 있을까요. 그러나 빈 접시를 들고 어둡고 좁은 계단을 내려오면서 저는 또다시 제 감각에 닿지 않는 것들을 떠올렸고 무력한 절망에 휩싸였습니다. 알고 있나요, 라오슈? 제가 머릿속에서 소환하는 이선 곁엔 라오슈가 서 있곤 한다는 것을요. 두 사람은 늘 서로를 보지 않은 채 나란히 서서 먼 곳에서부터 간헐적으로 반짝이는 저의 타전을 바라만 보고 있죠.

삼년 전의 이선도 라오슈처럼 행동했습니다. 제 문자메시지에 답장도 하지 않았고 전화를 받지 않았으며 제가 집 근처에 찾아가도 만나주지 않았죠. 마주할 땐 다감하게 내 이야기를 들어주었으면서 돌아설 때의 표정은 세상에서 가장 추운 사람 같아 보였다는 점도 같습니다. 저는 사실 이선을 미워했습니다. 한때는 서로에게 거의 유일한 친구였는데, 한순간에 버려지고 외면받는 대상이 되었다는 것이 받아들이기 힘들었죠. 이선이 죽은 뒤, 그 미움은 그대로 죄책감이 되었습니다. 단순한 미안함이 아니라 살과 뼈를 녹이는 절망의 미안함, 환부 없는 통증이었습니다.

저는 두려웠습니다. 답장이 오지 않는데도 수년에 걸쳐 라오슈에게 꾸준히 이메일을 보낸 건, 돌이켜보니 두려움 때문이었습니다. 또하나의 부재를 감당하게 될까봐, 온몸을 내던져 부딪힐 장벽도 없이 그 어쩔 수 없는 부재에 잠식될까봐 저는 무서웠습니다. 그러니 저는 라오슈가 아니라 제게 닥칠지 모를 가상의 고통을 걱정한 것입니다.

저는 살아 있습니다.

살아 있고, 살아 있다는 감각에 집중하고 있습니다.

그리고 오늘밤 제가 하고 싶은 말은 이것이 다예요, 라오슈……

잘 가, 언니

낮 한시, 로스앤젤레스에서 출발하여 샌프란시스코로 향하는 그레이하운드 버스에 마침내 시동이 걸립니다.

차가 출발하고 잠시 뒤, 저는 가방에서 차학경의 『딕테』를 꺼내 아무 페이지나 펼칩니다. 버스의 움직임 때문인지, 아니면 날이 흐려서인지 글자는 자꾸만 이지러지고 뭉개집니다. 아니, 어쩌면 낯선 설렘으로 집중력이 떨어져서인지도 모르겠어요. 지난여름, 인터넷 검색을 하다가 캘리포니아대학교 버클리 캠퍼스에 있는 박물관에 '차학경 아카이브'가 설립되었다는 정보를 우연히 접하게 된 이후로, 저는 내내 이 시간을 기다려왔으니까요.

책 속의 글자들이 더이상 눈에 들어오지 않아 저는 차창 밖으로 시선을 돌립니다. 장거리를 달리는 버스의 매력 중 하나는 이동시간 동안 향유할 수 있는 좌석 크기만큼의 고립감이라고 저는 생각합니다. 같은 곳으로 가고 있다는 것 이외에는 서로 그 무엇도 알지 못하는 타인들 속에서 완벽하게 혼자인 채 할당된 시간을 소비해야 한다는 건, 어떤 면에서 우리의 삶과 매우 흡사하죠. 물론 그런 걸 매력이라고 생각하는 건 공포증으로 비행기를 타지 못하는 저 같은 사람에게나 해당되는 거겠지만요.

오년 전, 남편과 함께 지인의 결혼식에 참석하기 위해 뉴욕행 비행기를 탔다가 고통스러운 호흡곤란을 경험한 뒤부터 — 남편은 그때 인공호흡까지 시도했었죠 — 저는 여행을 즐기지 않는 사람이 되어갔습니다. 당신도 알다시피 미국처럼 영토가 큰 나라에서는 버스나 기차로는 갈 수 있는 범위가 한정되어 있으니까요. 고소공포증은 아닙니다. 고층 빌딩이나 전망대에서는 신체의 이상 반응을 감지한 적 없습니다. 의학적인 이유가 있는 것도 아닙니다. 상담을 마친 의사들은 심리적인 문제일 뿐이니 비행기를 타는 것에 스트레스를 받지 말고 편하게 생각하라는 식의 하나 마나 한 조언을 했을 뿐입니다.

비행기로 이동해야 하는 여행이나 모임에 동행할 수 없는 이런 사정을 고백하고 나면 대부분의 사람들은 제가 갖고 있는 공포증이 실체도 없이 과장된 마음의 병이거나 감정의 교묘한 속임수에 지나지 않을 거라고 진단합니다. 그럴 때마다 저는 반박보다 차라리 침묵을 택합니다. 당신이라면 그런 침묵 속에서 말하고 있는 제 목소리를 들어줄 수 있을까요. 천개의 혀가 있다면 그 모든 혀로 말하고 싶은 욕망이 당신의 눈에는 보이지 않을까요. 물론 당신은 한번 정도는 웃을 게 분명합니다. 한때 우리가 가장 흔하게 볼 수 있었던 비행기를 무서워하게 되었다니, 그 아이러니가 얄궂다고 생각할지도 모르겠어요.

기억합니다.

당신과 저는 우리가 갈 수 있는 가장 먼 곳, 차들이 다니는 8차선 도로가 나올 때까지 걸어가고 있습니다. 저녁을 먹기 전이나 먹은 직후, 어둠이 그리 촘촘하지 않은 그물에 걸러진 듯 큰 조각들로 대기를 떠도는 시간, 우리는 잡은 손을 놓는 법 없이 그저 앞을 향해 걷습니다. 그리 긴 산책이 아니었는데도 당신은 수시로 멈춰 서서 제 옷의 단추를 다시 채워주거나 흘러내린 양말을 올려줍니다. 괜찮아? 숨차지 않아? 더 걸을 수 있겠어? 걱정스러운 목소리로 묻기도 하면서요. 그럴 때, 우리의 머리 위로는 늘 손가락 한마디만 한 비행기가 구름을 헝클이며 지나가고 있는 것입니다.

김포공항이 한국의 국제공항이었던 그 시절, 김포와 서울의 경계에 위치한 그 동네에서 비행기란 주전자나 유리컵처럼 수시로 눈에 들어오는 일상적인 사물과도 같았습니다. 비행기들은 항공사의 이름이나 마크가 보일 정도로 낮게 날아다녔고 밤에는 그 어떤 별보다 밝게 반짝이기도 했지요. 아침에 일어나 무의식적으로 화장실로 걸어갈 때나 당신의 하교를 기다리며 거실 창가에 앉아 동화책을 읽을 때, 그리고 한밤중에 마른 이불에 오줌을 지리고 깨어난 뒤 울먹일 때도 비행기는 마치 꼭 있어야 하는 풍경의 일부처럼 제 머리 위 어딘가에서 귀가 먹먹할 정도의 소음을 내며 지나가고 있었습니다. 그 시절엔 세상 어디에서든 하늘에 떠 있는 비행기를 볼 수 있다고 믿었습니다. 공항에서 멀어질수록 비행기는 더 높이 날게 된다는 걸, 그래서 어느 순간부터는 인간의 눈에는 보이지도 않고 그 굉음 역시 들리지 않는다는 걸 알지 못했던 거죠. 저는 그 동네에서 태어났고 그 동네에서 사는 오년여 동안 다른 도시, 다른 동네에는 거의 가본 적이 없었으니까요. 간혹 진료를 받기 위해 차를 타고 먼 곳으로 갈 때도 있었지만 그런 날엔 하늘을 올려다볼 여유 같은 건 없었죠. 설사 하늘에 시선이 갔다 해도 병원이란 공간이 환기하는 긴장감에 짓눌린 탓에 의식적으로 비행기를 찾지는 못했을 거예요.

부모님은 남들보다 약한 심장을 갖고 태어난 막내가 집 밖으로 나가는 것조차 꺼리셨죠. 그들이 허락한 제 세계의 끝이 바로 그 8차선 도로였습니다. 그 도로를 가로지르던, 수십개의 계단이 가파르게 연결된 육교는 더이상의 전진을 허락하지 않기 위해 그곳을 지키는 육중하고도 상징적인 조형물처럼 보이곤 했습니다.

집으로 되돌아오는 길에서 당신은 곧잘 절 둘러업습니다. 저보다 아홉살이 많긴 하지만 그 무렵엔 당신 역시 아이일 뿐이었습니다. 가슴은 납작하고 귓등에는 솜털이 돋아 있습니다. 제가 업혀 있는 당신의 등은 좁고, 무르지 않은 뼈는 섬세하게 만져집니다. 그 등에 한쪽 뺨을 묻은 채 저는 유치원에 대해서, 가끔은 동물원이나 놀이공원에 대해서 주절거립니다. 가고 싶다고, 데리고만 가준다면 아무 사고도 일으키지 않고 집으로 돌아올 자신이 있다고, 저는 항상 그렇게 말합니다. 진심이 아닌 말은 없었습니다. 그 모든 열망은 그 순간만큼은 더없이 간절했고 또 제 전부였습니다. 당신은 안 된다거나 포기하라는 말은 결코 하지 않았습니다. 돌이켜보면 언제나 그랬습니다.

—그래, 알았어.

—엄마한테 말해볼게.

—조금만 더 기다려보자, 응?

당신은 늘 이렇게만 말할 뿐이죠. 집이 가까워질수록 당신은 저를 고쳐 업기 위해 자주 멈춰 서지만 제 몸이 아래로 처지는 간격은 점점 더 짧아집니다. 당신의 몸은 땀에 젖어가고 숨소리도 거칠어집니다. 그래도 저는 당신의 등에서 내려오겠다는 말을 끝까지 하지 않습니다. 오히려 집으로 가는 길이 무한히 길어지길 꿈꾸고 있습니다. 우리가 걸어갈수록 집이 멀어지기를, 그러다가 어느 순간 감쪽같이 사라지기를, 때로는……

우리의 여행은 끝이 없는 듯했어요.

어쩌면 이 문장을 읽었을 때부터 이번 여행은 시작되었는지도 모르겠습니다. 당신과 저처럼 업고 업힌 채 어딘가로 가고 있는 그들의 이야기는 제 삶의 가장자리에서 잔잔하게 일렁이며 돌아갈 수 없는 그 시절을 되비추었죠. 그러니 지금 저는 혼자가 아니라 당신과 함께 끊어졌던 우리의 여행을 완성해가고 있는 셈입니다. 저는, 그렇게 믿습니다.

*

버스는 세시간째 미국 서부의 고속도로를 달리는 중입니다.

로스앤젤레스와 샌프란시스코는 같은 주(州)에 속해 있지만 버스로 가려면 일곱시간이 넘게 걸릴 만큼 멀리 떨어져 있습니다. 규칙적으로 챙겨 먹어야 하는 약이 다섯종류가 넘고, 지나치게 흥분하거나 과로를 하면 호흡곤란으로 쇼크사할 확률이 보통 사람의 열두배에 이르는 까다로운 인간이 다녀오기엔 사실 부담스러운 거리이긴 합니다. 게다가 저는 낯선 곳에서는 깊게 잠들지 못하는, 쓸데없이 예민한 습성을 갖고 있지요. 아주 짧은 일정이라도 토막잠으로 버티다보면 체력은 금세 바닥나고 여행은 곧 유형(流刑)의 시간으로 바뀌고 맙니다. 지금도 저는 피곤함조차 느끼지 못하고 있습니다. 띄엄띄엄 앉은 승객들은 거의 대부분 잠들었는데, 제 머릿속은 오히려 점점 더 또렷해지고 있습니다.

다른 도시로의 여행은 오년 만입니다.

다니던 직장을 그만두고 뒤늦게 영화를 공부하기 시작한 J가 차학경의 『딕테』를 소포로 보내온 건 지난여름의 일이었습니다. 책에 동봉한 엽서에는 미국에 정착한 이민 여성으로서 이 책을 읽어보는 게 의미가 있을 것 같다는 내용이 적혀 있었고요. 실은…… J는 이어 썼습니다. 실은, 오래전부터 이 책을 소개해주고 싶었어. 하지만 쉽지 않았어. 너는, 이해하겠지? J의 주저와 고민이 만져질 듯 그대로 전해져서 저는 엽서에 적힌 그 질문 앞에서 여러번 고개를 끄덕였습니다. 『딕테』를 쓴 저자이면서 동시에 행위예술가이자 설치예술가였고 영화와 사진 분야에서도 활동했던 차학경은 그 무한한 재능을 다 펼쳐 보이기도 전인 1982년, 뉴욕에서 건물 관리인에게 살해당했습니다. 그해 차학경은 서른한살이었습니다. 매사에 사려 깊고 조심스러운 J는 바로 이 부분, 그러니까 차학경의 갑작스러운 죽음 때문에 제게 그녀를 소개하는 걸 미루어왔을 것입니다.

아무려나 『딕테』는 '살아 있는 소설', '포스트모더니즘 문학의 정수', '독보적인 디아스포라 산문' 등으로 칭송되어온 텍스트답게 대단히 아름다운 작품이었어요. 그리스신화에 나오는 아홉 뮤즈의 이름과 각각의 뮤즈가 담당한 예술 분야로 장(章)을 분류하고 그에 맞게 인물, 배경, 문체를 변주하여 작품을 완성했다는 것도 독창적이었지만 진정 경이로웠던 건 다양한 주제였습니다. 차학경은 그리 두껍지 않은 한권의 책에 역사, 언어, 여성 등을 주제로 많은 이야기를 담았는데, 그 성찰의 깊이나 폭은 몇줄의 문장으로 요약이 안될 정도였습니다. 불과 열두살에 미국으로 이민을 갔고 그후 한국을 방문한 건 두번뿐이었는데도 한국 역사를 해석하는 그녀의 시선에는 섬세한 애정이 깃들어 있었습니다. 또한 이민자 여성이라는 미국 내 소수자가 갖는 언어적 고통이라든지 소통의 한계를 표현하는 부분에서는 실험적인 기법과 문체가 돋보였고요. 저는 단숨에 차학경의 글쓰기에 매료되었습니다. J가 염려한 것처럼 차학경의 죽음은 저에게 과거에 매몰되지 않는 — 그리고 매몰된 적도 없는—기억을 떠올리게 했지만, 그래서 종종 책을 읽다 말고 아무도 눈여겨보지 않는 곳으로 혼자 숨어들어가 있는 시간이 길어지곤 했지만, 그렇다고 차학경이 남긴 거의 유일한 예술 텍스트인 『딕테』로 빠져드는 저 자신을 제어할 수는 없었습니다. 저는 더 많이, 더 더 깊이 차학경에 대해 알고 싶었습니다.

그러다가 읽게 되었습니다. 한통의 편지를, 그 안의 문장들을, 그녀의 이야기를……

차학경의 여동생이 요절한 언니에게 쓴 그 편지를 읽지 않았다면, 하고 가정해봅니다. 그랬다면 필연적으로 주변 사람들에게 걱정을 끼칠 수밖에 없는 이 여행을 저는 계획하지 않았을 것입니다. 집과 직장을 오가는 생활에서 벗어나려는 시도도 하지 않았을 것이고, 친밀한 사람들과 풍경으로부터 멀어져야 하는 며칠을 견딜 수 없을 거라고 단정했을 것입니다. 하지만…… 하지만 가령 이런 문장 앞에서 저는 번번이 무너지고 맙니다.

지금까지

어떤 말이든

어떤 언급이든

난 당신을, 당신의 생각, 당신의 말, 당신의 행동, 당신의 소망들을 말해 왔어요.

그녀의 편지를 읽고 또 읽으면서 어느 순간 저는 깨달았지요. 제가 오랫동안 당신을, 당신의 생각과 말과 행동과 소망들을 잊고 살았다는 걸. 갑작스럽고도 차분하게…… 그 믿어지지 않는 무심함이 커다란 아픔으로 저에게 되돌아오는 데는 그리 긴 시간이 걸리지 않았습니다.

*

오후 다섯시 삼십분, 주유소를 겸하고 있는 까페테리아 앞에 버스가 멈춥니다. 운전석에서 이십오분의 시간을 줄 테니 화장실을 이용하고 저녁식사를 해결하라는 기사의 목소리가 들려옵니다. 잠에서 깨어난 승객들이 하나둘 자리에서 일어납니다. 저도 가방에서 지갑을 꺼내 들고 사람들을 따라 버스에서 내립니다.

버스에서 내리자 11월의 찬 바람이 사정없이 불어오고, 까페테리아의 조명은 젖은 공기 사이로 묽게 번져 보입니다. 흐린 어둠속을 헤치며 서둘러 까페테리아로 들어가 커피와 도넛을 사서 나오는데 마침 빗방울이 후드득, 콧등에 떨어집니다.

기억의 기억을 떠올려라.

어떤 문장은 주문(呪文)인 듯 우리를 이끌기도 합니다. 지금 제가 하나의 문장에 실려 기억의 기억, 기억 속의 또다른 기억들, 그 한가운데로 흘러가고 있는 것처럼 말이에요. 당신에 대한 기억이라면, 저는 늘 이렇게 한박자 먼저 투항하고 맙니다.

가을이고 늦은 밤입니다. 살짝 열린 문 틈새로는 비를 맞고 돌아온 당신이 보입니다. 당신의 머리칼과 재킷과 청바지에서 떨어지는 둥글고 투명한 빗방울을, 꽉 쥔 주먹과 숨을 내쉴 때마다 고요하게 오르내리는 볼록한 가슴을, 저는 하나도 놓치지 않고 훔쳐보고 있어요. 자정이 될 때까지 빗속을 걸으며 당신이 무엇을 고민했을지 짐작하는 건 어렵지 않았습니다. 어려웠던 건, 무엇을 포기해야 하는가와 관련된 당신의 저울 한쪽에 제가 놓여 있었다는 걸 인정하는 것이었습니다. 그날, 당신은 어쩌면 저를 떠나기 위한 연습을 했던 건지도 모르겠습니다.

당신은 고등학생입니다. 그리고 저는, 저와는 상의도 없이 제 취학시기를 늦춘 가족들에게 화가 나서 언제나 부루퉁하게 입술을 내밀고 다니는 여덟살의 꼬마이고요. 우리는 더이상 비행기가 낮게 날아다니던 동네에 살지 않습니다. 우리가 사는 곳은 서울의 북동쪽, 개천이 흐르고 한옥을 쉽게 볼 수 있는 동네입니다. 그 무렵 당신은 본격적으로 그림을 배우고 싶어합니다. 회화과에 입학하여 졸업 후에는 유학을 가고 싶다는 뜻을 밝히기도 합니다. 당신은 그림이 없는 인생을 상상하지 못합니다. 그림을 그리지 않는 손은 없는 것과 마찬가지라고 생각하기도 합니다. 하지만 부모님은 그들 각자의 방식으로 당신의 꿈에 반대한다는 의사를 표현합니다. 아버지는 당신이 홍대앞과 인사동 화방을 돌며 비교적 싼 값에 구입한 화구들을 마당에 내다 버리고, 어머니는 미술 학원에 등록할 돈을 달라는 당신에게 끝내 아무 말도 하지 않습니다. 식사 도중 소리 나게 수저를 내려놓고 사라지는 아버지, 미안하다는 말밖에 할 줄 모르는 어머니, 당신과 아버지 사이의 긴 싸움, 싸움 후 온 집안에 깃드는 침울한 침묵…… 저는 어렸지만, 알 수 있었어요. 그건,

저 때문이란 것을요. 저를 검사하고 치료하고 수술받게 하는 것만으로도 벅찬 일이었으므로 단 한번도 부자인 적 없던 부모님이 상대적으로 건강한 당신에게 희생을 요구하고 있다는 걸 말이에요.

당신이 처음이자 마지막으로 가출을 했던 그날도 아버지와 당신 사이에는 언쟁이 있었습니다. 아버지는 당신에게 교사나 공무원 같은 안정적인 직업을 가져야 한다고 강요하고, 당신은 그림 외에는 그 무엇에도 관심이 없다고 대답합니다. 미대를 가지 못한다면 차라리 대학을 포기하겠다고, 아니 인생 전체를 포기하겠다고 당신은 목소리를 높입니다. 당신이 그렇게 목소리를 높이는 건 흔한 일이 아니었습니다. 당신이 강경해지면, 놀란 아버지는 언제나 절 들먹였죠. 부모는 자식보다 일찍 죽게 되어 있다, 부모가 없으면 네가 정아의 부모가 되는 거다, 정아는 누군가 보살펴주지 않으면 살 수 없는 아이고 그 보살핌에는 경제적인 것도 포함되어 있다…… 아버지가 그런 말을 할 때, 왜 내 귀는 심장과 달리 건강하기만 한 것일까, 원망하곤 했습니다. 두 귀를 틀어막은 채 책상 아래나 커튼 뒤에 웅크려앉아 오직 그것만을 원망했습니다.

그 저녁, 당신은 식탁이 다 차려질 때까지 방에서 나오지 않습니다. 아버지는 닫힌 당신의 방문 앞에서 한끼 굶는다고 죽지는 않는다고 심술궂게 말하고, 굳은돌처럼 식탁에 앉은 어머니는 수저를 움직이긴 하지만 실제로는 아무것도 먹지 않습니다. 당신이 가방까지 싸들고 집을 나갔다는 걸 알아차린 건 밤 열시가 넘어서였습니다. 아버지는 손전등을 챙겨 나가고 어머니는 진정되지 않는 목소리로 이곳저곳에 전화를 겁니다. 밖에는 비가 내리고 있습니다. 비가 오자 더더욱 초조해진 어머니는 경찰서에 가기 위해 옷을 챙겨 입고, 아무런 성과 없이 집으로 돌아온 아버지는 한시간만 더 기다려보자며 어머니를 만류합니다. 저는 침대에 누워 있긴 하지만 잠든 척하고 있을 뿐, 정신은 또렷합니다.

돌아오지 마.

이불 속에서, 저는 그렇게 기도하고 있습니다.

멀리, 멀리 가버려. 전부……

전부 잊어버려, 제발.

자정이 다 되어 현관문 열리는 소리가 들렸을 때, 제 기도도 끝이 납니다. 슬그머니 침대에서 내려가 아무도 눈치채지 못하도록 조심스럽게 문을 열고는 그 틈새로 저는 봅니다. 고개를 숙인 채 가늘게 떨고 있는 당신과 그 옆에서 당신의 어깨를 감싸주는 어머니, 그리고 돌아선 채 허공을 응시하는 아버지를……

그날의 제 기도를 당신이나 부모님에게 고백한 적은 없지요. 그러니 그날 이후에도 그 기도가 종종 반복되곤 했다는 걸 아무도 알지 못합니다. 기도는 거짓인 적이 없었습니다. 그날 문틈으로 당신을 훔쳐보며 당신의 머리칼과 옷에서 떨어지던 투명한 물방울이 아름답다고 생각한 것이 그러한 것처럼. 아니, 제가 아름답다고 느낀 건 당신뿐입니다. 왜 화가 나면서도 기쁜 것인지, 어떻게 실망감과 안도감이 공존할 수 있는 것인지, 그런 것들은 하나도 이해하지 못한 채 저는 그저 당신의 아름다움에 압도되어 있었습니다.

빗줄기는 이제 살갗이 아플 정도로 굵어졌습니다. 버스로 되돌아가 자리에 앉으며 커피를 한모금 마십니다. 빗물이 들어간 커피는 끔찍하게 맛이 없습니다. 오래 묵은 커피콩을 사용했는지 상한 맛이 나기도 합니다. 기름과 설탕으로 범벅된 도넛도 입에 안 맞기는 마찬가지입니다. 정해진 시간에 약을 먹으려면 일단 배를 채워야 하지만 식욕은 금세 사라지고 맙니다. 어두운 창문에는 난감한 표정을 지으며 양손에 반 이상 남은 커피와 도넛을 들고 있는 제 모습이 비칩니다. 서른여덟. 창문 속 여자는 이제 그런 나이가 되었습니다.

닮았구나.

우리를 아는 모든 사람들은 늘 이렇게 말했죠. 제 얼굴에 당신의 과거가 있다고, 신기하고 재미있다고, 환하게 웃으며…… 그리고 당신이 떠난 이후론 슬픔을 억누른 목소리로, 흔적을 찾듯 더듬는 눈길로, 닮았구나, 그들은 같은 말을 다르게 합니다. 다른 어조와 다른 억양으로, 다른 감정을 실어 말합니다. 서른살 이후로 당신은 더이상 나이 들지 않고 있으니 서른여덟살의 저는 이제 당신의 과거가 아니라 미래가 되어버린 셈이군요. 그렇다면 당신의 사라진 미래는 저 차창 안에 있는 건가요. 저토록 좁고 어둡고 고독한 곳이 당신이 있는 곳인가요. 말해주세요. 그곳에선 바람도 불지 않고 비도 내리지 않는다고, 그래서 비에 젖어 추워할 일도 없으며 발이 시리지도 않다고, 그곳은 그런 곳이라고……

*

휴식시간이 모두 지나가고 버스는 다시 출발합니다. 이제 샌프란시스코까지는 세시간여가 남았을 뿐입니다. 볼일을 보고 배도 채운 승객들은 실내조명이 꺼지자 저마다의 방식으로 다시 잠들 준비를 합니다. 누군가는 외투를 뒤집어쓰고 누군가는 휴대용 베개를 목 뒤에 놓습니다. 야구모자로 얼굴을 가리는 사람도 있고 담요로 온몸을 칭칭 감는 사람도 있습니다.

저는 사실 불안합니다. 남들처럼 쉽게 잠들지 못하는 건 불안감 때문인지도 모릅니다. 그런데 이 불안감은 기묘해서, 그 밑바닥에는 설명하기 힘든 설렘이 있습니다. 버스가 멈추면 티켓에 찍힌 목적지와는 전혀 다른 도시가 눈앞에 펼쳐질지도 모른다는 불안한 기대감이 가슴속을 꽉 채우고 있는 것입니다. 장거리 버스의 또다른 매력이 바로 이 불확실성이라고 저는 생각합니다. 미국에 호감이나 관심을 가져본 적 없는 저 같은 사람이 이 나라에 정착하게 된 것도 돌이켜보면, 순간순간의 불완전한 사건들이 예측되지 않는 실험처럼 저를 이끌어왔기 때문일 겁니다.

기억합니까.

학교에 다니기 시작하면서 저는 자발적으로 외출을 삼가게 됩니다. 갈 곳이 없기 때문입니다. 같은 학년의 아이들보다 한살 위지만 학교에서 저는 늘 주눅이 든 상태로 주어진 시간을 견딜 뿐입니다. 저는 늘 혼자 있어요. 뛰어다닐 수도 없고 심지어 빠르게 걸어서도 안되는, 입술이 유독 파란 저와 친구가 되고 싶어하는 아이는 없습니다. 함께 뛰어놀지 못한다는 건, 또래들 사이에서는 외톨이가 되기에 충분한 조건입니다.

그 무렵엔 당신도 저를 들여다볼 여유가 없습니다. 당신은 아침 일찍 등교해야 하고 제가 잠든 뒤에나 귀가하니까요. 가끔은 의도적으로 저를 피했다는 걸 모르지 않습니다. 우리의 저녁 산책은 중단된 지 오래고 단둘이 텔레비전을 보거나 밥을 먹을 기회도 좀처럼 오지 않습니다. 낮잠에서 깨어났을 때 이마의 식은땀을 닦아주며 물끄러미 저를 내려다보던 당신의 시선은 더이상 제 삶의 일부가 아닙니다. 당신이 제 옷의 단추를 채워주거나 흘러내린 양말을 올려주는 일도 일어나지 않습니다. 당신은 예전보다 더 자주 멍한 표정을 지어 보이고, 때로는 아무런 의욕이 느껴지지 않는 눈빛으로 주위를 두리번거릴 때도 있습니다. 어쩌다 한번씩 저와 눈이 마주치면 입가를 올려 미소를 지어 보이긴 하지만 그 미소는 당신의 시선이 저에게서 벗어나 다른 곳을 향하기도 전에 사라지고 맙니다. 저는 그때나 지금이나 모두 이해합니다. 진심으로, 이해하고 있습니다. 아직 어른도 아닌 고등학생에게 동생의 미래를 책임져야 한다는 의무감은 마음속 반항심과 충돌하며 감당하기 힘든 고통으로 변해갔을 것입니다. 동생의 미래를 위해 자신의 꿈을 포기해야 하는 상황이라면 더더욱. 그래요, 당신은 결국 그림을 포기합니다. 화구들을 모두 처분하고 그토록 아꼈던 피카소의 화첩은 헌책방에 팝니다. 책상 아래에 겹겹이 쌓아뒀던 스케치북과 그림을 그려서 받은 각종 상장들, 조잡한 액자에 넣어둔 습작들을 내다 버립니다. 고등학교를 졸업하고 미술과 관련 없는 학과에 입학할 때까지 당신은 단 한번도 캔버스 앞에 앉지 않았습니다. 그후에도, 저는 그림을 그리는 당신을 본 적이 없습니다.

대학을 졸업하고 무역회사에 취직한 당신은 사회생활을 시작한 지 삼년 만에 결혼을 결심합니다. 결혼을 약속한 사람은 미국 유학을 앞두고 있는 대학원생이라고, 거실에 모여 앉은 저와 부모님에게 당신은 덤덤하게 말합니다. 만난 지 불과 두달밖에 안된 사람과 곧 결혼하겠다는 당신의 말에 부모님은 당황하긴 하지만 반대하지 못합니다. 게다가 그즈음 저는 많이 호전되어 있었으니까요.

제게는 형부가 될 사람을 당신이 집으로 데려온 날은 그해의 추석이었습니다. 그는 서른살밖에 되지 않았지만 알이 두꺼운 안경을 쓴데다가 새치가 많아서인지 당신에게는 삼촌뻘처럼 보입니다. 그가 돌아간 후 아버지는 그의 눈빛이 날카로워서 마음에 들지 않는다 말하고, 당신은 괜한 트집을 잡지 말라고 차가운 목소리로 대꾸합니다. 예전만큼 젊지도, 혈기가 넘치지도 않는 아버지는 당신의 말에 아무런 토를 달지 못합니다. 어머니는 부엌에서 설거지를 하며 주의 깊게 살펴보지 않으면 눈치채지 못할 만큼 아주 조금씩만 울고 있습니다. 당신이 그를 따라 미국에 갈 계획이라고, 당분간은 귀국할 여유가 없을 거라고 밝혔기 때문일 것입니다.

그 추석 이후 저는 내내 마음이 무거웠어요. 당신이 무언가에 쫓기듯 급하게 결혼과 이주를 결정한 것 같아서였을까요. 추석날 목격했던 한 장면, 형부 될 사람이 당신의 입가에 묻은 사과 껍질을 엄지로 닦아주려 하자 당신이 순간적으로 얼굴을 외틀어 그 손길을 피하던 장면이 마음에 걸려서였을 수도 있습니다. 사랑의 확신보다는 그저 그림이 없는 삶으로부터 멀리 달아나고 싶다는 욕망이 당신의 마음을 움직인 것은 아닌지, 고등학생이 된 저는 미심쩍기만 합니다.

아무려나 당신은 계획대로 그해 연말에 결혼식을 올리고 곧바로 미국으로 떠납니다. 그날 이후 저는 제 삶이 중요한 무언가를 빠뜨린 채 엉성한 바느질로 봉합해버린 가벼운 자루 같다고 생각합니다. 아버지는 하루가 다르게 늙어가고, 어머니는 전에 없이 자주 소지품을 잃어버립니다. 당신에게서 일주일 넘게 전화가 오지 않으면 서울에서 우리는 불안합니다. 기다림의 끝에서 당신에게 전화를 했을 때 통화로 연결되지 않아도 그만큼 큰 불안이 밀려옵니다. 방학 때뿐 아니라 미국에서는 큰 명절이라는 추수감사절과 크리스마스에도 당신은 한국에 오지 않습니다. 당신은 말하지 않지만, 그건 생활이 빠듯해서라는 걸 부모님과 저는 짐작할 수 있습니다. 기다리는 것, 우리가 할 수 있는 건 그것뿐입니다. 그때……

그때, 당신은 불완전한 신분증을 들고 어디를 헤매고 다녔던 건가요.

그곳에서 혹시, 저를 부르지는 않았나요.

난 당신을, 당신의 말, 당신의 지식, 나의 목소리, 나의 피를 구분할 수 없었어요.

저도 그렇게 생각한 적이 있었습니다. 미국 땅에 처음 발을 내딛었을 땐 당신이 완성하지 못한 꿈을 기억하고 말하고 기록하며 살겠다고 결심하기도 했지요. 우리는 닮았으니까, 우리에게는 함께 걷던 길이 있었으니까, 제가 갈 수 있는 제 세계의 가장 먼 곳에는 늘 당신이 있었으니까.

상상이 됩니다.

제가 이런 생각을 하고 있었을 때, 어리석구나, 말하며 아프게 웃어 보였을 당신의 얼굴이……

*

낮은 신음을 내뱉으며 저는 눈을 뜹니다.

굵은 침을 삼키며 정면을 응시하다가 가까스로 정신을 수습하고 주위를 둘러보니 버스의 실내조명이 모두 켜져 있습니다. 버스는 비상등까지 켜놓고 갓길에 정차 중입니다. 김이 서린 차창을 소매로 닦자 버스 밖에서 흑인 여성이 갓난아기를 업고 달래는 모습이 보입니다. 제가 깜빡 잠이 든 사이 갓난아기가 경기를 일으켰던 모양입니다. 미국에서 장거리 버스를 타는 승객들은 대부분 가난한 학생이거나 유색인종입니다. 창밖의 저 흑인 여성은 스무살이 채 안돼 보입니다.

낯선 곳에서 잠이 들면 저는 간혹 이렇듯 고통스럽게 깨곤 합니다. 세번째이자 마지막 심장수술 이후부터였을 것입니다. 수술 후

마취가 풀릴 즈음, 저는 꿈을 꾸었습니다. 미국에 있어야 할 당신이 제 눈앞에 있었습니다. 당신은 맨발이었고 얼음이 띄엄띄엄 떠다니는 강물 위를 걷고 있었습니다. 꿈속에서도 당신의 발에 대한 걱정만큼은 크고 생생했습니다. 겨울에는 양말을 두개씩 겹쳐 신고 다녀야 할 정도로 당신은 추위를 많이 탔으니까요. 저는 당신의 등 뒤에서 위험하다고, 어서 나오라고, 목에 핏대가 돋도록 연이어 소리를 질러댔지만 당신은 제 쪽을 돌아보지도 않았습니다. 그토록 절박하게 부르는데도 당신이 모른 척 앞만 보며 걷고 있다는 게 믿기지 않았습니다. 결국 저는 울음을 터뜨리고 말았습니다. 얼굴이 온통 젖을 만큼 울고 또 울다가 가까스로……

나도 알지 못하는 내 안의 불가해한 힘까지 끌어모아 가까스로 눈을 떴을 때, 회복실의 밝은 조명이 아프게 눈동자를 찔렀습니다. 의식은 돌아왔으나 아직 목소리를 낼 수 없었고 몸도 움직이지 않았습니다. 주위에는 아무도 없었습니다. 깨어난 순간 곁에 있어줄 거라 믿어 의심치 않았던 어머니조차 보이지 않았습니다. 절대적인 적막, 감당하기 힘든 통증, 꿈쩍도 하지 않는 몸, 그 상황은 조금 전 지나온 악몽보다 더 지독한 악몽 같았죠.

회복실에서 일반 입원실로 옮겨진 뒤에도 부모님은 나타나지 않았습니다. 간혹 친척들이 찾아오긴 했지만 그들 중 누구도 부모님이 어디로 가버렸는지 말해주지 않았습니다. 또 한번 버림받은 건 아닌가, 의심이 시작됐습니다. 당신이 내게서 벗어나기 위해 그 먼 나라로 떠나버린 것처럼 부모님도 나와 내 병에 질려버려 합의 하에 나를 외면하기로 한 거라고, 무력하게 누워만 있어야 하는 병실에서 저는 그런 과장된 상실감과 싸우고 있었습니다. 아둔한 나날들이었습니다.

아버지 혼자 병실을 찾아온 건 수술이 끝나고 닷새가 지나서였습니다. 깊은 새벽, 아버지는 심하게 제 몸을 흔들어 깨우더니 아무 표정 없이 한참동안 우두커니 서 있다가 말했습니다. 엄마는 미국에 있다. 안 본 사이 노인이 되어버린 듯 그는 늙어 보였고 목소리마저 잔뜩 쉬어 있었습니다. 엄마가 오면 말해다오. 다시 말한 뒤 아버지는 고개를 숙였습니다. 아버지가 제 앞에서 눈물을 보인 건 그때가 처음이었어요. 나쁜 직감이, 아직 부기가 빠지지 않아서 마구잡이로 바람을 불어넣은 풍선 같던 몸 안으로 촘촘히 스며들었습니다. 더이상 아무것도 듣고 싶지 않았지만 제 귀는 여전히 건강했고, 도대체가 아플 기미도 보이지 않았죠.

—엄마는 미칠지도 모른다. 그러니 엄마를 보면 꼭 말해다오. 정희가, 정희는, 네 안에 있다고……

그리고 아버지는 무너지듯 주저앉더니 큰 소리로 흐느끼기 시작했습니다. 머리칼이 거의 다 빠진 그의 휑한 정수리를 내려다보며 저는, 진짜 악몽은 아직 끝나지 않았다고, 어서 이 꿈에서 깨어나야 한다고 되뇌었습니다.

그것 외엔 할 수 있는 게 없었습니다.

늙은 남자의 울음과 젊은 여자의 중얼거림이 섞이고 교차하는 병실 안은, 그러나 시끄럽지 않고 적막했습니다.

일주일 뒤, 저는 무사히 퇴원했습니다. 병실 밖에는 또다른 병실들이 있었고, 끝나지 않은 꿈속에서 저의 삶은 다시 이어졌습니다. 걷고 또 걸어야 했지만 때로는 가만히 서서 시린 발만 가만히 내려다보기도 했습니다. 그리고 그로부터 많은 시간이 흐른 어느날, 저는 로스앤젤레스의 화창한 여름 한가운데서 그녀의 편지를 읽게 된 것입니다.

내 피 속에 흐르는 당신의 기억, 당신의 침묵.

*

서른살의 당신은 아주 작은 상자 안에 담겨 당신의 고향으로 돌아옵니다. 우리는 당신을 나무 아래 묻습니다. 차갑게 식어버린 당신의 젊은 살과 피를 아무도 보지 못하도록 그 안에 숨겨둡니다. 당신이 하고 싶었으나 하지 못한 말들, 미처 완성하지 못한 일과 멋진 계획들, 만날 가능성이 있었던 사람들, 그 모든 것을 모르는 채로. 쓰이지 못한 역사, 기록되지 않은 이야기, 닫혀버린 하나의 미래, 그 역시도. 당신을 묻고 온 날, 우리의 손에는 아무것도 남지 않았습니다.

몸이 어느정도 회복된 뒤 저는 서른살의 당신을 만나러 공항으로 갑니다. 부모님은 출국 게이트 밖에서 손을 흔들며 말합니다. 하고 싶은 걸 해라. 날개가 달린 사람처럼 온 세상을 휘저으며 마음껏 살아라. 멀리, 멀리 가거라.

게이트 밖에서, 아버지는 낮게 부릅니다.

—정희야……

그사이 그에게는, 눈물을 보이지 않기 위해 이를 악문 채 웃는 버릇이 생겼습니다.

게이트가 닫히기 직전, 아버지는 한번 더 당신의 이름으로 저를 불렀습니다.

미국에 도착하자마자 저는 당신이 살았던 집을 찾아가고, 당신과 친분을 맺은 적 있는 사람들을 수소문해서 만나러 다닙니다. 서울의 가족들 모르게 이혼한 뒤 비자 갱신을 못하여 불법체류자 신분이 된 당신은 생의 마지막 일년을 로스앤젤레스 한인타운에서만 보내야 했습니다. 생활비를 벌기 위해 한인이 운영하는 서점에서 일하기도 했고, 교포 자녀들에게 한국어 문법을 가르치기도 했죠. 저는 당신이 남긴 수첩과 일기와 메모를 읽고, 그뒤엔 걸을 수 있을 때까지 걷습니다. 그때껏 살면서 단 한번도 하고 싶은 게 없었던 제게 처음으로 의욕이란 것이 생깁니다. 푸르고 뜨거운 그 감정은 낯설어서 조심스럽지만 저를 살아 있게도 합니다. 살아 있어서 다행이라고, 그렇게 혼잣말하는 저 자신을 발견하기도 합니다.

제가 들은 스물일곱살부터 서른살까지의 당신의 삶은 이렇습니다. 주로 자전거를 타고 장을 보러 다녔다는 것, 교회 앞에서 빈 유모차를 끌고 다니며 구걸하는 젊은 여인에게 입고 있던 코트를 벗어준 적이 있다는 것, 다운타운에 위치한 미술관에 가는 걸 최고의 호사로 여겼다는 것, 한국행 비행기 티켓을 예매해놓곤 했지만 날짜가 다가오면 번번이 취소했다는 것, 다운타운에서 강도의 총에 맞은 날도 당신의 가방에는 발권이 완료되지 않은 비행기 티켓이 들어 있었다는 것…… 제가 찾을 수 있는 당신의 흔적은 거기까지가 전부지만 저는 귀국하지 않습니다. 미국에 온 지 두달 만에, 그리고 저는 당신과 이주에 한번씩 만나 언어 교환 수업을 했다는 인도계 미국인을 만납니다. 그는 당신의 노트북을 수리해준 전자상점의 직원이었죠. 퇴근 후 아시아 드라마를 보는 것이 유일한 취미여서 당신과의 그 개인적인 수업이 무척 소중했다고 그는 말합니다. 자신 없어하던 발음인 R나 V가 들어간 단어는 무심결에라도 쓰지 않을 만큼 자존심이 강한 사람이었다고 당신을 회상하며 그는 웃어 보이기도 합니다.

—하지만 고개를 숙일 때 드러나는 하얗고 긴 목은 풀잎 같았어요. 어떻게 저런 목으로 숨도 쉬고 인사도 하고 말도 할 수 있는 걸까, 의아하게 보곤 했어요.

그 말에 저는, 오래전 당신에게 업혔을 때 제 가슴에 느껴지던 당신의 섬약한 뼈를 떠올렸습니다. 집이 가까워질수록 점점 더 진해지던 당신의 땀 냄새, 거칠어지던 숨소리, 하지만 단 한번도 내릴래?라고 묻지 않았던 그 긴 시간도 함께……

그 인도계 미국인은 그렇게 느닷없이 제 삶으로 들어왔습니다. 그와 가까워진 뒤 결혼하여 미국에 정착하기로 마음먹은 건, 그러니 당신의 자력(磁力)으로밖에는 설명되지 않습니다. 혹은 당신이 떨어뜨린 한줄기 실이었을까요. 저쪽에서 당신의 실타래는 고요하게, 그러나 한번도 쉬지 않고 부지런히 움직여왔을 테니까요.

그렇게 십칠년을 이 나라에서 살았습니다.

돌이켜보면 매 순간이 고독과 불안의 연속이었습니다. 제가 새로 배워야 하는 것은 제2의 언어 자체가 아니라 제2의 언어로 인사하는 방법, 축하하고 위로하는 방식, 농담하는 기술이었습니다. 이 나라의 은행과 대중교통과 병원 시스템에 익숙해져야 했고, 장을 보고 요리를 하고 아이를 낳고 키우는 삶에도 제 몸을 맞춰가야 했습니다.

간혹, 얼음이 떠다니는 찬 강물 위를 맨발로 걷는 기분이 들기도 했습니다.

오년 전, 뉴욕행 비행기 안에서 호흡곤란이 오기 직전 제가 본 것도 바로 그 얼음 강물이었습니다. 사실 저는 그 풍경이 얼음 조각이 떠다니는 강물이 아니라 구름이 흘러가는 밤하늘에 지나지 않는다는 걸 분명하게 의식하고 있었습니다. 알고 있었으면서도 저는, 그곳 어딘가에 당신이 있을까봐 감히 그 풍경을 직시할 수가 없었어요. 거기에선 발이 시릴 테니까요. 목소리는 나오지 않고 몸은 움직이지 않는데 주위엔 아무도 없고, 심지어 어머니조차 보이지 않을 테니까요.

비행기가 무사히 착륙하고 끊어질 듯 가쁘던 숨이 돌아오고 나서야 저는 알았습니다. 제가 작은 죽음을 경험했다는 것을요.

*

밤 아홉시 오십분, 버스는 드디어 샌프란시스코에 도착했습니다.

버스에서 내리자 어디로 가야 하는 건지 알 수 없어 순간적으로 당혹감이 밀려옵니다. 아직 부화할 때가 되지 않았는데 알에서 나온 어린 날짐승처럼 저절로 몸이 움츠러듭니다.

이럴 때면, 실타래를 생각합니다.

김포공항 근처에서 살던 시절, 작아지거나 심하게 얼룩이 묻어 쓸모없어진 털옷은 우리에게는 귀한 장난감이었죠. 제가 털옷을 잡고 있으면 당신이 실을 뽑아 잡아당기며 둥근 실타래를 만들었습니다. 실타래가 만들어지는 동안, 우리는 마주 앉아 웃고 떠들고 때로는 침묵했습니다.

그 동네에서 살던 마지막 해의 어느 겨울밤, 그때도 우리는 어머니의 스웨터로 하나의 실타래를 완성해갑니다. 밤이 깊어도 세계의 어딘가를 향해 날아가는 비행기의 행렬은 끊이지 않고, 저는 대체 어떤 사람들이 비행기를 타는 걸까 궁금하기만 합니다. 그사이 스웨터는 작아지고 실타래는 커져갑니다. 자꾸만 졸음이 밀려와 눈이 감기지만, 잠결에도 실을 잡아당기는 힘이 느껴질 때마다 저는 안도하곤 합니다. 당신의 손에 딸려가는 실을 놓치지만 않는다면 저는 언제까지고 안전할 것만 같습니다. 그 실만 잘 따라간다면 언젠가 우리가 다시 만나게 될 그 목적지가 나올 거라는 믿음은 그렇게 점점 둥글어지고 커져갑니다. 그러나……

그러나 저는, 잠에서 완전히 깨어 눈을 뜨고 보고야 맙니다. 텅 빈 맞은편 자리를, 먼지가 앉은 그 온기 없는 방석 위를, 완성된 실타래는 이미 어딘가로 굴러가고 없습니다. 잘 가…… 한참을 같은 자리에서 서성이다가 돌아서서 시내 쪽으로 걷는데 머리 위로 비행기가 날아갑니다. 비행기를 향해 손을 흔들며, 저는 뒤이어 속삭입니다.

잘 가, 언니.

* 기울여 쓴 문장은 『관객의 꿈: 차학경 1951-1982』(콘스탄스 M. 르발렌 엮음, 김현주 옮김, 눈빛 2003)에 수록된 차학경의 여동생 차학은의 편지에서 발췌하였음을 밝힙니다.

시간의 거절

가벼운 산책이 될 거라고 생각하며 석희는 빈 페트병 두개를 배낭에 넣고 집을 나섰다. 낮은 야산으로 이어지는 길은 마감공사를 제대로 하지 않았는지 군데군데 패어 있었고 부서진 콘크리트 조각들은 궤도를 잃은 떠돌이별처럼 길 가장자리에서 굴러다녔다. 야산이 가까워지자 나무 냄새가 짙어졌다. 높이가 백 미터도 안되는 흔한 야산이지만 일등급 약수터와 잡목으로 우거진 산책로가 있는 곳이라고 했다.

석희는 일주일 전, 이 동네로 이사를 왔다. 그날은 아침부터 비가 내렸다. 찬이 직장 동료의 형에게서 빌린 15인승 봉고차로 일곱개의 상자와 2인용 식탁, 전자레인지와 매트리스를 옮겨주었다. 직장 동료의 형이라니, 그 정도면 남 아냐? 조수석에 앉은 석희가 웃으며 묻자 찬은 두어번 헛기침을 하고는 그런가, 자신 없는 말투로 대답했다. 삼호연립 앞에 도착하여 차에서 내린 석희를 누군가 툭, 치고 지나갔다. 돌아보자 고개를 푹 숙인 채 무슨 말인가를 중얼거리며 걸어가는 중년의 여자가 보였다. 여자의 손에는 우산 대신 검은색 비닐봉지가 들려 있었는데, 아무것도 들어 있지 않은 비닐봉지는 순간순간 변형되는 바람의 모양을 담으면서 너울거렸다. 여기도 미친 여자 있네. 종로에도 널렸는데. 찬이 무심히 말하며 봉고차 트렁크 쪽으로 걸어갔다. 석희는 여자가 길모퉁이를 돌아 사라질 때까지 그녀에게서 시선을 떼지 못했다. 여자는 검은색 비닐봉지로 물화된 자신의 영혼을 들고 다니는 주술사 같기도 했고, 생이란 슬픔의 집적에 불과하다고 훈수하는 고독한 은둔자 같기도 했다. 그날 오후, 이삿짐을 삼호연립 201호에 나르고 펼쳐보니 모든 것이 조금씩 젖어 있었다. 찬이 돌아간 뒤 가장 작은 상자부터 풀며 석희는 앞으로도 오랫동안 비를 피할 도리는 없겠다는 상념에 사로잡혔다. 저녁에 집주인이 잠시 들러 필요한 것을 물었다. 군데군데 찢기고 곰팡이가 슨 벽지를 새로 해달라고 부탁하려다가 괜찮다고 얼버무렸다. 집주인은 삼호연립에서 이십분 정도만 걸어가면 나오는 야산에 대해 일러주고 떠났다.

어느새 산책로 입구가 시야에 들어왔다. 하지만 석희의 시선은 산책로 입구 오른편, 삼호연립보다 더 쇠락한 오래된 다가구주택 외벽에 걸린 플래카드에 고정됐다. 그 근처에 공중화장실이 건립될 예정인 모양이었다. 흰색의 플래카드에 거친 필체로 쓰인 원색의 문구에는 아직 존재하지도 않는 공중화장실에 대한 강한 거부감이 적나라하게 드러나 있었다. 석희는 가만히 서서 그 문구를 읽고 또 읽었다. 주민의 의견을 무시하는 공사에 분노한다는 문구까지는 어떻게든 이해하고 싶었지만 당장 공사 계획을 철회하여 인간적인 삶의 권리를 보장하라는 문구는 도저히 해석되지 않았다. 분노, 권리, 보장…… 기자실에서, 로비에서, 마지막 한달은 사옥 옥상에서 동료 기자들과 구호로 외치고 노래로도 불렀던 단어들이었다. 석희는 그대로 돌아섰다. 일등급 약수를 담으려 했던 페트병 두개가 배낭 안에서 자꾸만 부딪혔다.

집으로 돌아온 뒤엔 문을 걸어 잠그고 벽에 기대앉았다. 해가 저물면서 가로등이 켜지자 201호 안으로 주황의 빛 무더기가 스며들어왔다. 손가락을 넓게 펴서 빛 속에 담가보았다. 주황빛에 물든 손은 거푸집에서 막 꺼낸 금속처럼 낯설도록 차가워 보였지만 작고 못생긴 건 변하지 않았다. 참 작고 못생겼다, 속삭이며 눈을 감자 사직서 한부씩이 들려 있던 다양한 손들이 보였다. 희고 길쭉한 손, 두툼하고 뭉툭한 손, 푸른 심줄이 유독 도드라져 보이던 손, 결혼반지가 끼어져 있던 손…… 노조의 강제해산 시도가 있고 얼마 뒤 사측이 파업이 끝나는 대로 노조에 손해배상을 청구할 거라는 소문이 돌 무렵, 석희는 몇몇 동료 기자들과 함께 사장실을 찾아가 사직서를 제출했다. 그때 그 무리에 섞여 있던 찬은 이제 종로에 위치한 대형 학원의 홍보부 직원이 되었다. 언젠가 찬은, 한때 떨리는 마음으로 기사를 송고하던 그 신문을 테이블 위에 활짝 펼치는 아르바이트생의 빰을 때리고 싶었다고 고백한 적이 있었다. 점심시간이었고 주문한 음식이 배달되어 있었다. 애달파서? 석희가 장난스럽게 묻자 깔개로도 싫어서, 찬은 시무룩한 표정을 지으며 대답했다. 사직서 행렬이 줄을 이으면서 파업은 흐지부지 종료됐고 손해배상 청구는 소문으로 그쳤다. 기자들 중 일부는 서울역이나 광화문을 돌며 일인시위를 이어갔고 또다른 일부는 뒤늦게 사측과 손을 잡은 뒤 기자실로 돌아갔다.

가로등은 금세 꺼졌다. 꺼졌다가 다시 켜졌고 도로 꺼진 뒤 계속 켜지지 않았다. 삼호연립 201호의 가장 큰 매력을 석희는 방금 알아냈다. 가로등 불빛의 대합실, 켜지기는 하지만 지속되지는 못하는 저 사물의 오작동을 누군가 수리하지만 않는다면 거의 매일 반복될 낮과 밤 사이의 정차구역…… 성긴 어둠이 조심스러운 손님처럼 201호 안으로 한걸음씩 들어왔다. 석희는 자리에서 일어나 창가로 걸어갔고 창문을 연 뒤 담배 한개비에 불을 붙였다. 일종의 비상식량처럼 석희는 담배 세개비씩을 휴지에 싸서 책상 서랍 속에 넣어두곤 했다. 두달 만에 담배 연기가 목구멍 안으로 들어가자 거친 기침이 터져나왔다. 허약한 기관지 탓에 담배를 피우는 게 고역이면서도 완전히 끊지 못하는 건, 통로에 지나지 않는 인간의 몸을 새삼 깨닫는 게 좋아서였다. 독소의 밀도와 함량은 달라졌을지라도 들이마신 연기는 다시 나오기 마련이다. 몸 안에서 영원히 머무는 것은 없다. 음식도, 감각과 감정도, 한때는 존재 전체를 걸고 싸웠던 고민과 그 고민의 시간까지…… 흘러간 것은 절대로 되돌아오지 않는다는 그 정직함이 생의 유일무이한 위로라고 석희는 생각해왔다. 창밖으로 퍼져가는 하얀 연기를 한줌의 검은 공기가 밀봉했다. 고통스러우면서도 고통의 방식을 모르는 순박한 영혼 하나가 그 공기를 한 손에 들고는 알아들을 수 없는 혼잣말을 하며 허공으로 흩어져갔다.

*

허공으로 흩어지는 담배 연기는 사람의 내면을 그린 지도 같기도 했다. 특수한 용액에 담그면 저절로 그림이 스며드는 종이처럼 몸 안 구석구석으로 들어간 연기는 눈에는 보일 리 없는 그곳의 풍경을 담아 나오는 것이다. 흔적일 수도 있고 상처일 수도 있는 그 어떤 것을…… 제인은 방금 떠올린 이 생각이 마음에 들었다. 다음 작업에서는 각기 다른 자세와 표정으로 담배를 피우는 제인들을 그리면 어떨까, 진지하게 고민해보기도 했다.

추워. 뒤를 돌아봤다. 거기서 뭐 하는 거야? 창문 좀 닫아. 잠꼬대가 아니라는 걸 확인시켜주려는 듯 뒤엣말은 다소 단호하게 들렸다. 이스트 강이 내려다보이는 렉싱턴 거리의 고급 아파트에서 사는 해럴드에게는 온갖 인종이 모여 사는 가난한 플러싱의 찬 바람이 이질적으로 느껴졌을 것이다. 모든 조건이 잘 갖춰져 있는 유리관 속을 위협하는 외부의 해로운 병균 같은 걸까, 이 바람이? 제인은 담배를 끈 뒤 테라스 창문을 닫았다. 무슨 걱정 있어? 다시 침대로 돌아가자 해럴드가 아무것도 걸치지 않은 제인의 허리를 두 팔로 감싸며 물었다. 아무것도. 제인은 짧게 대답했다. 당신이 다음 분기 전시회 스케줄에 내 이름을 올려주겠다는 약속을 해주지 않은 것 빼고는. 이어지는 말은 하지 않기 위해 제인은 입술을 깨물었다. 마지막 자존심까지 버릴 만큼 절박하지 않다. 제인은 그렇게 믿고 싶었고 그래야 한다는 것도 알고 있었다.

어제저녁, 해럴드가 관장으로 있는 미술관 로비에서 개관 3주년 기념 파티가 있었다. 뉴욕과 뉴욕 외곽에서 온 젊은 예술가들이 와인이나 칵테일이 담긴 술잔을 들고 로비를 활보했다. 지인들끼리는 가벼운 키스와 포옹을 나눈 뒤 안부를 물었고, 처음 만난 사람들은 서로의 작품을 거론하며 서슴없이 호감과 흠모를 표출했다. 낯익으면서도 여전히 적응되지 않는 이 나라의 과장된 인사법이었다. 파티에 온 대부분의 예술가들은 해럴드에게 인사를 했다. 겉으로는 수평적인 관계인 듯 어엿하게 악수를 건네며 이름을 밝히는 식이었지만, 순간적인 실수로 존경의 자세를 의심받을까봐 저마다 조심스러워했다. 그들의 마음속에선 자기 작품의 빼어난 예술성이 제대로 평가받지 못했다고 여기는 막연하게 억울한 아이가 난해한 지도 한장씩을 그리고 있을 터였다. 제인도 그에게 인사를 했다. 그리고 선택받았다. 그는 젊은 시절 발레리나였다는 북유럽 출신의 아내나 명문 사립대학교에 다니는 두 딸과는 다른 피부, 다른 체형, 다른 분위기를 갖고 있는 삼십대 이민자 여성에게서 결핍과 차별에 익숙한 젊은 예술가의 초상을 보았던 건지도 모르겠다.

해럴드가 제인의 등에 얼굴을 부비며 필립 김을 아느냐고 물었다. 이름은 들어봤지만 사적으로는 전혀 친분이 없었다. 그래? 당신도 김이지 않아? 이봐, 내 고향에선 다섯명 중 한명이 김이야. 제인은 대수롭지 않다는 듯 가볍게 대꾸했지만 해럴드는 진지하게 이어 말했다. 내 말은, 당신도 그런 쪽으로 한번 작업을 해보라는 거야. 당신 나라의 역사와 사회에 대한 작업 말이야. 물론 최근의 이슈를 다룬다면 더 좋겠지. 등에 닿는 해럴드의 입김은 뜨겁지도, 거칠지도 않았다.

필립 김은 정신대 할머니들의 생애를 다룬 작품으로 주목을 받은 적 있는 제인 또래의 설치예술가였다. 제인은 그 작품을 팸플릿으로만 보았다. 방 하나에 낡은 옷가지와 소지품을 늘어놓았고 사면의 벽은 할머니들의 젊은 시절을 찍은 흑백사진으로 채웠으며 사진 위로 그들의 인터뷰 동영상을 투사했다. 지루하고 상투적인 작품이었다. 제인이 알기로 필립은 부모님만 한국인일 뿐, 태어난 곳은 미국이었다. 아홉살이 되던 해까지 한국에서 한국인으로 살았던 제인보다 고국과의 거리가 더 먼 셈이다. 한국어로는 자기소개도 제대로 할 줄 모를 게 뻔한 필립이 체온으로 느껴본 적 없는 한국의 역사를 다룬 이유라면 설명을 듣지 않아도 알 수 있었다.

—꿈도 미국사람처럼 꿔라.

아버지는 늘 그렇게 말했다. 그는 두 딸이 미국식 발음의 영어로 책을 읽을 때 가장 큰 자부심을 느끼는 부류의 이민자였다. 한인타운에서 한인을 대상으로 한국 음식을 파는 식당을 하면서도 그는 미국적인 것을 찬양했고, 영어를 자유롭게 구사하는 사람이라면 무턱대고 신뢰했다. 다른 나라에서 왔다는 특수성이 그나마 이민자의 무기가 될 수 있다는 걸 그는 결코 납득하지 못할 터였다. 미국 사회에 편입되지 못하는 소외감을 표현하거나 떠나온 고국의 역사라든지 문화를 다양성이라는 명분을 앞세워 진열할 때 평단과 언론도 관심을 보였다. 국적을 뛰어넘는 보편적인 주제, 혹은 윤리적 가치판단이 제거된 절대적인 예술성은 이민자의 몫이 아닌 것이다.

해럴드는 이내 잠이 들었다. 제인은 침대에서 내려가 가운을 걸친 뒤 식탁에 앉아 노트북을 켰다. 제인은 이제 이 나라의 보이지 않는 벽과의 싸움을 포기했다. 오년여 전부터 이미지를 나열하는 식의 실험적인 화풍을 버렸고, 그 대신 성조기를 티셔츠나 스커트처럼 두른 채 미국의 일상적인 풍경을 떠도는 자신의 모습을 그렸다. 유모차를 끌며 공원을 산책하는 젊은 부부, 휴대전화나 태블릿PC를 들고 공원을 활보하는 직장인들, 거실 소파에 누워 텔레비전 토크쇼를 보는 권태로운 표정의 중년 남성 곁에서 공허한 표정으로 캔버스 밖을 응시하는 성조기 속 제인들, 내면의 불안과 동화에의 욕망을 연기하는 배우…… 제인의 작품이 미술관에 걸리고 조금씩이나마 팔리기 시작한 것도 그 무렵부터였다.

제인은 한국의 주요 언론사 홈페이지를 차례로 클릭하여 정치사회란을 유심히 살폈다. 타협은 비겁함이 아니라 또다른 의미의 용기라고 제인은 배웠다. 그 누구도 아닌 자신의 생으로부터. 쉽게 변하는 인간의 감정에 연연하기보다 해럴드가 미술관에 걸고 싶어하는 그림을 그리는 게 어차피 버려질 미래에 대응하는 합리적인 자세이기도 했다. 마우스를 쥔 손이 잠시 멈췄다. 여자, 한번은 본 적이 있는 것 같은 여자의 사진에 제인의 시선이 고정됐다. 주변의 모든 사람들은 일군의 경찰과 굳은 표정으로 대치하거나 우왕좌왕하고 있는데 여자는 그 틈바구니에 오도카니 앉아 사랑의 세레나데라도 들은 듯 애틋하게 웃고만 있었다. 제인은 여자가 가슴 깊이 품고 있을 한 인간의 신념을 상상했다. 다만 상상일 뿐인데도 그 신념의 깊이를 자신은 결코 알 수 없을 거라고 생각한 순간, 제인은 눈물이 날 것 같은 강렬한 질투를 느꼈다.

제인에게 석희의 얼굴이 처음 각인된 날이었다.

*

그 사진의 배경은 일년 전 초봄, 사옥 옥상이었다. 파업은 석달을 넘어가고 있었고, 오늘이 어제 같고 내일도 오늘의 복사본일 게 뻔한 옥상 아래는 더없이 평화로워 보였다. 옥상에 모인 기자들이 적군이 없는 전장에 내몰린 군인들처럼 보이기 시작한 건 언제부터였던가. 기억나지 않았다. 그날 석희의 머릿속을 가득 채웠던 건 옥상으로 오기 전 엘리베이터 앞에서 마주친 인턴 기자의 앳된 얼굴뿐이었다. 기존 기자들이 대부분 파업에 동참하면서 사측은 기초생활비 수준의 급여만 주던, 이제 갓 대학을 졸업한 인턴 기자들에게 기사를 쓰게 했다. 파업 중인 기자들 눈에 인턴 기자들이 좋게 보일 리 없었다. 거울을 보지 않아도 자신의 시선이 싸늘했을 거란 건 석희도 잘 알았다. 그 인턴 기자는 긴장한 듯 두 손을 아프게 깍지 끼며 석희의 시선을 피하다가 석희가 엘리베이터에 오르려던 순간 선배님, 하고 다급히 불렀다. 며칠 동안 야근을 이어왔는지 인턴 기자의 눈머리는 충혈되어 있었고 블라우스와 스커트는 심하게 구겨져 있었다. 선배님, 인턴 수습 중에 잘리면 이력서에도 쓸 수 없다는 걸 아세요? 온몸으로 용기를 냈다는 듯 목의 심줄까지 돋우며 묻는 인턴 기자를 석희는 잠시 물끄러미 건너다봤다. 팽팽하게 평형을 이루고 있는 저울이 보이는 듯했다. 저울 양쪽에 얹힌 건 절박함이라 부를 수 있는 마음의 총량이었을까.

전투경찰이 옥상으로 들이닥친 건 정오가 막 지날 때였다. 놀란 기자들이 어차피 도망갈 곳 없는 옥상에서 허둥대는 모습을 지켜보며 석희는 중얼거렸다. 가짜 같아. 내뱉고 난 뒤에야 그런 말이었다는 걸 알았다. 어디에서 온 건지 알 수 없는 벚꽃 한장이 허공에서 빙글빙글 돌더니 석희의 손등에 떨어졌다. 그것만이 세계의 유일한 실재인 듯 석희는 하염없이 그 꽃잎을 내려다보았다. 그때 어디선가 카메라 플래시가 터졌다는 걸 석희는 눈치채지 못했다. 그 사진 한장이 타 신문의 기사에 실리고 다시 그 기사가 먼 나라의 화가에게 작품을 완성하도록 부추기는 영감을 주리란 건 당연히 상상도 하지 못한 순간이었다. 그날 기자들을 옥상에서 내몰려는 경찰과 버티려는 기자들 사이에 몸싸움이 있었다. 누군가는 어깨

뼈에 금이 가고 누군가는 머리 한쪽이 함몰됐다. 그리고 거의 대부분이 멍들고 피 흘리고 다쳤다. 경찰의 성공적인 진압 후, 좀더 많이 다친 누군가를 부축하며 옥상에서 빠져나오면서 석희는 저울의 한쪽 접시에서 이제 그만 내려가고 싶다고 생각했다. 절박함에 솔직함이 더해진 인턴 기자의 접시가 한뼘 더 올라갈 수 있도록……

다시 이메일 웹페이지를 열었다. 아무리 봐도 초대의 메일이 맞았다. 그러나 모든 것이 미심쩍기만 했다. 인터넷에 뜬 석희의 얼굴에서 모티프를 얻어 일련의 작품을 완성했다는 이야기도 그러했지만, 전시회를 보러 온다면 숙식을 제공하겠다는 제안은 비현실적으로 느껴졌다. 뉴욕의 플러싱에 위치한 낡은 아파트이긴 하지만요. 스스로 재미교포라고 밝힌 화가는 그렇게 덧붙여 썼다.

노트북을 닫는데 휴대전화 알람이 울렸다. 한시간 뒤, 주로 기업의 홍보책자를 만드는 소규모 출판사에서 면접이 있다는 걸 알리는 알람이었다. 이제 가방을 챙겨 지하철을 타러 가야 하는데 석희는 중요한 서류라도 잃어버린 사람처럼 방 안을 서성이기만 했다. 아직 풀지 않은 이삿짐 상자들이 발에 차였고 방바닥엔 쓸어내지 않은 먼지가 쌓여 있었다.

면접 삼십분 전에야 집을 나선 석희는 지하철역 앞을 그대로 지나쳤다. 무작정 앞만 보며 걸었지만 신문을 들고 있는 사람과 마주치면 발길을 돌리거나 다른 길로 빠졌다. 두시간 정도 거리를 헤매고 나서야 버스를 타고 종로 쪽으로 갔다. 찬에게 연락을 한 뒤 그와 함께 자주 가던 술집으로 들어가 소주와 어묵탕을 시켜놓고 기다렸다. 일곱시 즈음 일을 마치고 술집을 찾아온 찬은 이미 소주 한병을 다 비운 석희를 놀란 얼굴로 건너다보기만 했다.

그러나 시간이 흐를수록 취하는 쪽은 찬이었다. 늘 그렇긴 했다. 석희는 그가 자신보다 훨씬 뜨거운 사람이란 걸 의심한 적 없었다. 찬은 토막 기사도 자료 없이 쓰는 일이 없었고 문화부에 배정된 동안엔 기사화할 책이나 영화를 보면서 휴일을 보냈다. 자신이 쓴 기사를 복사하여 코팅한 뒤 받지 않겠다고 거부하는 친구들에게 생일선물로 안기고 돌아와선 그걸 또 자랑하기도 했다. 그가 간혹, 인내심을 갖고 일인시위를 이어가는 선배 기자들을 멀리서 지켜보다가 돌아오곤 한다는 걸 석희는 알고 있었다. 어쩌면 찬은 아르바이트생의 뺨을 때리고 싶었다는 그날 이후, 배달음식 밑에 깔 만한 전단지나 무가지를 테이블 옆에 차곡차곡 쌓아두었을지도 모른다. 면접 안 봤어. 눈빛이 흐릿해지고 수시로 거칠게 얼굴을 쓸어내리는 찬에게 석희는 얼결에 고백했다. 잘했다, 잘했어. 찬이 좌우로 몸을 흔들며 대꾸했다. 누가 뉴욕에 오라고 초대했는데 거기 가면 어떨까. 석희는 잔에 남은 소주를 들이켜며 말이란 마음에서 나오는 것이지만 어떤 말은 마음을 만들기도 한다는 걸 새삼 깨달았다. 근데 뉴욕에 다녀오면 면접을 보러 오라는 곳은 더이상 없겠지?

—저, 있지……

찬이 고개를 떨군 채 눈가를 부비며 말했다. 있지, 지난주에 나 죽을 뻔했어. 깜짝 놀란 석희는 잔을 내려놓고는 어느새 새치가 듬성듬성 나기 시작한 찬의 머리 한가운데를 가만히 응시했다. 찬의 중얼거림이 이어지면서, 그가 기대고 있는 미색의 지저분한 벽지에는 횡단보도 한가운데서 어리둥절하게 서 있는 그의 모습이 영사됐다. 점심시간이었고, 식당을 나온 직원들은 커피를 마시겠다는 쪽과 담배를 피우러 가는 쪽으로 나뉘었다. 찬은 커피 대신 유자차나 율무차를 마셨고 담배라면 옷에 연기가 배는 것도 질색했으므로 그 어떤 팀에도 끼지 않은 채 혼자 학원 쪽으로 걸어갔다. 바닥만 보며 걷다가 어느 순간 주변이 시끄러워 고개를 드니 횡단보도 좌우에서 차들이 클랙슨을 울려대고 있었다. 보행자 신호등이 빨간불이었던 것이다. 마침 배달통을 뒤에 얹은 오토바이 한대가 날카로운 바람을 날리며 찬의 앞을 휙 지나갔고, 뒤늦게 찬을 발견하고는 급하게 핸들을 꺾은 택시 기사는 차창 밖으로 얼굴을 내밀어 욕설을 쏟아냈다. 한낮의 8차선 대로에서 어디로도 가지 못하고 창백하게 겁에 질려 있었을 그는 코미디 배우 같았을까, 예술영화의 진지한 주인공처럼 보였을까. 그러니까 내 말은…… 찬이 또다시 눈을 부비더니 힘 빠진 목소리로 이어 말했다.

—내 말은, 다녀오라고. 언제 죽을지 모르는데 다 무슨 소용이냐고, 응?

석희는 의미 없이 고개를 끄덕인 뒤 계산서를 들고 카운터로 갔다. 전자패드에 사인을 하며 언뜻 찬 쪽을 보니 그는 명상을 하듯 눈을 감고 있었다. 언젠가 찬은 오늘 하지 않은 나머지 이야기를 꺼낼 터였다. 내처 걸었어. 그 이야기는 이렇게 시작되지 않을까. 한번은 끝까지 가보고 싶었어, 빨간불이든 파란불이든. 덧붙이며,

어쩌면 오랫동안 감춰두었던 석희를 향한 원망을 은근슬쩍 드러냈지도 모른다. 노조가 흔들리고 있을 때 사직을 먼저 결정한 쪽은 석희였다. 그때 고민하던 찬에게 자신이 하나의 거울이 되었으리란 건 충분히 짐작할 수 있었다. 끝까지 가보지 못하고 그렇게 함께 돌아섰을 때, 봄은 무참히 끝나 있었다. 그새 눈을 뜨고는 벽을 잡고 일어나다가 넘어질 듯 휘청거리는 찬을 석희는 부축하지 않았다. 위태롭지 않은 열정은 가짜일 테니, 지금은 그를 내버려둬야 공평하다는 생각뿐이었다.

찬을 택시에 태워 보낸 뒤 석희는 막차를 놓치지 않기 위해 지하철역과 이어지는 뒷골목을 부지런히 걸었다. 그때 어둑한 골목 저편에서 어깨를 잔뜩 웅송그린 여자가 혼잣말을 중얼거리며 다가오더니 석희를 툭, 치고 지나갔다. 기시감이 일었다. 석희는 경직된 자세로 천천히 뒤를 돌아봤다. 여자는 골목 끝을 향해 걸어가고 있었다. 여자를 따라갈 수는 없었다. 여자의 얼굴을 똑똑히 보게 될까 봐 석희는 두려웠다. 그 대신 허둥지둥 가방을 뒤져 콤팩트를 찾아낸 뒤 떨리는 손으로 뚜껑을 열었다. 거울은 뿌옇기만 할 뿐, 그 표면엔 아무것도 비치지 않았다. 터져나올 것 같은 비명을 가까스로 참으며 눈을 꾸욱 감았다가 뜨자 지하철 안의 풍경이 보였다. 석희는 취객과 여고생 사이에 앉아 있었다. 기억해보려 애썼지만 골목에서 지하철을 타기까지의 시간은 머릿속 어디에도 저장되어 있지 않았다. 꿈을 꾼 것인지, 아니면 단지 취기로 기억의 일부가 삭제된 것인지 알 수 없었다. 모든 것이 혼란스러웠다. 유일하게 분명한 건

연속적이라고 믿어왔던 시간이 뚝 끊겨버렸고 그 일부가 휘발되었다는 것, 그뿐이었다.

그날밤, 석희는 집으로 돌아가 일주일 뒤 인천에서 출발하는 뉴욕행 비행기 티켓을 예매했고 플러싱에 산다는 교포 화가에게 이메일을 보냈다. 통장에는 고작 두세달 정도의 생활비만 남아 있었지만 떠날 수밖에 없었다고, 훗날 석희는 찬에게 말했다. 내 얼굴을 객관적으로 보고 싶었어. 가짜가 맞는지, 아니면 가짜라고 믿어야 편해서 스스로를 속이고 있는 건지, 그 그림이 알려줄 것 같았거든. 뒤의 두 문장은 안으로 삼켰다. 그 골목에서 마주친 여자가 바로 석희 자신이었다는 것도 석희는 끝내 말하지 않았다.

*

여자의 얼굴은 수시로 떠올랐다. 아침에 일어나 커피를 내리다가, 작업을 시작하기 전이나 마친 뒤, 해럴드의 전화를 받고 외출 준비를 하는 중에, 그 얼굴은 아무렇지도 않게 현실의 테두리를 넘어와서는 클로즈업된 화면처럼 제인의 시야를 가득 채웠다. 여자의 얼굴에 번져 있던, 마음으로부터 우러나왔다는 걸 의심할 수 없는 그 잔잔한 미소가 폭력적인 진압 직전의 분위기에서는 기적에 가깝다고 여겼기 때문일까. 여동생에게서 전화가 온 날도 제인은 불쑥불쑥 떠오르는 여자의 얼굴을 떨쳐내지 못한 채 이젤 앞에 앉아 있었다. 그날은 제인의 서른다섯번째 생일이었다. 생일이 나이의 경계선을 표시해주는, 생이라는 들판에 드문드문 꽂힌 푯대 같은 게 된 지는 오래되었다. 제인은 자신의 생일을 기억하는 누군가의 축하 전화일 거라고 생각하며 무심히 수화기를 들었다.

로스앤젤레스야. 전화기 저편에서 여동생이 차분한 목소리로 말했다. 애틀랜타에 사는 여동생이 로스앤젤레스에 가 있는 이유라면 단 하나였다. 위독하니? 물으며, 제인은 손목시계를 풀어 테이블 위에 엎어놓았다. 제인의 습관이었다. 맞닥뜨린 현실로부터 도망가고 싶은 순간이 찾아올 땐 규칙적인 간격을 배반하며 훌쩍 건너뛰는 시간 외에는 기댈 것이 없었다. 오늘밤이 고비래. 지금도 산소호흡기로 겨우 버티고 계셔. 언니를 찾아. 여보세요? 듣고 있는 거야? 여동생은 울먹이며 연이어 말했고, 제인은 시간의 결이 느껴지지 않는 허공에서 스르르 녹아내리는 자신의 언어를 무력하게 지켜보았다. 미안해. 말했을까. 확신할 수 없었다. 정신을 차리고 다시 손목시계를 살폈을 때 전화는 이미 끊겨 있었고 그사이에 흘러간 시간은 계산되지 않았다.

제인은 그때껏 한 손에 들려 있던 붓을 내려놓고 옷을 갈아입었다. 해럴드가 기획한 가을 전시회를 준비하려면 하루가 급했지만 도저히 작업할 수 있는 날이 아니었다. 자신에게 적대적인 누군가가 가슴속에 잔뜩 입김을 불어넣은 듯 내뱉는 숨결도 불결하게 느껴질 때면, 제인은 타인의 그림이 있는 공간으로 갔다. 다행히 뉴욕에 미술관은 흔했다. 커피숍이나 화구 판매점에서 아마추어 화가들을 위한 간이 전시회가 열리기도 했다. 발길이 가장 먼저 닿은 개인 소유의 소규모 미술관은 휴관 상태였고 버스를 타고 도착한 현대미술관은 문이 열려 있었다.

그 나무기계를 본 곳은 시간을 주제로 한 특별전이 마련된, 미술관 2층 구석의 어두운 방이었다. 기묘하게 뒤틀린 전자음악에 이끌려 제인은 그 방으로 들어갔다. 방 한가운데를 차지한 나무기계는 분침과 시침이 없는 새로운 개념의 시계일 터였지만, 제인의 눈에는 평생을 가차 없는 포식자로 살다가 이제는 껍데기만 남겨놓고 서서히 죽어가는 거대한 짐승으로 비쳤다. 줄에 연결된 상자들과 튜브들이 엇갈려 움직이는 기계의 안쪽은 짐승의 내장에 겹쳐졌고, 일종의 펌프장치이기도 한 상자에서 공기가 뿜어져나올 때는 그 짐승의 신음 소리를 듣는 것만 같았다. 제인은 나무기계 앞에서 발길을 돌릴 수가 없었다. 병실 침대에서 산소호흡기에 의지하며 가까스로 숨을 쉬고 있을 아버지를 보고 있는 것만 같았다.

어째서 그의 딸인가.

로스앤젤레스에서, 아버지의 집과 아버지의 식당에서, 제인은 그토록 부질없는 질문과 싸웠다. 한인타운에서 아버지는 평판이 좋지 않았다. 그는 식당 종업원이 접시 하나만 깨뜨려도 계산기를 두드리며 보상을 요구했고, 노숙자가 구걸을 오면 벌레를 대하듯 매몰차게 내쫓았다. 여권 만료기간이 지난 불법체류자를 고용한 뒤 월급을 미루며 부리다가 그들이 불만을 표출하면 해고를 하는 식으로 잇속을 챙기기도 했다. 법의 보호를 받을 수 없는 그들은 분노와 울분을 삼키며 아버지의 식당을 떠나갔다. 간혹 누군가는 앙심을 품고 집 앞에 숨어 있다가 대문이 열리면 흙물을 끼얹거나 미친 듯이 달려들어 생전 처음 들어보는 욕을 퍼부었다. 대부분 지옥을 경험하고 온 사람들인 양 악에 받쳐 있었다. 무심코 집을 나서던 제인이 그들의 표적이 될 때도 있었다. 모욕감보다 수치심이 늘 더 컸다. 사춘기 이후로 제인은 거의 매일 아버지와 싸웠다. 아버지는 쉽게 자제력을 잃었고 그런 상태가 되면 아내와 두 딸들에게 아무 쓸모 없는 버러지 같은 것들이라며 소리를 질렀다. 어머니나 여동생보다 훨씬 더 공격적인 태도를 취하던 제인은 저녁도 먹지 못하고 방에 갇히곤 했다. 그런 날이면, 제인은 방 안의 모든 시계를 엎어놓았고 하룻밤 사이에 어른이 되어 집을 떠나는 꿈을 꾸었다. 그 꿈만이 제인을 견디게 했다. 그러나 그가 줄곧 냉정하고 엄한 아버지이기만 했다면 제인은 생의 어느 시점에서 그를 받아들였을 것이다. 완벽한 인간은 없다는 평범한 깨달음에 기대어 부정과 냉소가 끊임없이 오르락내리락하던 시소에서 제풀에 지쳐 뛰어내렸을 것이다. 관공서에서 처리해야 하는 일이 생길 때마다 아버지는 돌변했다. 안절부절못하며 제인의 눈치를 봤고 부탁을 할 땐 주눅 든 모습으로 말을 더듬기도 했다. 제인은 중학교에 입학하면서부터 은행이나 보험회사가 보낸 서류를 번역해야 했고 아버지를 따라 이민국과 세무서 등을 돌며 통역도 맡아했다. 제인보다 다섯살이 어린 여동생과는 일을 분담할 수 없었다. 고작 열서너살 때부터 경험한 어른들의 세계는 얼음처럼 차가웠고 엉킨 실타래처럼 복잡했다. 그러니까 허가, 등록, 확인, 벌금 같은 단어가 지배하던 그 세계…… 아버지의 손에 떠밀려 들어간 그 세계에서 제인은, 영어를 못하는 동양인을 향한 관공서 직원들의 무시와 경멸을 읽었고 그 감정의 바닥에 깔려 있는 인종주의라는 관습을 체득했다. 제인 곁에서 두 눈만 끔벅이며 멀뚱히 서 있다가 일이 대충 마무리되었다는 걸 감지하면 아버지는 관공서 직원들을 향해 머리가 배에 닿도록 인사를 했다. 아버지는 그들에게서, 단 한번도 인사를 되받지 못했다.

퇴관시간이 되어서야 나무기계로부터 돌아서서 미술관을 나오자 예상치 못한 거센 바람이 불어왔다. 하늘 끝에서 절망한 신이 거대한 시계를 엎어놓기라도 한 듯, 바람에 잠식된 거리의 풍경은 빠르게 돌아가도록 설정된 화면처럼 비현실적으로 보였다. 건물들은 조각조각 나뉘다가 우르르 무너졌고 행인과 차들은 허공에서 나부꼈다. 가방 속에 넣어둔 휴대전화가 울려 꺼내보니 아버지의 임종을 알리는 여동생의 문자메시지가 와 있었다. 시간이 휘몰아치는 것 같은 그 기이한 풍경은 한 세계의 종말을 타전하는 신호였던가. 어디로 가야 할지 몰라 허둥대고 있는데 여자의 얼굴이 또다시 현실의 테두리를 넘어와 클로즈업됐다. 목소리도 체온도 없던 여자가 뜨거운 목소리로, 너무도 구체적인 감각으로 묻고 있는 것만 같았다. 모른 척해왔지만 모를 수 없는 하나의 진실, 아버지와 크게 다르지 않은 생을 살고 있는 것에 대하여…… 순간, 무릎이 꺾였다. 제인은 흘러내리는 머리칼을 아무렇게나 뒤로 넘기며 휴대전화의 통화 버튼을 눌렀고 전화를 받은 해럴드에게 인사도 없이 방금 내린 결정만을 재빨리 전했다. 짧은 침묵이 흘렀지만 그뿐이었다. 해럴드는 원하는 대로 가을분기 전시회에서 제인의 이름을 빼주겠다고 사무적으로 대꾸한 뒤 제인보다 먼저 전화를 끊었다.

일년 뒤, 제인은 아파트 테라스에 서서 지나가는 기차를 내려다보며 튜브와 상자들이 매달려 있던 그 나무기계를 떠올렸다. 한국에서 온 손님을 맞으려면 부지런히 미술관으로 가야 했지만 기차로 향한 시선을 좀처럼 거둘 수 없었다. 출발한 뒤엔 앞을 향해서만 나아가다가 때가 되면 멈출 수밖에 없는 기차는 또하나의 시계였다. 이미 종착역에 도착한 아버지의 기차는 절대로 되돌아올 수 없다는 진실만이 위로인 동시에 고통이었다. 안도감과 회한이 섞인 이름을 알 수 없는 감정이 내면의 지도에 새롭게 얹어지고 있었다. 지도가 완성된 순간, 제인은 두 손으로 얼굴을 가리고는 한참을 흐느꼈다. 자신의 서른여섯번째 생일이자 아버지의 일주기 기일이었다.

*

주택가 한가운데 위치한 기차역은 보통의 역과는 달랐다. 역사와 매표소, 안내데스크 같은 건 하나도 보이지 않았고 대신 계단 입구에 설치된 자동판매기에서 승객이 직접 기차표를 구입하도록 되어 있었다. 허공에 세워진 간이 기차역 같다고 생각하며 석희는 자동판매기에 동전을 넣고 플러싱-메인 스트리트를 출발하여 포트 워싱턴으로 향하는 기차표를 끊었다. 화살표를 따라 계단 쪽으로 걸어가자 사람들이 드문드문 서 있는 플랫폼이 내려다보였다.

포트 워싱턴 역에 내리면 화가의 친구가 마중을 나와 있을 거라고 했다. 그녀는 자신의 차로 석희를 미술관까지 데려다줄 것이었다. 입국 수속을 마친 뒤 공항 로비에서 전화를 걸자 화가는 공항에 못 나가게 된 상황을 설명하며 거듭 사과했다. 석희가 인천과 뉴욕 사이의 구름 위에서 기내식을 먹거나 잠을 자는 동안 화가에게는 미루기 힘든 인터뷰가 잡혔다고 했다. 석희는 괜찮다고 대답했고 화가는 친구의 인상착의와 포트 워싱턴 역까지 가는 방법을 상세히 일러줬다.

플랫폼으로 내려가 십여분을 기다리자 롱아일랜드 방향의 기차가 들어왔다. 기차에는 승객이 거의 없었고 속도는 놀라울 만큼 느렸다. 석희는 펀칭기를 들고 객실을 돌아다니는 검표원을 이전 세기의 인물사진을 보듯 흥미롭게 지켜보다가 창밖으로 시선을 돌렸다. 기차가 통과하고 있는 플러싱은 뉴욕 여행책자에서 본 화려한 건축물이나 세련된 상점들과는 거리가 먼, 오히려 낙후된 지방 소도시가 연상되는 분위기였다. 제가 살고 있는 플러싱은 롱아일랜드의 서쪽이고, 제 그림이 전시되는 미술관은 동쪽에 위치해 있어요. 실은 어떤 부호의 별장이었는데 이번에 미술관으로 개조하면서 젊은 화가들에게 전시 기회를 주었죠. 화가는 뉴욕에 가기로 결심했다는 석희의 이메일에 그렇게 답장을 써서 보냈다. 그 답장에는 이런 문장이 쓰여 있기도 했다. 믿기 힘들겠지만, 그곳에 있는 당신의 얼굴이 이곳에 있는 저에게 중요한 질문 하나를 던졌어요. 그 일을 계기로 세계관까지 바뀌었다고는 할 수 없겠지만, 사람을 이용하여 얻은 기회를 내 의지로 저버렸다는 것, 그것만은 분명한 사실이에요. 그러니 당신은 저에게 용기를 대여해준 셈이에요. 석희는 화가의 그 이메일을 여러번 읽었다. 읽을 때마다 아치 모양의 성문 앞에서 홀로 춤을 추는 무희의 이미지가 눈앞에 그려졌다. 성문은 굳게 닫혀 있고 악사도 없는데 무희는 상처 난 맨발로 고독하게 춤을 추는 것이다. 석희는 화가에게 쓰고 싶었다. 당신은 가짜를 보았는지도 몰라요. 그 얼굴의 안쪽엔 텅 비어 있는 성 하나가 있거든요. 마른 풀잎만 자라나 있는 황량한 성 말이에요. 삼호연립 201호를 비추는 가로등이 꺼지기 직전이면 석희는 그런 내용의 답장을 보낸 뒤 비행기 티켓을 취소하고 싶다는 충동에 휩싸였지만 행동으로 옮기지는 못했다. 오히려 화가의 그림을 꼭 보고 싶다는 낯선 욕망에 스스로 놀라곤 했다.

기차가 교차로에서 신호에 걸려 잠시 멈췄을 때, 석희는 잿빛 건물의 3층 테라스에 서 있는 한 여자를 발견했다. 여자가 손에 닿을 듯 가깝게 느껴진 건 기차가 주택가를 가로지르는데다 별다른 외벽이 없어서 가능했을 것이다. 여자의 하늘색 스카프와 노란색 트렌치코트가 유난히 바람에 나부껴서인지 여자는 마치 하늘색과 노란색이 어우러진 깃발처럼 보였다. 여기를 보라는 듯 깃발은 쉼 없이 펄럭였다. 어느 순간 여자는 두 손으로 얼굴을 가렸다. 어깨가 떨렸고 긴 머리칼이 부드럽게 물결쳤다. 무엇이 여자를 울게 했는지 알 길 없으면서도 석희는 여자의 슬픔에 감염되는 걸 느꼈다. 줄거리를 몰라도 배우의 몸짓과 자세만으로도 쉽게 감정이 이입되는 영화를 볼 때처럼…… 기차가 다시 느릿느릿 움직이자 여자는 한뼘씩 뒤로 물러났다. 여자는 금세 시야에서 사라졌지만 석희는 테라스의 여자가 그후로도 오랫동안 그 자리에서 흐느꼈을 거라고 생각했다. 깊게 공감한 영화는 영사기가 멈춘 뒤에도 스크린 속에 배우가 남아 있을 거라고 믿게 하는 법이니까.

삼십여분 뒤 기차는 포트 워싱턴 역에 도착했다. 기차역 앞에는 화가의 말대로 키가 큰 흑인 여성이 서 있었다. 화가의 친구 주디스일 터였다. 마침 석희 쪽을 본 그녀가 먼저 다가와 인사를 했고 석희가 끌고 온 캐리어를 자동차 트렁크에 넣어주었다. 석희가 조수석에 앉자 주디스는 제인도 곧 미술관으로 올 거라고 알려주었다. 제인, 화가의 이름이었다.

차가 롱아일랜드의 동쪽으로 향하는 동안 차창 밖으로는 바다와 항구, 선착장이 펼쳐졌다. 선착장에 정박해 있는 선박은 대부분 개인 요트인 듯했다. 롱아일랜드는 동쪽으로 갈수록 부촌이라고 주디스가 웃으며 말했다. 차가 멈춘 곳은 바다가 내려다보이는 언덕 위의 고풍스러운 목조건물이었다. 건물 입구에는 제인 김의 전시회를 알리는 포스터가 붙어 있었고 간이 테이블에는 여러장의 팸플릿이 놓여 있었다.

석희는 테이블 쪽으로 걸어가 팸플릿 한장을 챙겼다. 팸플릿에는 이번 전시회가 제인 김의 열정적인 도전과 작품세계의 전환을 보여주는 데 부족함이 없을 거라고 적혀 있었다. 석희는 팸플릿을 눈으로 따라 읽으며 미술관 안으로 한발 한발 걸어들어갔다. 사면의 벽에 걸려 있는 스무점 가까운 그림들은 비슷한 분위기를 풍겼다. 건물들이 조각나 무너진 폐허의 도시, 바람에 날려 지상으로부터 붕 떠오른 사람들과 자동차, 그리고 모든 그림에 등장하는 청색을 띤 여자…… 팸플릿에 따르면 그 청색의 여자는 화가의 새로운 페르소나였다. 석희는 의아했다. 석희가 보기에 화가의 청색 페르소나는 석희 자신과 전혀 닮지 않았다. 그렇다고 그리 낯설지도 않아서 더 묘한 기분이 들었다. 그림을 다 둘러본 뒤 팸플릿을 다시 읽고 있는데 석희를 부르는 주디스의 목소리가 들려왔다. 화가로 보이는 동양인 여자가 주디스와 함께 석희 쪽으로 걸어오고 있었다. 석희는 입가에 번지는 웃음을 참기 힘들었다. 화가의 하늘색 스카프와 노란색 트렌치코트는 바람이 차단된 미술관 안에서도 여전히 펄럭이는 듯 보였다. 화가의 얼굴이 선명해지자, 석희는 청색 여자들의 진짜 모델이 누구인지 알 것 같았다. 미술관을 나선 뒤에 일어날 일이라면 아무것도 몰랐지만 한가지는 확실했다. 화가의 아파트에 가서 짐을 푸는 것…… 그 아파트에 도착하면 가장 먼저 테라스로 나가 지나가는 기차를 내려다봐야겠다고 석희는 다짐했다. 비가 온다 해도 피하지 않고 젖은 몸으로 오래오래 서 있고 싶었다. 생은, 그곳에도 있을 터였다.

* 소설에서 묘사된 나무기계는 윌리엄 켄트리지(William Kentridge)의 「The refusal of time」이라는 설치작품을 모델로 하였으며, 이 소설의 제목 역시 동명의 작품에서 빌려왔음을 밝힙니다.

문
주

비틀거리며 철로를 향해 걸어갔다. 구두가 안전선을 넘으면서 발바닥의 절반 이상이 플랫폼 밖으로 밀려나가게 되었다. 언뜻 뒤를 돌아보니 서영은 장비를 점검하는지 카메라에 얼굴을 파묻고 있었고, 조명판을 들고 온 서영의 후배는 무슨 노래인가를 흥얼거리며 철로의 끝을 바라보고 있었다. 나는 문주,라고 적힌 골판지를 들고 플랫폼에서 철로로 훌쩍 뛰어내렸다. 플랫폼에 드문드문 서 있던 사람들이 의아한 눈길을 보내왔고, 뒤늦게 상황을 파악한 서영과 서영의 후배는 내 쪽으로 허둥대며 달려왔다. 괜찮아. 나는 다음 기차의 도착 예정시간을 알리는 전광판을 가리키며 그들에게 말했다.

— 괜찮으니 지금 찍어, 어서.

어리둥절한 얼굴로 전광판과 나를 번갈아보던 서영이 이내 무언가를 감지한 듯 철로를 향해 카메라를 들이밀자 서영의 후배도 조명판을 번쩍 들어올렸다. 그들의 눈에도 플랫폼보다는 철로가 영화의 오프닝 씬에 더 적합한 공간으로 비쳤을 것이다. 고향과 국적과 주소가 모두 다른 나라로 기록되는 떠돌이와 안정성이 보장되지 않는 철로가 묘하게 어울린다는 것을 모를 수는 없는 것이다. 게다가 영화의 주인공인 떠돌이에게 철로는 근원에 맞닿은 대체불가의 공간이기도 하다.

실제로 여섯살의 내가 발견된 곳은 플랫폼이 아니라 철로였다. 철로를 따라 걷던 위태로운 여자아이를 발견한 기관사는 있는 힘껏 감속 레버를 당겨 급하게 기차를 세웠다. 역에서 그리 멀지 않은 철로였으므로 기차엔 아직 속도가 붙기 전이었다. 그대로 운전석에서 뛰어내려온 젊은 기관사는 기차의 급정거 소리에 놀라 주저앉은 채 울부짖던 여자아이를 끌어안았다. 내게 '문주'라는 이름을 지어준 뒤 서울 근교의 고아원에 맡긴 사람도 그 기관사였다. 나무 냄새, 생과자의 설탕 맛, 부드러운 손바닥과 단단한 등뼈의 감촉, 그는 내게 이름이나 얼굴이 아니라 그렇듯 몇개의 조각난 감각으로 남아 있다.

철로를 지나가는 여름의 바람에서 떫은 풀 냄새가 났다.

청량리역에서 오프닝 씬 촬영을 마무리하고 역을 빠져나오는 내내 서영은 흡족한 표정을 짓고 있었다. 중학생처럼 보이지만 알이 두꺼운 안경을 벗으면 잠시나마 이십대 성인 여자의 눈빛을 읽을 수 있는 서영의 후배는 영화관에서 티케팅 아르바이트가 있다며 지하철을 타고 먼저 떠났다. 서영과 그 후배는 예술대학에서 영화를 전공할 때부터 서로의 작업을 도와왔다고 했다. 둘 중 한사람이 감독을 맡으면 다른 한사람은 스태프가 되는 방식으로, 그러니까 앙리와 그의 친구들처럼…… 서영과 나는 어느 나라에나 있는 영화인들의 소규모 작업공동체에 대해 이야기를 나누며 서촌으로 가는 버스를 탔다. 서촌에는 서영의 직장이자 작업실 역할을 하는 커피숍이 있었다. 서영은 그 서촌의 작은 커피숍에서 일주일에 세번씩 일을 했고 일을 하지 않는 날에도 수시로 들러 시나리오를 쓰거나 촬영 콘티를 짰다.

— '문'에 해당하는 한자는 백자가 넘고 '주'는 이백자가 넘어요. 그러니 문과 주가 조합될 가능성은 이만개 이상인 거죠. 물론 메추라기 새끼를 뜻하는 문(鴍)이라든지 소가 헐떡이는 소리를 의미하는 주(犨)처럼 잘 쓰지 않는 한자를 빼면 경우의 수는 확 줄긴 하지만요.

커피숍에 도착하자마자 드립커피 한잔을 만들어 내게 내밀며 서영이 말했다. 나는 음료를 준비하는 공간과 ㄴ자 모양으로 연결된 바에 앉아 상판 위에 문주, 문주, 문주, 손가락으로 쓰면서 이만개의 각기 다른 모양의 집들을 상상해보았다. 사실 오랫동안 내게 문주의 의미는 문기둥이었다. 대학시절, 사년 가까이 나와 언어 교환 수업을 했던 한국인 유학생이 표준국어대사전에 나와 있다며 알려준 그 의미를 한번도 의심하지 않았던 것이다. 어쩌면 문기둥이 마음에 들어서였는지도 모르겠다. 지붕을 떠받쳐주는 뿌리이자 건축물의 무게중심이 되는 문기둥은 내 삶과 가장 먼 곳에 있는 유적지 같았다. 마음에 들지 않을 수 없었다. 표준국어대사전 속 문주 카테고리에 문기둥 외에 또다른 의미가 등록되어 있다는 건 서영을 만난 뒤에야 알게 되었다.

먼지.

일주일 전, 공항에서 처음 만난 서영은 문기둥에 대한 이야기를 듣자마자 휴대전화를 꺼내 사전을 찾아보더니 그렇게 일러주었다. 한국의 동북지역에서 문주는 먼지에 해당하는 사투리였던 것이다. 그날 공항철도를 타고 서울역 쪽으로 오면서 나는 먼지가 문주의 진짜 의미 같다는 생각에서 헤어나올 수 없었다. 한곳에 정주하는 일 없이 작은 바람에도 속절없이 흩날리는 먼지처럼 나는 살아왔으니까. 어쩌면 그 기관사는 내가 기억하는 겉모습과 달리 속내는 가혹한 사람이었을지 모른다는 과장된 배신감도 뒤따랐다. 철로 같은 곳에 버려진 아이라면 그 어디에도 흔적을 남기지 않고 사라지는 게 마땅하다고 그는 여겼을 수도 있으므로, 모든 생명체가 소멸하기 직전 마지막으로 존재하는 형태는 먼지일 테니까. 공항철도 차창 밖으로 흘러가는 풍경은 인천과 서울에 걸쳐 있는 선명한 여름의 일부였는데도, 내 머릿속에선 유해한 먼지만 뿌옇게 내려앉은 텅 빈 도시가 허상처럼 세워졌다 무너지길 반복하고 있었다.

—잊어버려요. 사람 이름에 먼지를 갖다 붙이는 것도 상식적이지 않고, 게다가 그 기관사가 동북지역 출신일 가능성이 얼마나 되

겠어요?

아무래도 먼지인 것 같다고 내가 다시 말을 꺼내자 서영이 조금은 강경한 말투로 대답했다. 그래 네가 옳아, 이 나라에선 언제나 네가 옳아, 생각하며 나는 서영에게서 받은 커피를 한모금 마신 뒤 의자에서 일어났다. 내일은 내가 이넌 가까이 위탁되었던 고아원을 찾아가기로 서영과 약속이 되어 있었다. 베로니카 수녀. 그녀는 이제 그 수녀원에 적을 두고 있지 않았지만 서영은 직접 고아원을 찾아가서 정면으로 부딪히면 그녀와 접촉할 수 있는 기회가 주어질 거라고 기대하는 듯했다.

커피숍을 나와 나의 임시 거주지 쪽으로 나는 걸었다. 출연료는 줄 수 없지만 영화가 촬영되는 동안 숙박은 해결해줄 수 있다고, 두달여 전 내게 보내온 이메일에 서영은 썼다. 그 숙박 가능한 곳은 바로 서영의 자취집이었다. 서영은 독일에서 극작가로 활동하는 한국계 프랑스인이라는 내 특이한 이력을 취재한 기사를 읽은 뒤, 저는 그저 한때의 영화 학도로서 당신에 대한 다큐멘터리 형식의 단편영화를 찍고 싶은 것뿐이에요,라고 용감하게 이메일에 썼다. 집이니까요. 이 문장으로 시작되는 그녀의 두번째 이메일은 첫번째보다 더 강렬한 인상을 남겼다. 왜 떠돌이의 이름 같은 것에 관심을 갖게 됐느냐고 묻는 내 질문에 대한 그녀의 답장이었다. 이름은 우리의 정체성이랄지 존재감이 거주하는 집이라고 생각해요. 여긴 뭐든지 너무 빨리 잊고, 저는 이름 하나라도 제대로 기억하는 것이 사라진 세계에 대한 예의라고 믿습니다. 그 두번째 이메일에 내 마음이 움직인 건 맞지만, 사실 나는 그녀에게서 처음 이메일을 받았을 때부터 그녀의 제안에 매혹되어 있었다. 숙박비 걱정 없이 한국에서 한달 가까이 시간을 보낸다는 건 이상적인 휴가계획 같았고, 내 오래전 이름의 의미를 추적해가는 영화의 내용도 흥미로웠다. 무엇보다 영화를 찍는 동안 그 기관사를 만날 수 있을지 모른다는 기대감은 일이 손에 잡히지 않을 만큼 나를 압도하곤 했다. 내가 한달 정도 머물렀던 그의 집에 한번만이라도 다시 가볼 수 있다면 어떤 댓가라도 치를 의향이 있었다. 결국 나는 한국행 비행기에 몸을 싣게 되었고 서영의 집은 나의 임시 거주지가 되었다. 내가 서영의 집에서 지내는 동안 서영은 자취하는 친구들에게 번갈아 가며 신세를 질 거라고 했다.

서영의 집 앞에 도착했다.

가파른 오르막길 끝에 있는 허름한 건물, 복희식당의 위층, 건물 외부에 설치된 낡은 계단을 통해 올라가야 하는 허공의 은신처, 그래서 때때로 그 외부 계단들이 이 세계를 빠져나가는 통로처럼 느껴지는 곳…… 오늘도 복희식당엔 손님이 없었고, 노파는 반쯤 입을 벌린 채 뒷면이 불룩한 구형 텔레비전을 올려다보고 있었다. 복희식당은 서영이 이사 올 때부터 건물 1층을 차지하고 있었는데, 그때도 손님은 거의 들지 않았다고 서영은 내게 말한 적이 있었다. 식당이 그리 위생적으로 보이지 않는데다 음식이 대체로 짜서이기도 했지만, 그보다는 신경질적이고 불친절한 노파의 성격 탓일 거라고 서영은 추측했다. 나 역시 복희식당에서 식사를 한 적은 아직 한번도 없었다. 서영이 들려준 이야기 때문만은 아니었다. 내가 가장 두려워하는 노년의 모습이 노파에게는 있었다. 관성이 되어버린 외로움과 세상을 향한 차가운 분노, 그런 것을 꾸부정하게 굽은 몸과 탁한 낯빛에 고스란히 담고 있는 모습. 나는 타인을 보며 그런 식으로 세상으로부터 버려지는 나의 미래를 연상하고 싶지 않았다. 복희는 누군가의 이름일까, 궁금한 적도 있었지만 그것을 알아내기 위해 굳이 노파와 사적인 대화를 나눌 마음은 없었다. 계단 끝에서 서영이 맞춰준 복사 열쇠를 꺼내 현관문을 열며, 간판에 기록된 이름 복희, 나는 뜻 없이 속삭였다.

*

등 뒤에서 현관문이 닫힌 순간 시야가 깜깜해졌다. 센서등은 고장나 있었고 외출 전에 커튼을 모두 내려놓은 탓에 외부의 빛은 한 줌도 들어오지 않았다. 나는 다음 대사와 액션을 지시받지 못한 배우처럼 짙은 어둠을 응시하며 그저 우두커니 서 있었다. 앙리가 그토록 탐닉했던 스크린의 바깥이 이런 곳이 아닐까, 생각하니 방금 전 내 손으로 문을 닫은 등 뒤의 세계가 낯설게 느껴졌다. 하긴, 문밖의 세계란 언제나 평면으로 펼쳐진 사각형으로 정형화되어 기억되는 곳이었다.

열두살에 부모를 따라 처음으로 영화관에 갔던 앙리를 매혹한 건 스크린에 영사되는 빛의 장면이 아니라 배우가 스크린 밖으로 사라지는 단절의 순간이었다. 그는, 혹은 그녀는 어디로 갔는가. 대체 어디에서 시나리오에는 없는 미정(未定)의 삶을 살아가고 있는 것인가. 영화가 상영되는 동안 앙리는 끊임없이 스크린의 바깥을 상상했다. 스크린과 평행을 이루며 존재하지만 증명되지는 않는 곳, 카메라의 욕망이 은닉된 공간이자 영원히 미완으로 남는 무한의 영토…… 앙리에게는 영화를 볼 때마다 스크린의 바깥에서 작동하는 또다른 이야기를 만드는 습관이 생겼고 그 습관은 자연스럽게 영화감독이 되고 싶다는 열망으로 이어졌다.

순탄하지는 않았다. 아니, 절대적으로 그는 불운했다. 그는 가난했고 대학에서 영화를 공부하지 못했으며 그의 시나리오는 투자자들의 관심을 끌지 못했다. 딱 한번, 유명 배우가 앙리의 영화에 출연한다는 소식에 투자를 받은 적도 있었지만 나중에 그 배우가 결정을 번복하면서 투자금이 회수되는 아픔을 겪기도 했다. 앙리의 영화들 중에서 정식으로 극장에 걸린 작품은 단 한편도 없었다. 내가 가족의 일원이 되고 리사가 복용하던 약값이 오르면서는 작업공동체 안에서 소규모 영화를 제작하는 것조차 힘들게 되었다. 마트 계산원, 빌딩 청소부, 세탁소 관리인, 그는 닥치는 대로 일했고 영화로부터 점점 멀어져갔다.

서영의 집은 여전히 깜깜했다.

어둠을 헤치며 안쪽으로 들어가 스위치를 올려봤지만 형광등은 켜지지 않았다. 정전일 수도 있고 며칠 전부터 자주 깜빡거리던 형광등의 물리적인 결함 때문인지도 몰랐다. 휴대전화 조명에 의지해

양초를 찾다가 이내 포기했다. 방 하나에 주방과 화장실이 딸려 있는 서영의 집은 먹고 자고 씻고 배설하는 데 필요한 생필품만으로도 비좁았다. 양초처럼 비상시를 위한 사물이 있을 것 같지 않았다.

지갑과 열쇠를 챙겨 서영의 집에서 나왔다. 정전은 국소적으로 발생했는지 서영의 집을 중심으로 주변의 몇몇 창문들만 어두울 뿐, 멀리 보이는 대로 쪽은 밤의 조명을 안전하게 품고 있었다. 손으로 난간을 확인하며 계단을 내려가자 복희식당 유리문에 어른거리는 희미한 빛이 눈길을 끌었다. 노파는 양초가 놓인 테이블 앞에 앉아 있었고, 벽에는 노파보다 세배 정도 큰 그림자가 근심 많은 자세로 그런 노파를 내려다보고 있었다. 그 풍경에서 나는 좀처럼 시선을 거둘 수가 없었다. 식당 안의 촛불은 마치 플래시백을 위한 도구인 양 크고 작은 빛으로 조금씩 번져가더니 어느새 내 기억의 내부를 훤히 밝히기 시작했다.

빛, 빛들. 그건 케이크 위에서 어른거리는 여러개의 촛불이었다. 누군가 그 케이크를 들고 어둑한 병실 안으로 들어서자 사람들은 일제히 박수를 치며 생일축하 노래를 합창했다. 앙리가 쉰여덟살이 되는 날이었고, 동시에 더이상의 연명 치료를 거부한 채 퇴원을 하루 앞둔 날이기도 했다. 대다수가 무명의 영화감독이었던 앙리의 친구들은 다양한 동물 모양의 풍선들 아래서 맥주를 마시며 근황을 이야기하거나 농담을 나눴지만 영원한 이별을 전제로 한 파티는 내내 침울했다. 나나…… 파티가 끝나갈 무렵, 휠체어에 앉아 있던 앙리가 나를 불렀다.

—나나, 내가 마지막으로 찍고 싶었던 영화에 대해, 혹시 알고 싶니?

앙리 곁에 다가가 앉자 앙리는 그렇게 물었고 알고 싶어, 나는 대답했다. 앙리의 유언이 곧 시작될 터였다. 저만치서 리사는 홀로 빛을 잃은 채 사람들 사이에 서 있었다. 편집 기술로 일부러 컬러를 뺀 흑백의 배우처럼 보였지만, 어쩌면 그 순간 그녀는 단지 누군가 벗어놓은 그림자였는지도 모른다. 이야기를 모두 마친 앙리가 한 손을 뻗어 내 뺨을 어루만졌다. 부서져 파편으로 흩어져 있던 내 존재를 원래의 모양으로 복원하여 끌어안는 손길이었다. 나는 새끼 고양이처럼 눈을 감은 채 한참 동안 그 손바닥에 얼굴을 부볐다.

다음 날 앙리는 리사와 함께 자신의 고향으로 여행을 떠났고, 그곳에서 한달을 살다가 죽었다.

앙리는 죽었다. 앙리는 죽었고, 그것은 인생의 막 하나가 끝났다는 걸 의미했다. 내게는 2막이었고, 리사에게는 3막이거나 4막일 터였다. 장례식을 마친 뒤, 리사는 앙리의 고향이자 그와의 마지막 여행지였던 프랑스 남부의 작은 도시에서 아예 정착하여 살기 시작했다. 지난 십년 동안, 리사는 알프스 산맥 끝자락에 둘러싸인 그 목가적인 도시를 한번도 벗어나지 않았다. 새로운 직장이 된 보건소에서 청소와 세탁 같은 허드렛일을 마치고 나면 단골 식당—그 식당은 앙리가 고향을 떠나오기 전까지 서빙 직원으로 일했던 곳이었다—에서 저녁을 먹은 뒤 귀가하는 단조로운 일상의 연속이지만 정념이나 신과 싸우지 않아도 되어 편하다고, 언젠가 리사는 엽서에 썼다. 나는 종종, 그녀가 거의 매일 들른다는 그 단골 식당을 머릿속으로 그려보곤 한다. 길모퉁이에 있는 식당, 거구의 외로운 여자가 들어가면 그제야 조립품처럼 완전해지는 공간, 그곳에 앉아서 식사를 하는 동안엔 어디로든 그녀를 데려갈 수 있는 이 세계의 반짝이는 작은 조각……

나는 충동적으로 복희식당 문을 열고 안으로 들어갔다. 커다란 그림자의 보호를 받으며 일렁이는 촛불 앞에서 따뜻한 음식을 먹고 싶다는 단순한 마음뿐이었다. 짤랑, 하는 방울 소리에 노파가 뒤를 돌아봤다.

*

내가 살아보지 못한 삶이 이곳에 그대로 남아 있을 거라는 상상을 자주 했다. 여섯살의 문주가 서른일곱살이 될 때까지 한국의 어딘가에서 살고 있을지 모른다는 그 상상이 나는 좋았다. 한국에서 문주는 어떤 여자가 되었을까. 무슨 일을 하고 누구와 사랑을 했을까. 나나와는 다른 방식으로 살아갔겠지만 나나의 삶과 일치하는 장면들도 있을 터였다. 가령 문주도 나처럼 등푸른생선을 먹으면 배탈이 날 것이고 정면이 아니라 바닥을 보며 걷는 습관을 갖고 있을 거였다. 녹슨 반지라든지 찢어진 티셔츠 같은 것도 쉽게 버리지 못하여 집 안은 늘 쓸모없는 사물들로 어질러져 있을 게 분명하고 책상에는 읽다 만 책들이 몇권씩 쌓여 있기도 할 것이다. 뒤로 갈수록 고음이 되는 특유의 웃음소리, 둥글고 작아지는 절망의 자세, 기차바퀴 소리가 이명처럼 귓가를 에워싸면 차가운 침묵 속에서 하염없이 걷는 습관, 그 모든 건 문주에게서도 발견될 수밖에 없는 것이다. 가상의 문주는 내게, 내 삶의 바깥에 던져진 미지의 존재이면서 동시에 또다른 나였다.

베로니카 수녀는 서영과 내가 예상했던 것보다 더 먼 곳에 거주하고 있었다. 그녀는 삼년 전부터 가톨릭 재단이 운영하는 요양원에서 우울증을 동반한 치매 치료를 받고 있었다. 베로니카의 후임으로 원장수녀가 된 젬마는 그 소동이 있기 전까지 아무도 그녀의 병을 알지 못했다고 말했다. 단 한번도 제대로 드러난 적 없는 그 병의 증세는 어느 평범한 밤에 폭발하듯 분출됐다. 그날, 베로니카는 방 안의 모든 성물(聖物)을 부수고 깨뜨린 뒤 그 파편 하나를 집어 자신의 팔뚝과 허벅지를 그었다.

주님! 젬마가 말하는 동안 내 귓가에선 리사의 외침이 여러번 파동을 일으켰다. 서영의 카메라에는 담기지 못할 사운드였다. 앙리의 온몸에 퍼진 암세포를 의학적으로는 제거할 수 없다는 의사의 판명을 들은 날, 술에 취해 귀가한 리사는 옷장과 냉장고와 욕실문을 차례로 열어젖히고는 그 안에 대고 목에 핏줄이 돋도록 외쳐댔다. 당신은 개새끼입니까, 주님!

앙리는 병원에 있었으므로 그 장면의 목격자는 오직 나뿐이었다. 꼭 필요한 말 이외에는 목소리를 내는 일이 거의 없고 어디에 있든 꾸부정한 자세를 좀처럼 풀지 않던 리사가 그날처럼 광포한 모습을 보인 적은 없었다. 문주와 나나 같다,라고 나는 생각했다. 교묘하게 잘 감추어져 있었으나 어느 순간 일상을 찢으며 표출될 수밖에 없었던 베로니카와 리사의 그 외로운 분투는 보이지 않는 거울 앞에 마주 서 있는 두개의 상(像)처럼 닮아 있었던 것이다. 무력한 방관자에 지나지 않는 신 앞에서는 공허한 협박이 되고 마는 고통의 몸짓들……

리사가 베로니카와 달리 막다른 곳까지 내몰리지 않은 건, 아이러니하게도 다시 앙리 때문이었을 것이다. 190센티미터에 육박하는 큰 키, 매끄러운 곡선을 찾을 수 없는 몸의 실루엣, 굵은 골격과 거친 목소리, 사람들은 리사를 소인국에 던져진 거인 취급했지만 앙리는 리사를 어깨 위의 작은 새처럼 늘 조심해서 대했다. 리사는 그 기억이 있기에 4막, 혹은 5막의 인생을 다시 시작할 수 있었다고 나는 믿는다.

— 그분은 어쩌면 정문주 씨를 다시 데려가려고 했는지도 모르겠어요.

고아원에 남아 있던 내 서류 — 그 서류에는 고아원에서 새로 지어준 이름인 박에스더로 나의 신체 치수와 성향과 입양번호가 기록되어 있었다 — 를 들여다보고 있는 내게 젬마가 말했다. 나는 서류에서 시선을 떼고 아연히 그녀를 건너다봤다.

— 정문주 씨를 발견한 분 말이에요. 길에서 울고 있는 아이를 발견하면 경찰서에 신고를 하든지 가까운 아동보호소에 데리고 가

지, 이름을 지어주고 임시 보호를 자처하는 경우는 거의 없죠. 그 행동은 나중에라도 정문주 씨를 책임지려 했다는 의도로 해석해도 되지 않을까요? 그렇다면 그분은 정씨일 확률이 높겠죠.

나는 멍한 얼굴로 가만히 고개만 끄덕였다. 고아원 씬은 아마도 고개를 끄덕이는 내 얼굴을 클로즈업하며 페이드아웃될 터였다. 서영의 카메라가 내 얼굴에 앵글을 맞춘 채 줌인 기능을 최대치로 끌어올리는 것이 느껴졌다.

고아원을 나온 서영과 서영의 후배, 그리고 나는 고아원 근처 버스정류장 쪽으로 터벅터벅 걸어갔다. 후배가 가져온, 끝에 털실 같은 것이 덥수룩하게 달려 있는 붐마이크는 장대처럼 길고 접히지도 않아서 마치 이상한 가발을 쓰고 우리 세사람을 따라오는 과묵한 동행자 같았다. 서영이 생뚱맞게 웬 붐마이크를 가져왔느냐고 묻자 후배는 아침에 촬영도구 대여점에서 고가의 붐마이크를 발견하고는 앞뒤 가리지 않고 집어왔다고, 붐마이크가 필요한 야외촬영이 없다는 것까지 생각할 겨를이 없었다고, 평소의 그녀답지 않게 뭔가 억울하고 심통이 난 표정으로 길게 이야기했다. 침울한 분위기를 헤아리고 장난스럽게 이야기한 것이겠지만 서영과 나는 밝게 웃어주지 못했다.

서촌에 온 건 오후 세시가 다 되어서였다. 다음 촬영 약속을 잡지 않은 채 우리는 커피숍 앞에서 헤어졌다. 서영의 집으로 가는 길에 과일을 파는 좌판이 있어 걸음을 멈추고 복숭아를 한봉지 샀다. 복숭아가 담긴 검은색 비닐봉지를 앞뒤로 흔들며 걷던 나는 어느 순간부터 뛰기 시작했다. 복희식당 앞에 정차해 있던 구급차는, 그러나 내가 도착하기도 전에 요란한 소리를 내며 대로 쪽으로 떠나갔다. 복희식당에서 늦은 점심을 해결한 뒤 복희와 복숭아를 나눠먹으려 했던 내 계획은 무산됐다. 나는 한동안 그 자리에 꼼짝없이 서서 복희, 복희, 여러번 중얼거렸다.

*

서영이 자판기 커피 두잔을 들고 와 내 곁에 앉았다. 어둠이 내려앉은 병원 복도엔 두사람이 번갈아가며 커피를 들이켜는 소리만이 물결처럼 길게 퍼져나갔다.

자판기 커피를 빼오기 전까지 서영은, 지난 사흘 동안 있었던 일들을 차근차근 이야기했다. 그 이야기는 서영이 철도청 직원으로 일하는 대학 친구의 오빠를 통해, 기관사들이 친분을 위해 만든 주소록을 얻게 된 시점부터 시작되었다. 주소록에서 이제는 오십대와 육십대에 이른 기관사들을 추려 연락을 시도했지만 대부분 전화번호가 바뀌어 있거나 일을 그만두어 연락이 잘 되지 않았다고 했다. 개중에는 어떻게 번호를 알고 전화를 했느냐고 따지는 사람도 있었고 서영을 남의 뒤나 캐고 다니는 불순한 부류로 의심하는 사람도 있었다. 정신적으로 버거운 일이었다.

하지만 서영은 포기하지 않았고 인내심을 갖고 같은 질문을 반복했다. 혹시 삼십년 전에 청량리역에서 출발하는 기차를 운전하지 않으셨나요? 철로에서 여자아이를 구하신 적은요? 정문주라는 이름을 모르세요? 돌아오는 대답은 대체로 불투명하고 불친절했다. 전화 한통을 끝내고 나면 강렬한 사운드의 음악을 들으며 마음 속에 남은 어색함과 쑥스러움을 쓸어내야 했다. 수십번의 시도 끝에, 철로에서 발견되었다는 아이를 본 기억이 난다는 기관사와 통화가 되었을 때, 이미 지칠 대로 지쳐 있던 서영은 저도 모르게 환호성을 지를 뻔했다.

초짜 기관사 시절, 그러니 아마도 삼십년쯤 전에, 동료 기관사가 작고 깡마른 여자아이를 역 안의 숙직실에 데려온 적이 있다고, 동료는 다시 기차를 운전하러 가야 했으므로 다른 기관사들이 우는 아이를 달래주려고 먹을 것과 장난감을 사오기도 했다고, 그런 날이 분명 있었다고, 그는 천천히 말을 이어갔다. 서영은 전화기를 두 손으로 감싸쥔 채 몇번이나 감사하다고 울먹이며 말했다. 아이를 구한 그 기관사였을까, 아니면 그 기관사를 잊지 않은 전화기 저편의 기관사였을까. 서영 자신도 그 순간 누구를 향해 그토록 진심 어린 감사의 말을 전한 건지 알 수 없었다. 그 기관사님 성함은 어떻게 되나요? 그분도 아직 철도청에서 일하세요? 연락처를 알 수 있을까요? 울먹임이 다소 가라앉은 뒤에야 서영은 가까스로 물었다. 침묵이 흘렀다. 가슴이 터질 것만 같았다.

— 있잖아요, 왜, 사진의 접힌 부분 같은 거, 펴본 뒤에야 중요한 단서였다는 걸 알게 되는…… 내일 그분을 만나는 게 그런 과정일 수도 있을 거예요.

서영이 바닥이 드러난 종이컵을 반으로 접으며 말했고 나는 대꾸 없이 고개만 끄덕였다. 단서. 있거나 없을 그 단서가 이제 내가 가질 수 있는 최대치의 행운이었다.

우리는 곧 의자에서 일어났다. 병원 로비 쪽으로 함께 걸으면서 서영은 내가 염려됐는지 한층 밝아진 목소리로, 복희식당 할머니의 병실을 지키고 있다는 내 전화를 받고 실은 무척 놀랐노라고 말했다. 그럴 만했다. 단 한번 복희식당에서 밥을 먹은 적 있는 내가 언제 심장이 멈출지 모르는 복희 곁을 지키게 되리라곤 나 역시 짐작조차 하지 못한 일이었다. 복희는 뇌출혈로 쓰러졌고 현재는 의식이 없는 상태였다. 심장박동을 그래프로 보여주는 심전도계가 이상을 보이거나 작동을 멈추면 당직 의사나 간호사를 부르는 것, 그것이 복희의 병실에서 내가 할 일이었다.

처음부터 한국에서의 남은 시간을 심전도계라는 이름의 낯선 기계와 보낼 마음은 없었다. 수소문 끝에 복희의 병실을 찾아갔을 때, 마침 복희의 새 환자복을 가져온 앳된 인상의 간호사가 필요 이상으로 나를 반겼다. 환자와의 관계를 묻기에 그저 이웃에 사는 사람일 뿐이라고 답하자 그녀는 실망한 기색을 감추지 못했다. 언제 임종을 맞을지 모르는 환자가 보호자나 고용된 간병인도 없이 혼자 병실에 방치되어 있어서 신경이 쓰인다고, 입원 소속을 맡아준 환자의 언니나 병문안을 온 몇명의 지인들은 하나같이 제 몸 하나 가누기 힘든 노인뿐이어서 병실을 지킬 여력이 없어 보였다고, 누군가 심전도계만이라도 체크해준다면 언제 죽었는지도 모른 채 죽는 일은 막을 수 있을 거라고, 누구든 그렇게 죽는다는 건 너무 쓸쓸한 일 아니냐고, 어느새 그녀 곁에서 복희의 환자복을 갈아입히는 일을 돕고 있는 내게 그녀는 길게 하소연했다. 아무것도 모른다는 듯 태평하게 깊은 잠에 빠진 복희를 나는 가만히 내려다봤다. 정전의 밤, 밥 더 줄까? 물으며 은근슬쩍 맞은편에 앉아 새로 물을 따라주고 반찬을 내 쪽으로 밀어주던 그녀가 떠올랐다. 소문과 달리 그녀는 친절했다. 아이처럼 호기심도 많았다. 내 어색한 발음을 신기하게 여겼고 어떻게 복희식당 위층에 살게 되었는지도 알고 싶어 했다.

—제일, 알아? 제일, 넘버 원! 내가 넘버 원 사랑하고 미안한 사람, 그 사람이랑 닮았어. 나, 깜짝 놀랐어.

내가 외국에서 왔다는 걸 의식했는지 갑자기 아이에게 말하듯 말투를 바꾼 복희는 놀랐어, 할 때는 눈을 동그랗게 뜨고 입을 크게 벌리는 표정연기까지 해 보였다. 나는 밥을 먹으면서도 자주 의아한 눈빛으로 그녀를 건너다봤다. 맞은편의 복희는 내내 잔잔하게 미소 짓고 있었지만 나는 그녀가 슬퍼 보인다는 인상을 떨칠 수 없었다. 끊임없이 내벽에 상처를 덧내며 시간과 함께 공처럼 굴려왔을 어떤 마음이 인간의 얼굴로 빚어진다면 꼭 그녀처럼 보이지 않을까, 아마 나는 그런 생각도 했을 것이다.

허물처럼 벗겨진 복희의 환자복을 들고 병실을 나서는 간호사를 나는 뒤늦게 불러 세웠다. 나를 향해 돌아서는 그녀에게, 그리고 나는 틈날 때마다 병원에 와서 심전도계를 체크하겠다고 얼결에 말해버리고 말았다.

그렇게 시작된 일이었다.

—근데 그 할머니 이름, 복희 아니지 않아요? 병실엔 다른 이름이 적혀 있던데.

골똘히 내 이야기를 모두 들은 서영이 병원 로비의 문을 열다 말고 물었다.

—하지만 저번에 식당에서 밥 먹을 때 또다른 동네 할머니가 찾아와서 복희야, 하고 부르는 걸 똑똑히 들었어.

—딸 이름인가.

—딸?

—한국에서는 자식이 있는 여자를 자식의 이름으로 부르기도 하거든요.

서영은 심드렁한 말투로 그렇게 일러주고는 곧 병원을 빠져나갔다.

서영이 돌아간 뒤 나는 그녀의 병실 창가에 서서 세상의 한 귀퉁이에 모여드는 어둠을 한참 동안 내려다봤다. 복희가 정말 그녀의 딸이라면 복희는 지금 어디에 있는가. 그녀는 왜 엄마의 병실에 오지 않는가. 머릿속은 온통 그런 의문들뿐이었다. 추측할 수 있는 정황은 있었다. 두사람이 절연했거나 어떤 통신수단으로도 접속할 수 없는 다른 차원의 세계에 딸 혼자 이미 가 있거나. 외면하고 싶은 또하나의 잔인한 가정(假定)은 먼 과거 속 불확실한 공간에 안개처럼 혼미하게 깔려 있었다. 바로 그녀의 딸이 나처럼 버려진 뒤 헤매고 다녔을 미지의 장소에, 놀이공원의 매표소 앞일 수도 있고 시장 한복판이나 고속도로의 휴게소일지도 모르는 그 혼돈의 한가운데에…… 나와 넘버 원 닮은 사람이 있다고, 미안하고 고맙다고, 그렇게 말하던 그녀의 목소리가 불길하게 복기되고 있었다. 나는 천천히 그녀 쪽으로 돌아섰다.

—어디 있어요, 복희?

묻는 목소리가 내 귀에도 날카롭게 들렸다. 산소호흡기를 걷어낸 뒤 그녀의 어깨를 세차게 흔든다면 그녀가 어리둥절한 얼굴로 깨어나 나를 빤히 올려다볼 것만 같았다. 버린 건 아니라고, 언제 죽어버릴지 모르는 철로 같은 곳엔 더더욱 버리지 않았다고, 그렇게 말해달라고, 깨어난 그녀에게 어쩌면 나는 반쯤은 정신이 나간 상태에서 소리를 질러댈지도 몰랐다. 그녀의 평온한 얼굴과 균일하게 움직이는 심전도계의 그래프를 몇번이나 번갈아 바라보다가 나는 곧 병실을 나왔다. 오늘밤은 선의를 갖고 그녀의 심전도계를 지켜볼 의욕이 일지 않았다. 어쩌면 그건, 다시는 내게 오지 않을 선의였다.

*

—나나, 나는 우리 가족의 기원에 대해 찍고 싶었어.

쉰여덟번째 생일에 앙리는 내게 말했었다.

여름이었지, 얼굴의 모든 근육을 찡그리며 최선의 힘으로 웃어 보인 뒤 그는 다시 말을 이어갔다.

오래전 여름, 앙리와 리사는 이제 막 사랑에 빠진 연인이 되어 테두리에서부터 푸르게 변해가는 시간을 함께 통과하고 있었다. 그 푸른 시간의 침입자는 몇해 전에 앙리와 영화작업을 함께한 적이 있는 동료였다. 리사와 손을 잡고 해변을 걷던 앙리는 맞은편에서 걸어오던 그를 발견하고는 얼어붙은 듯 그 자리에 멈춰 섰다. 어느날 말도 없이 사라진 그는, 그뒤 비교적 전문적인 기관에서 영화를 공부했고 제도권이 인정하는 장편영화로 데뷔를 하기도 했다. 그쪽에서도 앙리를 알아보고는 웃으며 다가와 악수를 청했다. 앙리는 어느 순간부터 리사의 손을 놓고 있었고 그에게 리사를 소개하지도 않았다. 앙리는 그저, 새롭게 촬영에 들어갈 자신의 새 영화에 대해 떠드는 그를 굳은 얼굴로 바라보았고 그가 먼저 해변을 빠져나간 뒤에야 리사가 곁에 있었다는 걸 깨달았다. 앙리와 리사는 자신의 나체에 눈을 뜬 태초의 인간들처럼 서로를 똑바로 쳐다보지 못했다.

그날 숙소로 돌아올 때까지 침묵은 계속 이어졌다. 먼저 침묵을 깬 건 리사였다. 내가 부끄럽다면 헤어지고 싶다는 리사의 말에 앙리는 제발, 리사, 절박하게 속삭였다. 순간적으로 부끄러워했으므로 나 역시 혼란스럽지만 당신을 부끄러워하는 내가 더 부끄러운 것만큼은 분명하다고, 이 부끄러움이 진심이라면 사랑은 아직 유효하다고 믿는다고, 앙리는 등을 보인 채 서 있던 리사에게 고백했다. 리사는 앙리의 말을 의심하지 않았을 것이다. 어쩌면, 단 한번도 의심 같은 건 하지 않았는지 모른다. 그날밤 리사는 앙리에게 처음으로 아이를 갖고 싶다는 이야기를 꺼냈다. 사춘기 이후로 오랫동안 성장호르몬 억제제를 복용해온 탓에 임신을 할 수 없는 리사를 앙리는 고요히 바라보았다. 그들은 그날 두가지를 결정했다. 입양과 입양할 아이의 이름, 나나. 나나는 그들이 처음 데이트를 하던 날, 빠리 외곽의 오래되고 허름한 영화관에서 함께 본 흑백영화의 주인공 이름이었다.

나나는 그렇게 왔다. 한사람의 열망이 도저히 제어되지 않는 질투에 부딪히면서, 두사람의 사랑의 방식이 전환되는 지점에서, 마지막으로 변두리 영화관에서 상영된 흑백영화를 통과하여……

서영이 일하는 커피숍에 찾아온 그 기관사—무릎에 병이 나면서 기관사는 그만뒀고 지금은 무궁화호만 정차하는 작은 기차역 하나를 관리하고 있죠,라고 그는 말했다—는 동료가 철로에서 구해온 아이에게 이름을 지어주었다는 것 자체를 알지 못했다. 전직 기관사는 문주의 의미를 풀어줄 수 있는 단서를 애초부터 갖고 있지 않았던 것이다. 대신 그 동료의 성이 정이었다는 건 그를 통해 확인할 수 있었다. 젬마의 추정은 맞았다. 그렇다면 기관사 정이 나중에라도 나를 도로 데려가려 했을 거라는 그녀의 또다른 추정도 맞는 걸까. 그 무렵 기관사 정은 결혼을 준비하고 있었다고 하니 결혼 후 생활이 안정되면 아내를 설득하여 나를 입양하려 했을 수는 있을 것이다. 언젠가 태어날 친딸이나 친아들에게 나를 언니, 혹은 누나라고 부르게 해야겠다는 계획을 세웠는지도 모른다. 그러나……

그러나, 그 모든 것은 가능성일 뿐이었다.

그는 내 삶이 영사되는 스크린의 바깥으로 사라진 이후로 다시는 등장하지 않았으므로, 게다가 작년부터는 이 세계라는 스크린 안으로도 들어올 수 없는 사람이 되었으므로, 이제 그의 진심을 판정할 근거는 어디에도 없었다.

—하지만 내 이거 하나는 확신합니다.

전직 기관사는 카메라가 어색한지 서영 쪽을 흘끗거리면서도 다시 말을 이어갔다.

—청량리역에서 접수된 아동 실종신고가 없다는 걸 확인한 뒤로, 그러니까 부모가 없는 아이란 게 확실해진 이후부터, 그이가 무척 신중하게 고아원을 알아보고 다녔다는 것 말입니다. 그때만 해도 애들을 학대하고 폭행하는 무허가 고아원이 흔했지요. 신문에도 기사가 심심찮게 났고. 그런 몹쓸 고아원에는 맡기지 않으려고 제 딴에는 애를 쓴 겁니다.

기관사 정이 가톨릭 재단에서 운영하는 합법적인 고아원을 찾아내어 접촉하기까지는 한달 정도의 시간이 걸렸던 모양이다. 그 한달 동안 나는, 문주라는 이름에 거주하며 그의 보호를 받았다. 그의 집은 비탈진 곳에 자리한 낡은 한옥이었는데, 비가 오면 집 구석구석에 배어 있던 나무 냄새가 박하처럼 싸하게 번져나오곤 했다. 그 집엔 그의 어머니도 살고 있었다. 그녀는 상 앞에 앉은 나를 보면 늘 혀를 찼고, 밤마다 기관사 정에게 어서 빨리 저 계집애를 처리하라고 닦달했다. 곧 결혼할 아들이 고아 하나를 집으로 데리고 왔으니 걱정이 컸을 것이다. 그래도 그는 내게 꼿꼿하게 생과자를 사다주었고 상에 같이 앉을 때면 무조건 많이 먹으라는 말을 잊지 않았으며 고아원에 입소하던 날엔 제법 비싼 옷을 사와 입혀주기도 했다. 문주야, 그는 몇번이나 나를 그렇게 불렀던가.

기억나지 않았다. 편집되거나 삭제된 필름처럼, 문주를 부르는 그의 목소리는 내 기억에 없었다.

서영과 함께 전직 기관사를 가까운 지하철역까지 데려다주고 돌아서는데, 서영이 내 손을 잡았다. 기관사 정의 실명을 알게 되었으니 그의 가족—그들 중 누군가 한명은 문주에 대해 알고 있을 거라고 서영은 믿었다—을 추적하는 게 불가능한 일은 아닐 텐데, 긴 시간이 소요될 게 분명한 그 작업을 진행할 의향이 있는지 그녀는 내게 물었다. 문주가 문기둥이든 먼지이든, 혹은 기관사 정에게 뜻깊은 사람의 이름이거나 전화번호부를 뒤져 고른 일종의 기호에 지나지 않는다 해도 이제 더이상 상관없다고, 나는 솔직하게 말했다. 철로에서 발견된 아이가 문주가 될 수밖에 없었던 계기라든지 나를 문주라고 부르면서 순간적으로 변형되었을 기관사 정의 마음 같은 것, 애초에 내가 알고 싶었던 건 문주의 의미가 아니라 그런 것인지도 모르겠다고 밝히기도 했다. 이제는…… 서영이 대답했다.

—이제는, 도무지 알 수 없는 것들이군요.

나는 고개를 끄덕였고, 우리는 서로를 마주 보며 조금 웃었다.

서영은 영화의 후반 작업에 대해 회의를 해야 한다며 오늘 작업에 불참한 후배를 만나러 떠나고, 나는 다가오는 출국 준비를 위해 혼자 서영의 집 쪽으로 걸어갔다.

복희식당의 문이 활짝 열려 있는 게 멀리서도 보였다. 문 위엔 노란 등—다음 날이 되어서야 그 등이 한 사람의 죽음을 알리는 표식이란 설명을 듣게 되었지만, 처음 본 순간부터 나는 그 의미를 직감하고 있었다—이 달려 있었고 간판은 이미 떼어진 채였다. 가까이 다가가서 보니 식당 안쪽 구석엔 테이블과 의자들이 높게 쌓여 있었다. 계단을 오르는 대신 아주 조금씩 흐느끼며 식당 주위를 천천히 돌았다. 식당 뒤편 작은 공터엔 살림살이가 아무렇게나 버려져 있었다. 키 낮은 화장대와 비닐옷장은 서랍을 드러낸 채 비스듬히 세워져 있었고 무채색의 옷들과 담요, 이불 같은 것은 발자국이 찍힌 채 널려 있었다. 우산, 선풍기, 빨래건조대 등이 마구잡이로 담긴 커다란 라면박스 옆엔 무연고자의 묘비 같은 복희식당 간판이 보였다. 모두, 복희의 유산이었다. 나는 화장대 앞으로 천천히 걸어갔다. 어디로든 나를 데려갈 수 있는 반짝이는 작은 조각, 생각하며 화장대 거울을 뚫어지게 마주 보았다. 거울에서 눈을 떼면 나나는 거울 안에 그대로 남고 문주 혼자만 거울 밖으로 밀려나올 것 같다고 상상하자 허탈한 반가움이 일었다.

돌아섰다.

공터를 나와 시나리오도, 카메라도 없는 문주의 영역을 무작정 걸었다. 등 뒤가 궁금하여 멀리 가지는 못했다. 어느 순간 걸음을 멈추고 뒤를 돌아봤다. 평평한 사각형 모양의 세계는 그곳에 없었다. 안도 바깥도 없이, 다만 무너지고 있는 수많은 집들이 보일 뿐이었다. 정전인 양, 먼 곳에서부터 어둠이 내리고 있었다. 어둠속에서 노란 등만이 유일하게 색을 띠었다.

작은 사람들의

노래

균은 무언가에 쫓기듯 급하게 눈을 떴다. 손안에 만져지는 휴대전화의 금속성 질감은 균이 이미 꿈에서 깼다는 걸 증명하고 있었지만, 꿈속의 진눈깨비는 다섯평짜리 원룸에까지 쫓아와 실재인 양 허공에서 나부끼고 있었다.

방금 전 균은 무한의 암흑 한가운데서 하염없이 추락하는 꿈을 꾸고 있었다. 귓가에선 그들의 노랫소리가 맴돌았다. 늘 그랬듯 화음도 맞지 않는 엉터리 성가였다. 오래전 보육원을 떠나온 이후 그들과 마주친 적조차 없는데, 그래서 그들의 얼굴은 붉은 입술만 뻥긋거리는 살덩어리로만 남았는데도, 마치 현실의 바깥 어딘가에 그들의 노래를 채집하는 기계장치라도 있는 듯 그 소음은 시도 때도 없이 균의 감각을 지배하곤 했다. 앨리. 외로워질 때면 늘 그랬

듯 균은 앨리, 나직이 속삭였다. 앨리를 생각하면 잠시나마 지독한 외로움을 잊을 수 있었다. 내 건강과 평화를 죽을 때까지 기도해주겠다고 약속한 단 한사람, 내게 허락된 유일한 가족. 그런데 어째서 앨리에게선 육개월째 답장이 없는 건가. 뒤늦게 그 사실을 떠올린 균은 꿈속에서까지 건잡을 수 없는 서운함을 느꼈고, 그 감정은 이내 온몸이 얼어붙을 것 같은 추위를 몰고 왔다. 몸서리치게 춥다는 자각은 꿈을 해체하는 일종의 암호처럼 조금씩 주위의 어둠을 지워갔다. 어둠을 지운 흰빛이 다시 점만큼 잘게 부서져 진눈깨비로 흩날리기 시작할 무렵 균은 눈을 떴다. 무언가에 쫓기듯 급하게, 천장에서부터 나부끼는 가상의 진눈깨비 속에서……

그러고 보니 보육원에서 벗어나던 날에도 진눈깨비가 날렸다. 균은 이십여년을 거슬러올라가 그날의 초겨울 하늘로 확장되는 미색의 천장을 가만히 올려다봤다. 버스도 닿지 않는 외진 곳이어서 평소엔 무겁도록 적막하던 보육원이 그날만큼은 수많은 사람들로 북적였다. 그들은 경찰이거나 기자였고, 혹은 언론의 보도대로 아이들의 상태가 처참한 지경이 맞는지 확인하러 온 구경꾼들이었다. 수갑을 찬 원장과 교사들이 고개를 푹 숙인 채로 경찰차 쪽으로 걸어가자 여기저기서 카메라의 플래시가 터졌고 구경꾼 무리에선 간헐적으로 욕설이 터져나오기도 했다. 열한살의 균은 다른 아이들과 함께 보육원 창문에 다닥다닥 붙어 말없이 그 광경을 지켜봤다. 그들이 잡혀가는 상황이 그저 어리둥절했을 뿐, 세상의 뒤늦은 관심은 하나도 고맙지 않았다. 균이 생각하기에 어른들은 너무

늦게 도착했고 그건 아무것도 되돌릴 수 없다는 걸 의미했다. 균은 창가에서 외따로 떨어져나와 좁고 어두운 보육원 복도를 오래오래 걸었다. 걸으면서, 맹수의 우리에 놀잇감을 넣어두고 실컷 구경하다가 놀잇감이 죽기 직전에야 문을 열어주는 문지기의 인색한 배려에 대해 생각했다. 그뒤 세월이 흐르면서 시설의 아이들이 학대받는 사건이 일어날 때마다 그 보육원은 일종의 표본처럼 회자되었는데, 그런 류의 사건에 매번 같은 분량으로 분노하는 사람들을 균은 냉담한 시선으로 바라보곤 했다. 동조하거나 참견하지 않았고 자신이 그 문제의 보육원에서 육년의 세월을 보냈다는 걸 누구에게도 밝히지 않았다.

그날, 수송버스를 타고 아동보호소에 도착한 아이들은 어른들의 무작위적인 선택을 받았고 그 선택의 순간 아이들의 미래도 일정 부분 결정됐다. 친척이 데리러 오는 경우도 있었고, 극히 일부지만 친부모가 찾아와 울부짖으며 아이를 끌어안는 장면도 연출됐다. 남겨진 아이들은 뜨겁도록 시기 어린 시선으로 눈앞에 펼쳐지는 그런 장면을 묵묵히 지켜봐야 했다. 대부분은 일정 기간 상담치료를 받고 영양 보충을 한 뒤 각기 다른 보육원으로 옮겨가거나 해외로 입양될 운명이었다. 균 역시 이듬해 봄, 아동보호소에서 연결해준 서울 근교의 보육원으로 거처를 옮기게 됐다. 고등학교를 졸업한 뒤 U시로 내려와 작업장을 전전하게 되는 용접공의 미래 역시 이미 그때부터 배태되었을 것이다. 서로의 새 연락처도 모른 채 뿔뿔이 흩어진 그 백여명의 아이들 중에 보육원에서 보낸 시절을 완전히 망각한 운 좋은 친구도 있을지 균은 가끔씩 궁금했다. 한명이라도 그런 혜택을 받고 있다면, 그 옛날 친부모에게 안기던 친구를 지켜볼 때보다 더 뜨겁게 시기할 게 분명했다. 균은 아직 많은 것을 기억하고 있었고 몸에 밴 것들, 이를테면 뭐든지 남들보다 빨리 먹는 습관이라든지 좀처럼 타인을 믿지 못하는 성향은 쉽게 고쳐지지 않았다. 아침 여섯시만 되면 자동으로 눈이 떠지는 것도 그 시간마다 보육원 전체에 울리던 기상벨이 청각기관뿐 아니라 몸 구석구석에 각인된 탓일 터였다. 간혹 잠에 취한 나머지 기상벨을 듣지 못하는 날은 있었어도 기상벨이 울렸다는 걸 알면서도 배짱 좋게 더 누워 있거나 일어나기 싫다며 떼를 쓴 적은 한번도 없었다. 그곳에선 균뿐 아니라 그 누구도 그런 행동을 하지 않았다. 아이들은 대신 눈치가 빨랐고 위험을 본능적으로 감지했으며 이름이 불리면 무조건 잘못부터 빌었다. 다들 아이답지 않은 힘으로 처신했는데도 대부분의 아이들이 사나흘에 한번씩은 갇히거나 굶거나 모질게 맞았다. 보육원에는 여섯시 기상 외에도 무수히 많은 규율이 있었다. 밥을 먹을 땐 잡담을 해선 안됐고 밥을 먹고 나면 아무리 추워도 밖으로 나가 삼십분씩 체조를 해야 했으며, 한달에 두번은 교사의 서툰 가위질에 머리칼이 바짝 잘려야 했다. 도망갈 곳은 없었다. 보육원이면서 동시에 보육 교사들이 홈스쿨링을 하는 일종의 대안학교였으므로 그곳에 있는 동안 균은 학교에 다니지 않았고 외출은 거의 허락받지 못했다. 슬픔조차 사치가 되는 기억, 망각의 권리를 앗아가는 강렬한 감각들……

잠은 다시 올 것 같지 않았다. 균은 침대에서 몸을 일으켜 창가 쪽으로 걸어갔다. 암막 커튼을 한뼘 벌리자 흐리고 추운 U시의 아침 한조각이 방 안으로 스며들었다. 균은 빈 소주병과 담배꽁초로 어질러진, 식탁이기도 하고 책상이기도 한 테이블에서 간밤에 앨리에게 쓰다 만 편지를 집어들었다. 편지를 다시 읽어보니 취기에 젖은 감상적인 문장들이 마음에 들지 않았다. 자식에게 엄살을 부리는 건 함량 미달의 부모나 하는 짓이고, 균은 고작 그 정도의 부모가 되려고 십년 가까이 앨리를 후원한 게 아니었다. 균은 편지를 담배꽁초와 함께 화장실 쓰레기통에 버렸다. 돌아서며, 새로 쓰게 될 편지에는 소식이 없어 서운하다거나 걱정되어 괴롭다는 문장은 모조리 빼야겠다고 균은 다짐했다.

*

최 변호사에게서 전화가 온 건 우체국에 도착해서 대기표 번호를 뽑으려 할 때였다. 그는 통화가 되지 않으면 몇번이고 더 전화를 걸어올 터이므로 벌써부터 피로감이 밀려왔다. 가능하면 최 변호사와의 접촉을 피하되 혹여 만나게 되더라도 송의 사고에 대해서는 최대한 말을 아끼라고 한 이는 조선소의 이사였던가, 상무였던가. 이사인지 상무인지 불분명한 그의 부탁이 아니더라도 균은 언제까지라도 최 변호사의 연락을 피할 생각이었다.

송의 사고는 두달 전에 있었다.

이십 미터 높이의 크레인에서 해체 작업을 하던 중에 지지대가 무너지면서 송이 추락했다. 조선소는 앰뷸런스 대신 작업용 트럭에 송을 태워 급히 병원으로 보냈고 송은 병원에 도착하기도 전에 장 파열로 트럭에서 죽었다. 경찰이 조사를 시작했고 노무 전문 변호사로 알려진 최가 U시로 내려왔다. 최 변호사는 유가족뿐 아니라 사고 현장에 있었던 송의 동료들과도 접촉을 시도했다. 균도 시내 커피숍에서 그를 만난 적이 한번 있었다. 그는 조선소가 위급한 상황에서도 앰뷸런스를 부르지 않은 것이나 송을 트럭에 태워 현장에서 내보낸 것은 그 사고가 산업재해로 기록되는 것을 막기 위한 술수였다고 목소리를 높였다. 균은 최 변호사의 열변을 묵묵히 들어주긴 했지만 법정에서 송을 위해 사고 현장을 증언해달라는 부탁에는 응할 수 없었다. 균은 송의 죽음에 관여한 것이 없었다. 그것은 그 사고가 일어나고 수습되는 과정에서 균이 거의 유일하게 가치판단을 할 필요가 없는 객관적인 사실이었다. 관여한 것이 없으니 자신에겐 증언할 자격이 없는 것 같다고 균이 대답했을 때, 최 변호사의 얼굴은 차갑게 굳어갔다. 조선소와 이미 접촉을 하셨군요. 최 변호사는 딱딱한 말투로 말했고 균은 강하게 부인했다. 실제로 그때껏 균은 송의 사고와 관련하여 조선소 직원 중 그 누구와도 만나지 않았다. 변호사는 균의 말을 믿지 않는 듯했다. 그의 얼굴은 의심으로 금 가 있었고 눈빛은 서늘했다. 균은 그의 마음속 폐기물 처리장 같은 곳에 가차 없이 버려진 기분마저 들었다. 균이 사나흘에 한번씩 송의 어머니를 찾아가 남몰래 보살펴주고 있다는 걸 그가 알 리 없었다. 아니, 알려는 시도조차 그는 하지 않았을 터이다. 균은 서둘러 자리에서 일어날 수밖에 없었다. 악수를 나눌 때 받은 최 변호사의 명함은 커피숍을 나오자마자 찢어서 바닥에 버렸다. 그날도 그들의 노랫소리가 귓가를 맴돌았던가. 아마. 마음이 심하게 요동칠 때면 그 소음은 더 쉽고 더 깊게 균의 현실을 침범하곤 했다. 그래서였을 것이다. 그날 U시의 거리는 세상 끝의 절벽으로 이어지는 통로라도 되는 듯 유난히 고되고 쓸쓸하기만 했다. 그후로 균은 자연스럽게 최 변호사의 전화를 받지 않게 됐다. 이사 혹은 상무에게서 연락이 온 건 그날로부터 일주일 정도가 지나서였을 것이다. 그는 최 변호사와의 접촉을 피해달라는 말끝에, 경찰 조사가 마무리되면 조선소에 균의 자리를 마련해보겠다고 넌지시 제안했다. 조선소마다 구조조정에 들어가면서 있던 직원마저 해고되는 마당에 자리 하나를 얻는다는 건 비현실적일 만큼 솔깃한 제안이었다. 송의 사고 이후 균이 소속된 협력업체는 계약기간과 상관없이 조선소 업무에서 배제됐고 균도 덩달아 실업 상태로 지내고 있었다. 협력업체를 떠돌지 않고 조선소에 소속되어 일할 수 있다는 건 삶의 여러 조건들이 바뀐다는 걸 의미했다. 흔들렸다. 흔들린 순간은 분명 있었다. 경제적인 이유로 만나던 그 어떤 여자에게도 결혼 이야기를 꺼낼 수 없었던 허술한 연애들과 일이 끊길 때마다 아침에 눈을 뜨자마자 통장 잔액부터 확인해야 했던 가난한 날들이 지겹기도 했다. 그러나 균은 그 제안을 받아들이지 않겠다고 단호히 말했고, 최 변호사와는 다시 볼 일이 없을 테니 걱정하지 않아도 된다고 덧붙였다. 봤어? 조선소를 나와 U시의 항구까지 걸어간 균은 바다를 바라보며 으르렁거리듯 낮은 목소리로 뇌까렸다. 난 당신들처럼 타협하지 않았어. 그걸 똑똑히 봤냐구우!

최 변호사의 번호가 또다시 액정에 떴지만 균은 인내심을 갖고 전화를 받지 않았다. 마침 번호판에 균의 대기표 번호가 깜박였고 균은 접수대로 걸어가 편지를 등기우편으로 보냈다. 소인이 찍힌 채 접수대 너머 바구니에 아무렇게나 던져진 자신의 편지를 균은 물끄러미 건너다보았다. 편지는 일단 구호단체로 갈 것이고 그곳에서 앨리가 읽을 수 있도록 영어로 번역된 뒤 다시 필리핀으로 보내질 것이다. 번역하면서 중요한 내용이 누락되거나 바뀌는 건 아닐까. 문득 그런 의혹이 균의 마음을 휘감았다. 혹은 번역자의 악의적인 장난으로 앨리를 질리게 할 만한 저질의 문장이 삽입되었을 수도 있지 않은가 말이다. 한번 시작된 의혹은 반죽처럼 부풀어올랐고, 급기야 허둥대며 휴대전화의 전화번호 목록을 뒤지는데 일주일 전에도 똑같은 의혹이 일어 담당 직원과 통화를 했던 기억이 났다. 그날 균은, 번역은 번역 전문 봉사자에 의해 차질 없이 진행되고 있다는 형식적인 답변을 들었고 별다른 대꾸 없이 통화를 종료했었다. 통화를 끝낸 뒤엔 자신이 괜한 트집이나 잡는 실없는 사람이 된 것 같아 하루 종일 괴로워했다. 시시한 소동이었다.

휴대전화를 도로 가방에 넣고 우체국을 나서자 갈 곳이 없었고 아침보다 좀더 정확하게 외로워지기도 했다. 자연스럽게 균은 송의 어머니를 떠올렸다. 아니, 어쩌면 그녀를 떠올리기 위해 갈 곳이 없다는 걸 새삼 되새긴 것인지도 몰랐다. 마음 내키면 아무 때나 놀러 오라고, 아들 친구도 아들인 셈이라고 그녀도 말하지 않았던가. 그 말을 듣는 순간 몸의 일부가 타들어가는 것 같던 황홀한 고통을 균은 잊은 적이 없었다. 지금껏 그 누구도 균에게 그런 식으로 말하지 않았다. 어머니는 아니지만 어머니에 근접한 사람과 식탁에 마주 앉아 시시콜콜한 이야기를 나누며 저녁을 먹는 장면을 상상하자 마음 한켠이 뭉클해지기도 했었다. 먼 훗날엔 필리핀에서 온 앨리가 동석하게 될 식탁이었다.

*

송이 죽기 전에도 송의 어머니를 몇번 본 적이 있었다. 송은 동료들을 집으로 데려가는 것에 거부감이 없었고 송의 어머니 역시 아들의 손님들에게 밥을 차려주는 것을 큰 즐거움으로 여기는 듯 보였다. 송은 특히 U시에서 혼자 자취하는 동료들에게 관대했다. 균도 처음엔 송의 권유를 거절하는 일 없이 그의 집에서 저녁을 먹곤 했다. 빈집에서 노트북에 다운로드한 외국 드라마나 영화를 띄워놓은 채 편의점 도시락 같은 걸 허겁지겁 먹고 있노라면 송의 어머니가 차려준 밥상이 가슴이 뻐근하도록 그립기도 했다. 그러나 그런 기간은 그리 오래 지속되지 않았다. 언제부터인가 균은 송의 집에 가지 않기 위해 애썼다. 송에게 사적인 연락을 하지 않았고 그의 초대를 받으면 이런저런 핑계를 대며 자리를 피했다. 시간과

정성이 들어간 음식을 다른 사람들과 나눠 먹는 일은 충분히 향유할 가치가 있었지만 식사가 끝나고 그 집의 현관문을 나설 때면 설명할 길 없는 박탈감이 밀려왔다. 아들이 오기 전에 식탁을 차려놓는다든지 식사 내내 음식의 재료나 요리법을 설명해주는 어머니를 균은 가져본 적이 없었고 앞으로도 영원히 가질 수 없을 터였다. 균은 누군가의 집에 손님으로만 거주해야 하는 자신의 처지를 예민하게 의식하며 살고 싶지 않았다.

뒷모습으로만 남은 여자……

균이 가슴에 품고 있는 어머니란 존재는 그게 다였다. 좋은 곳에 갈 거라며 유난히 깨끗한 옷을 입혀준 뒤 돌아앉아 담배를 피우던 뒷모습, 세번이나 버스를 갈아타고 보육원에 도착했을 때 꽉 쥔 주먹으로 절박하게 철문을 두드리던 뒷모습, 양육포기각서에 도장을 찍자마자 쫓기듯 급하게 보육원을 나서던 뒷모습, 그 모든 뒷모습의 총합이 바로 어머니였다. 뒷모습엔 얼굴이 없으니 그녀의 눈빛이나 목소리도 복원할 수 없었다. 균이 위탁된 보육원이 연일 언론에 오르내릴 때도 그녀는 균을 찾으러 오지 않았고 균의 상태를 묻는 전화 한통 걸어오지 않았다. 그 무렵 균은 어머니가 죽은 거라고 믿었다. 어머니에게서 두번 버림받았다는 절망보다는 진짜 고아가 되었다는 외로움이 더 익숙했다. 그 믿음은 결핍감은 주었지만 날카롭지는 않아서 기대 있기에도 편했다. 스물네살의 겨울, 낯선 번호로 걸려온 전화를 받기 전까지 그 믿음은 견고하게 유지됐다. 휴대전화 너머에선 젊은 여자가 시립병원에 안치된 무연고 시신에 대해 짧게 말했다. 서울역 지하도 쓰레기통 옆에서 발견된, 사인은 알코올중독과 저체온증으로 추정되며 일련번호 Sa06-02로 기록된 시신 한구…… 균은 그 시신을 확인하지 않았다. 시신이 가매장되기 전날, 기차를 타고 서울로 올라가 시립병원을 찾아가긴 했지만 새벽까지 그 주변을 서성이기만 했을 뿐, 병원 안에는 끝내 들어가보지 않았다. 쓰레기통 옆에서 추위에 떨며 비참하게 죽어가는 노숙자의 뒷모습…… 어머니의 마지막 퍼즐은 너무도 무거워서 동틀 무렵 지하철역 쪽으로 걸어가는 동안 균은 여러번 비틀거렸다.

그날 균은 지하철 안에서 다국적 후원단체의 광고판을 보았다. 제삼세계 아동의 부모가 되어달라는 문장과 흑인 남자아이를 안고 있는 인자한 인상의 노부부 사진을 뚫어지게 올려다보는데, 뜻하지 않게도 목이 메어왔다. 낮은 소리로, 그러나 오래오래 균은 흐느껴 울었다. 지하철 첫차 안에서 몸을 웅송그린 채 눈물을 쏟는 성인 남자의 자세, 그건 균이 취할 수 있는 최대한의 애도이기도 했다. U시로 내려온 뒤엔 곧바로 그 단체로 전화를 걸어 후원 신청을 했다. 일이 끊겨 쉬고 있을 때였지만 크게 갈등하지는 않았다. 그때 배정받은 아이가 앨리였다. 필리핀 시골에서 가난한 미혼모의 아이로 태어났고 간호사가 꿈인, 유난히 크고 맑은 눈동자를 가진 나의 앨리…… 십년 사이, 일곱살 꼬마였던 앨리는 이제 도시에서 고등학교를 다니는 여고생이 되었다. 한살씩 나이를 먹을 때마다 앨리는 자신의 사진을 편지에 동봉했고, 최근의 편지에선 대학에 들어가면 한국어를 배울 계획이며 균을 만나러 한국에 오고 싶다고도 썼다. 아빠의 건강과 평화를 죽을 때까지 기도할게요. 딸 앨리가. 그리고 앨리가 보내오는 편지의 마지막은 늘 이렇게 끝났다. 정체를 파악할 수 없는 번역자의 손을 거친 문장이긴 했지만, 그래도 그 문장은 지하도 쓰레기통 옆에서 혼자 맞이한 익명의 죽음과 가장 먼 곳에 있다는 안도감을 주었고 균은 그것으로 충분했다.

어느새 송의 어머니가 사는 낡은 연립주택 3층 앞에 균은 서 있었다. 초인종을 누르고 기다리면서 머리칼을 정돈했고 옷매무새를 바로 했다. 송의 장례를 마친 뒤부터 사나흘에 한번씩 이곳을 찾아오게 되었지만 현관문 앞에 서서 문이 열리기를 기다리는 순간이면 초대장도 없이 파티에 온 사람처럼 어색했고 때로는 부끄럽기도 했다. 막상 집 안으로 들어서면 어색하거나 부끄러울 새도 없이 균이 할 만한 일들이 보였다. 어긋난 서랍장을 고쳤고 형광등을 교체했으며 청소기를 돌렸다. 더이상 요리를 하지 않는 송의 어머니를 시내 식당으로 모시고 간 날도 있었고 마트에서 함께 장을 본 뒤 생필품들을 집까지 옮겨다준 날도 있었다. 하지만 그녀에게 송과 관련된 이야기를 해줄 때에야 균은 비로소 그 집에 있어도 된다는 허가증이라도 받은 듯 마음이 편해지곤 했다. 송이 회식에서 불렀던 노래라든지 여자친구와 통화할 때 짓던 표정 같은 아주 사소한 이야기에도 송의 어머니는 활기를 되찾았고 더, 더, 하는 얼굴로 균에게 집중했다. 아무 때나 놀러 오라거나 아들 친구도 아들인 셈이라는 그녀의 말을 들은 사람이 자신만이 아니란 걸 균도 잘 알고 있었다. 그녀는 송을 조문하러 온 송의 동료나 친구 모두에게 그렇게 말했다. 그녀는 균에게 먼저 연락하지 않았고, 그토록 여러번 방문했는데도 현관문 앞에 서 있는 균을 볼 때마다 당황해하는 기색을 들키곤 했다. 우연히 눈이 마주칠 때면 함께 있는 사람이 송이 아니라 균이라는 것에 실망했다는 듯 괴롭게 인상을 썼고, 어느날인가는 바닥을 치며 왜 하필 내 아들이 죽어야 했느냐며 서럽게 울기도 했다. 서운한 건 없었다. 다만, 자신의 선의가 송의 빈자리를 은근슬쩍 차지하려는 계산된 행동이라는 데까지 생각이 미치지 않도록 조심할 뿐이었다. 생각은 자유로우니 아무리 조심해도 소용없을 때가 많긴 했다. 한번 갇히면 저열하고 치명적인 언어로 스스로를 몰아세우고 나서야 빠져나올 수 있는 번민의 늪, 그 늪의 밑바닥에 있는 그리움은 대상이 없었다.

현관문이 열렸다. 한뼘 정도 열린 문 너머 송의 어머니가 오늘따라 싸늘한 표정을 짓고 있다고 느낀 순간, 그녀 뒤편에서 누군가 이쪽으로 걸어오는 게 보였다. 그 사람의 얼굴이 조금씩 확연해지면서 균은 한걸음 뒤로 물러났다. 가슴속에서 뿌연 먼지가 날렸고, 분분이 날리는 먼지 속엔 부서진 식탁이 있었다. 부서진 건 식탁만이 아니었을 것이다. 식탁 위에서 자연스럽게 겹치는 손들, 침 묻은 젓가락이 무람없이 부딪히는 소리, 애정이 전제된 조언과 걱정, 그리고 서로의 결을 지켜주겠다는 암묵적인 동의, 그런 것들…… 남들은 태어날 때부터 누리고 사는 그 시간을 가져보기 위해 그토록 애썼으나 이젠 그 기대감마저 버려야 할 때가 온 것이다.

오랜만입니다. 최 변호사가 송의 어머니 대신 현관문을 활짝 열어주며 말했다. 균은 최 변호사를 향해 건성으로 목례를 한 뒤 다시 그녀 쪽으로 힘겹게 시선을 돌렸다. 그녀는 여전히 균을 쏘아보기만 할 뿐, 인사 한마디 건네지 않았다. 균의 접근을 원천적으로 봉쇄하는 그녀의 침묵이 균은 슬펐다. 차라리 그녀가 무슨 염치로 내 집을 찾아왔느냐고, 조선소에서 염탐이라도 시킨 거냐고 따지듯 물었다면 억울하긴 했어도 슬프지는 않았을 것이다. 들어오시죠, 말하는 최 변호사를 균은 텅 빈 눈으로 건너다보았다. 균이 차곡차곡 쌓아가던 미래의 저녁식탁을 한순간에 부수어버렸다는 걸 전혀 모른다는 듯 한없이 태평한 얼굴이었다. 균은 손바닥으로 거칠게 얼굴을 쓸어내린 뒤 아무 말 없이 돌아섰다. 뒤에서 균을 부르는 최 변호사의 목소리가 들려왔지만 순식간에 계단을 내려간 균은 대문을 빠져나가자마자 온 힘을 다해 무작정 뛰기 시작했다.

*

한참을 뛰고 나서야 그들의 노래가 다시 시작되었다는 걸 균은 깨달았다. 이번엔 유독 그 소리가 컸다. 거의 귀가 멀 것 같은 소음이었다. 뛰다가 귀를 틀어막고, 귀를 틀어막은 채 다시 뛰기를 반복했다. 왼쪽이었나, 오른쪽이었나. 잠시 멈춰 선 채 숨을 고르고 있는데 왼쪽일 수도 있고 오른쪽일 수도 있는 뺨 한쪽이 쓰라려오기 시작했다. 상처는 영혼과 함께 성장하는 것이 아니라 강박적인 성실함으로 영혼을 좀먹는다. 상처를 이겨내면서 성숙해졌다는 말은 균이 살아온 세계에서는 용납되지 않는 아름다움이었다. 진저리나도록 아름다운 언어…… 아무것도 잊히지 않았다. 맞고 있을 땐 저만치서 가만히 서 있는 아이들을 죽도록 미워하다가도 다음 날이면 맞는 아이와 무관하다는 걸 보여주려는 듯 구경하는 무리에 숨어 있어야 했던 날들은 절대로 망각되지 않았다. 폭력은 차츰차츰 번져 아이들 사이에서도 빈번해졌다. 덜 맞고 더 먹기 위해 서로를 때리고 비방하고 추문을 만들어 퍼뜨렸다. 시기하고 배반하고 원망하고 괴롭혔다. 잊었을 텐데, 형기를 마쳤을 원장과 교사들, 시설 관리인과 급식을 담당했던 식당 직원들, 비정상적으로 비쩍 마른 아이가 절뚝이며 지나가도 말을 걸어오지 않았던 보육원 주변의 농가 주민들, 모두들 이미 잊어버리고 잘 살고 있을 텐데, 어째서 나는 높은 탑처럼 쌓인 기억의 더미에서 헤어나오지 못하는가. 이토록 끈질긴 고통, 일생이 다 지나도 작은 균열 하나 나지 않을 견고한 결정체, 그리고……

그리고, 그들이 있었다.

보육원과 결연을 맺은 교회의 주부 성가대원이었던 그들은 보육원을 찾아오는 거의 유일한 외부인이었다. 균을 비롯한 아이들은 그들의 공연이 있는 부활절과 성탄절을 기다렸다. 그들이 힘이 센 어른들을 데려오기를, 그 힘 센 어른들이 저마다의 옷 안에 감춰진 푸른 멍과 앙상하게 마른 몸통을 발견해주기를 간절하게 기다리고 또 기다렸다. 그러나 그들의 방문이 지속됐던 수년 동안 그런 일은 일어나지 않았다. 그들에게 바짝 다가가 은밀하게 폭력을 고백하는 아이도 있었고 부모나 친척의 이름을 밝히며 연락을 부탁하는 아이도 있었지만 그 어떤 아이도 응답을 받지 못했다. 그들은 그저 그들끼리 모여앉아 화장을 고치거나 초록색 단이 드리워진 하얀색 성가복을 덧입었고, 공연이 시작되면 단상으로 올라가 신의 사랑과 인간의 믿음을 노래했으며, 공연이 끝난 뒤엔 비슷비슷한 선물상자를 품에 안은 아이들과 기념사진을 찍고는 서둘러 보육원을 떠났다. 그들이 타고 온 봉고차는 늘 괴팍한 엔진 소리를 내며 멀어져갔다. 그건, 반년 동안 품어온 희망을 부수는 파열음이었고 또다시 세상으로부터 단절된다는 걸 알리는 경고음이기도 했다. 언젠가 균은 화장실에 가는 성가대원 한명을 몰래 따라간 적이 있었다. 아마도 지금의 균 또래였을, 그들 중 가장 어려 보이는 선한 인상의 젊은 주부였다. 균은 그녀에게 그저 어디든 데려가기만 해달라고 부탁할 계획이었다. 그외엔 아무것도 바라지 않을 생각이었고, 설혹 바라는 게 생긴다 하더라도 그녀가 부담을 느낄 정도로 매달리지는 않으리라 다짐했다. 그러나 그날 균은 준비한 말을 꺼내보지도 못했다. 화장실과 이어진 좁은 복도에서 균이 그녀의 치맛자락을 붙잡았을 때 소스라치게 놀라며 뒤를 돌아본 그녀는 균의 한쪽 빰을 때렸다. 밀치듯이 살짝 때린 것에 지나지 않았지만 왼쪽일 수도 있고 오른쪽일 수도 있는 한쪽 빰은 얼얼하도록 아팠다. 때릴 마음은 없었으나 때릴 수밖에 없었다고 항변하듯 균을 내려다보는 그녀의 두 눈동자가 검게 흔들렸다. 그녀는 곧 화장실 반대 방향으로 종종걸음을 쳤고 공연이 끝나고 봉고차를 탈 때까지 균의 시선을 피했다. 그다음번 공연부터 균은 그녀를 보지 못했다. 아무도, 그들 중 그 누구와도 다시는 마주하고 싶지 않았으나……

그 시절로부터 이십여년이나 흘렀는데도 그들은 부지런히 균의 궤적을 따라왔다. 오히려 원장이나 선생들보다 그들이 더 자주 떠올랐다. 생각의 끝은 상상으로 이어졌고 상상은 제멋대로 확대되면서 사실처럼 견고해져갔다. 공연을 마치고 봉고차를 타고 떠난 그들이 시내 식당으로 가서 회식을 하는 장면, 고기를 굽기 전에 기도를 하는 모습, 다음 날이 되면 밥을 짓고 식구들을 깨우고 설거지와 청소를 하고 고지서를 챙겨 은행에 가는 사소한 일상들, 이웃과 길에서 웃으며 안부를 묻고 자녀들에게 다정한 말을 건네고 텔레비전 앞에 앉아 비관적인 뉴스를 보며 혀를 차는 번질거리는 입술들, 그 모든 것들이 지나치게 구체적으로 상상되는 것이다. 부활절과 성탄절이 다가오면 공연 준비로 분주해졌을 것이고, 정기적으로 모여 연습하다가 잠깐씩 휴식을 취할 때면 보육원의 아이들에 대해 이야기를 나누었을지도 모른다. 누군가 가엾다고 말하면 또다른 누군가는 가여운 건 맞지만 무섭기도 하다고 대꾸하지 않았을까. 그 아이들의 미래가 무섭다고, 그렇게 매를 맞고 자란 아이들이 정상적인 어른이 될 수 있겠느냐고, 그러니 더 열심히 기도를 하자고, 더 좋은 선물을 해주고 더 정성껏 노래를 불러주자고, 하나같이 진지한 얼굴로 의견을 나눴을지도…… 그런 상상을 하고 있노라면 고통이 밀려왔고 고통은 곧 증오심으로 변성됐다. 상처가 영혼을 좀먹듯 증오심은 뱃속 깊은 곳에서부터 오랜 시간 동안 차근차근 부패해갔다. 내장과 피와 뼈를 더럽혔다. 의지와 낙관과 단순한 행복을 조소하도록 이끌었다. 증오심은 다시 그들을 불러왔고 그들은 기존의 증오심을 숙주 삼아 더 큰 증오심을 키우게 했다. 아득한 어딘가, 아마도 망각으로 이어지는 길목을 막고 둥글게 선 채 그들은 지칠 줄 모르고 노래했다. 좋아? 그들 중 아무나 한명 붙잡아 매몰차게 뺨을 후려친 뒤 균은 묻고 싶었다. 아직 놀잇감이 살아 있어서, 가지고 놀 수 있으니까 좋아, 어?

어어!

그러나 그들에게 균의 목소리가 닿을 리 없었다. 그들은 노래하며 마음껏 균을 괴롭혀왔지만 균은 그들의 손끝 하나 건드릴 수 없는 것이다. 균의 상처, 균의 증오심, 균의 기억, 그런 건 그들에게는 의식조차 되지 않는 제로와 다를 것 없었다. 그나마 그들에게 유의미하게 각인된 것이 있다면 그 가엾고도 무서운 아이들에게 일년에 두번씩 노래를 불러줌으로써 교회에 헌신했다는 자부심 정도가 아니었을까. 아동보호소에서 상담 치료를 받고 있을 무렵, 균도 그 소문을 들었다. 아이들 한명당 배정된 국가보조금 중 일부가 그 교회의 신축공사 자금으로 흘러들어갔다는 추문이었다. 안이 텅 빈 희망에 기대어 견딘 시간이 있었다는 것이 조금 억울했을 뿐, 배신감은 없었다. 아니, 억울함 따위도 없었다. 그저 공허했을 뿐이다.

균은 다시 뛰기 시작했다. 그들의 노래는 여전히 귓가를 맴돌았고 균은 추웠다. 어쩌면 추위가 아니라 추위와 구분되지 않는 관성적인 외로움인지도 몰랐다. 앨리, 속삭이자 그제야 기시감이 일었다. 주변의 빛과 배경을 지우고 지금 달려가고 있는 길을 수직으로 세운다면 간밤의 꿈과 똑같은 정황이 될 터였다. 잿빛의 겨울하늘이 저토록 가깝게 내려와 있으니 어쩌면 금방이라도 진눈깨비가 날릴 수도 있을 것이다. 그럼, 지금 나는 추락하고 있는 것인가. 송은 나의 거울이었던가. 가장 가깝고도 먼 거울, 그런 거였나.

그날, 송이 추락했던 날, 균은 보았다. 크레인 위의 송과 크레인 아래 균이 일직선으로 위치해 있었으므로 조선소에서 송의 추락을 가장 가까이서 목격한 사람은 어쩌면 균일지도 몰랐다. 균의 의지나 선택은 아니었지만 그 장면을 똑똑히 지켜본 것, 그건 균이 생각하는 자신의 가장 큰 불운이었다.

*

크레인 아래서 비계 용접을 하던 중이었다. 처음엔 흙먼지 같은 가벼운 물질이 안전모 위로 떨어지는 게 느껴졌고 잠시 뒤엔 텅, 하는 쇠붙이의 마찰음이 안전모 안에서 울렸다. 반사적으로 두 팔로 머리를 감싼 채 비계에서 내려온 균은 고개를 젖혀 위를 보았다. 송이 허공에 있었다. 추락은 순식간에 일어나는 일이니 그런 장면이 가능할 리 없는데도 균은 허공에서 고정된 듯 머물러 있는 송을 본 것만 같았다. 송의 몸은 활처럼 유연한 곡선을 이루었고 아래로 축 쳐진 팔과 다리는 한없이 나른해 보였다. 이상하다고 느꼈다. 그 낯설고도 비현실적인 장면이 그저 이상하기만 하여 균은 어떻게든 송을 구해야 한다는 생각도 하지 못한 채 꿈쩍도 하지 않고 허공을 응시했다.

이상해. 속으로 다시 한번 되뇌며 느릿느릿 눈을 감았다가 떴을 때 송은 이미 바닥에 떨어져 있었다. 그는 의식을 잃은 듯 눈을 감고 있었고 뒷머리에선 피가 배어나왔지만 얼굴은 믿어지지 않을 만큼 맑았다. 선박 이곳저곳에서 일하고 있던 대부분의 인부들이 빠른 속도로 모여들어 송을 둘러쌌으나 송의 생사를 확인하기 위해 선뜻 나서는 이는 없었다. 이십 미터 높이의 크레인에서 떨어졌으니 치명적으로 몸이 상했다는 건 분명했지만 구체적으로 몸의 어느 부위가 박살난 것인지는 알 길이 없었으므로 함부로 손을 댈 수 없었던 것이다. 작업용 트럭이 들어오고 나서야 인부들은 길을 내주기 위해 침묵 속에서 조금씩 몸을 움직였다. 누가 앰뷸런스 대신 그 트럭을 불렀는지 그때는 궁금하지도 않았다. 그저 최대한 빨리 송을 병원으로 보내야 한다는 생각뿐이었다. 핏자국을 지우고 무너진 지지대를 보수하는 건 남겨진 자들의 몫이었다. 한시간여 후 송의 죽음이 전해졌을 때, 균은 조선소 화장실에서 송의 피가 배어든 자신의 운동화를 물에 헹구다 말고 배수구 쪽으로 흘러가는 핏물을 물끄러미 내려다보고 있었다. 그날 퇴근 후 사람들은 삼삼오오 모여 송이 안치된 병원으로 향했지만 균은 집으로 돌아가 바로 쓰러져 잤다. 송의 장례식은 그다음 날, 숙연한 마음으로 혼자 찾아갔다. 장례식장에선 진심으로 슬퍼했고, 장례를 마친 뒤엔 협력업체의 인부들을 모아 안전 설비를 모두 재정비하라는 의견을 조선소에 전했다. 조선소는 협력업체를 바꾸는 걸로 대응했고 균은 일자리를 잃었다. 균은 자신이 할 수 있는 범위에서는 모든 걸 했다. 그렇게, 믿었다.

믿고 싶었다.

그러나 이 모든 걸 증언한다면 세상의 입들은 균을 비난할 것이다. 안전모 위로 흙먼지가 떨어졌을 때 송에게 위험을 알리지 않은 무신경을, 혹은 사고가 나기 전에 지지대 안전 문제를 조선소에 적극적으로 피력하지 못한 무책임함을…… 아무도 앰뷸런스를 부르지 않은 것, 갑자기 나타난 트럭에 실려가는 송을 가만히 지켜보기만 한 것, 그런 것을 더욱 구체적으로 말해보라고 다그칠지도 모른다. 흙먼지가 떨어진 걸로 위험을 감지하는 건 능력 밖의 일이고 용접공이 크레인 지지대의 안전까지 살필 수는 없으며 사고 직후엔 송을 병원으로 옮기는 것만이 시급했을 뿐이라는 부차적인 설명은 변명으로 들릴 게 뻔했다. 관여하지 않았는데, 그저 눈앞에 던져진 송을 볼 수밖에 없어 본 것뿐인데도, 증언의 과정을 거친 뒤 비정하고도 게으른 방관자로 오해를 받는 상황이 균으로선 끔찍하리만치 부당하게 여겨졌다. 모든 걸 알고도 모른 척하며 노래 따위나 불렀던 그들과 같은 인간으로 치부된다면 추악한 벌레로 추락하는 스스로를 그 어떤 의지로도 방어하거나 보호할 수 없을 것 같았다. 두려움, 끝이 보이지 않는 길 위를 이토록 쉬지 않고 뛰고 있는 건 어쩌면 두려움 때문인지도 몰랐다.

*

원룸 건물로 돌아와 엘리베이터 앞으로 걸어가는데 우편함에 새 편지봉투가 삐죽이 나와 있는 게 보였다. 균은 다급하게 우편함 쪽으로 걸어가 편지봉투를 빼냈다. 앨리의 편지는 아니었다. 친애하는 앨리의 후원자들께,라고 시작되는 구호단체의 편지였다.

균은 간헐적으로 등이 켜졌다가 꺼지기를 반복하는 건물의 공동 현관에 우두커니 선 채 편지를 읽어내려갔다. 열문장도 안되는 짧은 편지였지만 균이 편지를 다 읽는 동안 현관의 등은 수십번에 걸쳐 점멸했다. 엽서는 이런 문장으로 끝났다. 저희 단체는 귀하께 그동안 앨리의 근황을 전하지 못한 점에 대해 양해를 구하는 한편, 변함없는 후원을 부탁드리는 바입니다. 균은 그 마지막 문장을 한번 더 읽은 뒤 엘리베이터 쪽으로 돌아섰다. 엘리베이터에 오른 뒤엔 쓰러지듯 벽면에 기댔고 잠시 절망에 대해 생각했다. 손안에 있던 엽서는 이미 구겨진 채였다. 오래된 엘리베이터는 묵직한 기계음을 내며 느린 속도로 오르다가 4층에서 멈췄다. 떠밀리듯 엘리베이터에서 나오자 열개의 작은 원룸들이 마주 본 형태로 빽빽이 들어선 좁고 어두운 복도가 시작됐다. 그러고 보니 보육원의 그것과 크게 다르지 않은 복도였다. 어쩌면 보육원의 복도가 시간의 바깥을 에두르며 이곳까지 뻗어온 것인지도 몰랐다. 균의 방은 복도 끝에 있었다. 애쓰지 않았는데도 복도를 지나가는 동안 맹수니 문지기 같은 단어가 저절로 떠올랐다. 현관문을 열고 방 안으로 들어간 뒤엔 긴 여행을 마치고 돌아온 사람처럼 외투도 벗지 않은 채 그대로 주저앉았다. 편지의 내용보다 앨리의 후원자들께,라는 표현에 더 큰 충격을 받았다는 것이 균의 마음을 아프게 했다. 지금껏 앨리의 사랑이 다수의 부모들에게 균등하게 분배되어왔다는 것이 믿기지 않았다. 앨리는 다른 후원자들에게도 아빠 혹은 엄마라고 부르며 건강과 평화를 빌었을까. 대학에 가면 한국어를 배우겠다든지 한국을 방문하고 싶다고도 썼을 것인가. 똑같은 디자인의 편지지를 쌓아두고, 마치 귀찮은 숙제를 하듯 기계적으로 편지들을 썼을 앨리의 뒷모습을 상상하자 균은 호되게 버림받은 사람처럼 외로워졌다.

잠시 뒤 균은 가까스로 자리에서 일어나 앨리의 편지들과 사진들을 보관해둔 상자를 가져왔다. 라이터를 꺼냈고 주저 없이 그 한장 한장에 불을 붙였다. 앨리가, 아니 앨리들이 불태워진 뒤 스틸 소재의 쓰레기통에 버려졌다. 방학을 맞아 고향에 내려갔다가 동네 저수지에 빠진 앨리, 필사적으로 헤엄쳐 저수지를 빠져나왔지만 바로 정신을 잃은 앨리, 구조대마저 늦게 도착하여 응급처치 기회를 놓친 앨리, 현재는 의식불명 상태로 병원에 누워 있는 앨리, 무사히 깨어나더라도 서서히 눈이 감기던 자신을 빙 둘러서서 지켜보기만 하던 동네 사람들을 잊지 못하게 될 앨리, 증오심을 알아갈 앨리, 스스로를 해칠 뿐인 혼잣말이나 하며 점점 더 외로워질 앨리, 추락하게 될 앨리, 날마다 추락하면서도 또다른 추락을 준비하게 될 앨리, 그 모든 앨리들……

편지를 다 태운 뒤 균은 바닥에 누웠고, 창가 쪽 테이블에 꾸부정히 앉아 꾸역꾸역 밥을 먹는 늙은이의 환영을 숨죽이며 건너다보았다. 지금 보니 그 테이블은, 송의 어머니와 앨리의 자리는 애초부터 마련할 수 없을 만큼 작았다. 예외는 없다는 듯, 귓가에서 또다시 그들의 노랫소리가 맴돌았다. 이제 곧 그들의 노래를 채집하는 기계장치가 작동을 시작할 것이고, 그들도 황급히 화장을 고치고 성가복을 덧입고는 줄 맞춰 단상으로 올라갈 것이다.

노래는, 그렇게 올 것이다.

| 해설 |

떠도는 존재의 기억과 빛

한기욱

최초의 감각

어떤 소설가들에게는 작품이 시작되는 최초의 감각이 있다. 가령 미국 모더니즘 소설의 걸작 『소리와 분노』(*The Sound and the Fury*)는 "오빠와 남동생들은 나무에 올라갈 용기를 내지 못하는 상황에서 속바지가 흙투성이인 한 여자아이가 나무에 올라가 거실 창문을 들여다보는 광경"[1]에서 시작되었다. 포크너(William Faulkner)는 이 최초의 감각을 구현하면서 소설의 주요 인물들과 특유의 분위기를 끌어냈다. 조해진의 경우도 소설을 시작하게 하

1) Frederick L. Gwynn and Joseph L. Blotner, *Faulkner in the University*, Random House 1959, 1면.

는 최초의 감각이 있고, 그 두드러진 예가 자전소설 「문래」다. 여기서 최초의 감각은 세살 무렵의 화자를 두고 일하러 나가는 어머니가 밖에서 문을 잠그는 소리다. "찰칵. 곧이어 기억 속 방 하나에 불이 켜지면서 그 시절의 시간이 점자처럼 만져지기 시작했다."(『문학동네』 2014년 봄호 145면) 「문래」는 이런 '최초의 감각'의 의미를 찾아가는 것을 소설의 주된 모티프로 삼는다.

닫힌 방 안의 아이는 어떻게 되었을까? 이번 소설집에 묶인 아홉편의 소설은 작가가 그 질문 앞에 오래 머물면서 당대적 삶과 예술의 여러 가능성을 탐색한 결과로 다가온다. 그 아이는 홀로 꿈과 현실이 뒤섞인 고독의 시간을 견디면서 자신이 철저히 고립된 개별체임을 배운다. 그는 최초의 감각이 시작되는 혼자만의 방은 지녔으되, 부모형제와 이웃과 동네가 유기적으로 연결되는 공동체로서의 고향은 상실한 것이다. 방 밖에서는 좁은 골목의 가난한 판자촌들이 철거되고 고층 아파트가 세워지는 급속한 도시화가 진행중이다. 이런 도시에서 집과 고향 없이 방 한칸을 얻어 살아가며 세계를 떠도는 존재들, 유학생, 이주노동자, 편의점 알바생, 용역업체 직원, 실직자, 가난한 예술가, 입양아 등이 조해진 문학의 주요 거주자들이다.

이렇게 보면 포크너를 비롯한 모더니즘 문학에서 최초의 감각이 지닌 지향성과 조해진의 그것은 좀 다르다. 모더니즘의 최초의 장면은 몰락하는 전통사회에서 폴 드만(Paul de Man)이 모더니티의 정의로 제시한 것, 즉 "진정한 현재라 부를 수 있는 한 지점에 마침

내 도달하기를 희구하여 이전에 있었던 모든 것을 지우려는 욕망의 형태"[2]에서 비롯되기 십상이다. 그 '진정한 현재'를 진리의 현현(epiphany)처럼 영원한 것으로 만들려는 충동이 최초의 감각을 낳고 다른 모든 것을 파편화하는 경향이 있는 것이다. 가령 『소리와 분노』의 경우 포크너가 몰락하는 남부에서 '진정한 현재'로 포착한 것이 문제의 그 광경이다. 이에 반해 조해진의 경우 최초의 감각은 고립된 개체의 삶과 예술의 시작점이되 직시하기가 고통스러운 진실로 상정된다.

이 소설집의 표제작 「빛의 호위」에서 최초의 감각이 단번에 드러나지 않는 것은 주체가 그 감각을 상실했다기보다 그것이 그만큼 깊숙한 속내에 간직되어 있었음을 암시한다. 시사잡지사 기자로 일하던 화자는 어릴 때 같은 반 학생이자 지금은 분쟁지역 전문 사진작가가 된 권은을 이십여년 만에 만나 인터뷰하지만 그녀를 첫눈에 알아보지 못한다. 화자가 반장이었던 어린 시절 담임의 지시에 따라 권은의 집을 찾아갔을 때, "문손잡이를 돌리는 쇳소리"를 들으며 들여다본 방이 화자에겐 최초의 감각에 해당할 것이다. "얼결에 문을 열게 된 열세살의 소년은 암순응이 되지 않은 두 눈을 껌뻑이며 겁먹은 목소리로 이렇게 물을 터였다. 거, 거기, 권은 집, 맞아요?"(21면) 그러나 화자에게 최초의 감각을 담지한 이런 "기억들은 어느 한순간 섬광처럼 내 머리를 강타한 것이 아니라 아주

2) Paul de Man, *Blindness and Insight: Essays in the Rhetoric of Contemporary Criticism*, 2nd Ed. Methuen Co. & Ltd, 1983, 148면.

먼 곳에서 한조각씩 내 감각 속으로 흘러들어왔"(19면)던 것이다.

사실 화자가 어릴 적 권은과 각별한 관계였음을 발견하는 데는 둘만이 공유한 것의 의미를 '한조각씩' 되찾는 과정을 거쳐야 했다. 어린 권은은 부엌도 화장실도 없는 작고 추운 방에 홀로 버려진 채 악몽을 꾸고 싶지 않아 스노우볼의 눈 내리는 세계 속으로 빠져들었으니, 스노우볼은 홀로 버려진 악몽 같은 현실의 마지막 피난처 역할을 한 것이다. 권은을 위해 화자가 가져다준 카메라는 더 의미심장하다. 그 수입 카메라는 화자의 눈에는 "중고품으로 팔 수 있는 돈뭉치"(25면)로 보였지만 권은에게는 "단순히 사진을 찍는 기계장치가 아니라 다른 세계로 이어지는 통로였"(26면)다. 권은은 자신의 블로그에 화자를 향해 "반장, 네가 준 카메라가 날 이미 살린 적이 있다는 걸 너는 기억할 필요가 있어"(27~28면)라고 쓴다. 어린 권은에게 카메라는 무엇이었기에 그녀를 살릴 수 있었을까.

사람을 살린다는 것이 무슨 의미인지를 묻는 순간, 「빛의 호위」가 화자와 권은 사이의 이야기뿐 아니라 또하나의 이야기를, 말하자면 '이야기 속의 이야기'를 지니고 있음에 주목하게 된다. 권은의 이야기 속에는 알마 마이어와 장 베른, 노먼 마이어의 이야기가 접혀 있는데, '사람을 살린다'는 의미는 이 이중의 이야기를 가로질러 탐구된다. 이런 액자식 구성과 짝을 이루는 것은 화자의 '의식의 흐름'에 따라 현재와 과거를 번갈아 비추는 비선형적 '플래시백' 서사방식이다. 소설 서사는 화자가 헬게 한센의 다큐멘터리 「사람, 사람들」을 보게 되는 현재와 권은과의 만남에 대한 회상이

번갈아 등장하면서 두 이야기—화자와 권은의 이야기 그리고 알마 마이어와 장, 노먼 마이어의 이야기—의 교직으로 구성된다.

액자 속 이야기는 이렇다. 유대인 바이올리니스트 알마 마이어는 나치의 유대인 박해가 시작되자 같은 오케스트라의 호르니스트인 장의 도움으로 지하 창고에 숨어 살게 되었다. 장은 음식과 함께 자신이 작곡한 악보 한장씩을 바구니에 넣어주었는데, 날마다 죽음만 생각하던 알마에게 장의 악보들은 "내일을 꿈꿀 수 있게 하는 빛"이었다. 알마는 그 악보로 침묵의 연주를 하면서 그 '빛' 덕분에 단순한 생존이 아니라 그 나름으로 충일한 삶을 살 수 있었다. "그러니 난 이렇게 말할 수 있어요. 그 악보들이 날 살렸다고 말이에요."(23면) 권은에게는 화자가 준 카메라가 그 악보와 같은 '빛'이었다. 그러니 참다운 삶이라는 게 있다면 조해진 소설에서 그것은 '빛의 호위'를 받으며 사는 삶일 것이다.

야만적 역사가 아로새긴 상처

조해진의 소설은 심심찮게 역사적 폭력의 문제를 다룬다. 등장인물이 홀로코스트와 팔레스타인 분쟁의 비극을 겪는 「빛의 호위」도 그렇지만, 「사물과의 작별」과 「동쪽 伯의 숲」은 야만적인 역사로 말미암은 개인의 상처에 초점을 맞춘 작품이다. 각각 재일교포 유학생 간첩단 사건(1971년)과 동백림 사건(1967년)을 활용하지만

『로기완을 만났다』(창비 2011)를 포함한 조해진의 모든 소설이 그러듯이 특정한 역사적 사건의 자초지종을 따지기보다 그 야만적인 역사의 칼날이 특정 개인에게 어떤 무늬의, 얼마나 깊은 상처를 남겨놓았는지를 섬세하게 파고든다. 이를테면 역사 자체의 문제보다 역사적 폭력이 개인에게 어떤 결과를 초래하는가에 초점을 둔다. 그렇기에 고립된 개별체로서의 인간이 잔인한 역사의 폭력을 어떻게 견뎌내는지가 관심사가 되는데, 이는 예술의 문제이자 동시에 윤리의 문제가 된다. 닫힌 방 안의 아이가 바깥으로 나와 성장할 때 그에게 가장 큰 상처를 줄 수 있는 것은 황량한 도시환경이 아니라 국가의 권력적 기제들이다. 어쩌면 그 불의의 권력으로 말미암은 억압의 결과 그의 내면에 도래하는 자기불신과 자기검열, 죄책감 등이 더 큰 상처가 될 수도 있다.

국가폭력의 폐해는 폭력의 직접적인 희생자 못지않게 그와 연을 맺은 사람에게도 심각한 영향을 미치기도 한다. 이런 파생효과를 잘 보여주는 작품이 「사물과의 작별」이다. 지하철 유실물센터에서 일하는 화자는 알츠하이머에 걸려 요양원에 들어간 고모의 첫사랑 '서군'에 관한 이야기를 듣는다. 재일조선인 유학생이었던 서군은 늦은 봄날 청계천변을 거닐다가 고모(태영)의 이름을 딴 레코드 상점(태영음반사)에 들렀다가 고모와 처음 만난다. 운명의 한순간이었던 그때를 고모는 조카에게 "이렇게나 늙고 병들었는데도, 아침에 눈을 뜨면 내가 있는 곳은 여전히 그 봄밤의 태영음반사야"(69면)라고 토로했다. 서군은 조총련과 접선한 친구로 인해 당국의 수색을 받을까봐 원고 뭉치 하나를 고모에게 맡기는데, 이것이 화근이 된다. 고모는 자신이 그 원고를 잘못 전해줌으로써 서군이 유학생 간첩으로 몰렸다고 생각하고 자신의 행동을 "용서할 수 없는 죗덩어리"(76면)로 인식했고 평생 그 죄의식에서 벗어날 수 없었다.

형기를 마치고 결국 교수가 된 서군은 야만적인 역사에 상처를 입었지만 치명상을 입은 쪽은 오히려 서군을 짝사랑한 고모였는지 모른다. "서군이라는 이름의 영토 한가운데엔 상상의 법정이 있었고 고모는 수사관과 피고인, 증인의 역할을 모두 떠맡으며 한평생을 살았다. 고문하고 고문받으며, 죄를 묻는 동시에 자백하면서, 어제의 증언을 오늘 다시 부정하길 반복하며……"(77면) 고모는 무기한의 지독한 형을 살았다. 조해진은 이처럼 역사의 이면을 들여다보고 가시화되지 않은 상처에 깊은 관심을 표한다.

화자는 치매 증상이 심해지는 고모와 서군을 다시 한번 만나게 해주기로 결심한다. 화자에게는 정신이 오락가락한 고모의 모습이 "망각 속으로 침몰해야 하는 유실물이 세상에 보내오는 마지막 조난신호"(73면) 같았던 것이다. 하지만 이 만남은 화자 뜻대로 되지 않는다. 막상 약속 장소에 나간 두사람은 서로를 알아보지 못한다. 심지어 고모는 엉뚱한 사람을 서군으로 오인하여 그에게 영치물 같은 쇼핑백을 안겨주면서 미안하다는 말과 다 잊어달라는 부탁을 한다. 고모의 비운의 삶에 덧붙여진 소극(笑劇) 같은 결말이다.

하지만 국가폭력에 의한 개인의 삶이 씁쓸하고 허탈한 결말로만 끝나는 것이 아니다. 「동쪽 伯의 숲」 역시 독재정권의 조작사건으로 망가지는 억울한 삶들을 조명하지만 조작된 역사의 폭력에 맞서는 개인들의 뜻깊은 행위를 부각한다. 소설은 최근 독일 작가들과 아시아 작가들의 교류의 밤 행사에서 만난 희수와 발터의 서신 교환을 통해 발터의 할머니 한나와 한국인 유학생 안수 리의 비극적인 사랑을 추적한다. 1964년 베를린에서 작곡을 공부하던 한나는 베를린자유대학교 철학과를 다니던 유학생 안수 리를 만나 사랑에 빠진다. 발터는 희수에게 보름 전 한나가 임종을 맞이한 소식을 전하며 안수 리가 살아 있다면 그를 찾아달라는 부탁을 한다. 안수 리가 한나의 죽음을 "애도하는 순간에야 한나는 (…) 온전한 존재가 될 수 있을 거라"(94면)는 것이다.

처음 희수는 답장에서 한나가 1967년 베를린에서 실종된 안수 리를 적극적으로 찾지 않았다는 점을 들어 발터의 요청에 부정적인 반응을 보인다. 안수 리가 실종된 지 두달 후 서독 내 한국 유학생 및 광부 상당수가 한국 경찰에 끌려갔기 때문에 안수 리가 군사정부에 협조한 사람이라는 의혹이 있었고 이 때문에 한나가 안수 리를 찾지 않은 것 아니냐는 것이다. 발터는 그에 대해 안수 리가 "스파이였을지도 모른다는 그 가능성이 사실이라 해도, 한나 역시 그 가능성을 염려하며 평생 동안 괴로워했다 해도, 한나와 안수 리의 우정과 나에게까지 닿아 있는 그 우정의 힘을 부정해야 하는 합리적인 이유는 되지 못한다"고 답한다. 요컨대 발터는 "개인이 세계에 앞선다는 것"(100면)이 자신의 신념임을 밝힌다. 한나가 안수 리를 찾아나서지 않은 데는 기자였던 그녀의 아버지가 전쟁을 지지하던 나치 동조자였음을 발견한 충격적인 체험이 작용하기도 했다. 한나는 자신이 사랑하는 안수 리가 스파이였을 가능성을 감히 직시하지 못한 것이다. 희수는 우여곡절 끝에 안수 리가 개명한 채 재야 학자로 살아왔음을 발견하고 그에게서 당시의 진실을 듣는다. 그는 1967년 납치당하듯 한국 경찰에 끌려가 지하 취조실에서 "발가벗겨진 시간"(111면)으로 기억되는 혹독한 고문을 당하지만 다른 자발적인 스파이가 나타나는 바람에 풀려난다. 이후 안수 리는 독일행을 포기하는데, 그것은 그가 한나를 비롯한 유학생 동료들을 마주할 용기가 없었기 때문이었다. 희수로부터 한나의 죽음을 전해들은 안수 리는 "한나의 묘지를 찾아가 정식으로 애도를 표하겠노라고"(114면) 전한다.

「동쪽 伯의 숲」은 사랑하는 연인인 한나와 안수 리가 야만적인 조작 사건으로 고초를 겪으면서도 서로에게 자신의 진실을 알릴 수 없었으되 상대방과의 뜻깊은 인연을 배신하지 않음으로써 "개인이 세계에 앞선다는 것"을 재확인하는 작품이다. 달리 말하면 안수 리는 한나에게 "내일을 꿈꿀 수 있게 하는 빛"을 남겨놓았고, 한나는 미심쩍은 상황에서도 그 '빛'을 버리지 않은 것이다. "개인이 세계에 앞선다는 것"은 곧 그 개인을 살리는 '빛'이 무엇보다 소중하다는 것과 통한다. 이것이 첫번째 원칙이지만 이것만으로 끝나는 것은 아쉽다. 실제 역사에서 세계와 개인이 대립적인 관계에 놓이기 십상이지만, 개인이 세계와 역사의 주체가 되는 순간 개인들 다수가 광화문의 촛불 빛처럼 경이로운 '빛'을 누리게 된다는 것도 사실이기 때문이다.

양극화하는 세계, '뿌리뽑힌' 존재

세계화가 진행될수록 부와 권력의 양극화 현상이 심각해지고 있음이 곳곳에서 드러난다. 세태와 풍속에 민감한 장르적 특성상 양극화하는 세계에서 노동자의 점점 더 비참해지는 생활상이 소설에 흔히 등장하는 것은 당연한 일이다. 눈여겨볼 대목은 조해진 소설이 양극화의 외형적 세태묘사는 절제하는 한편 양극화로 말미암은 인물 내면의 변이를 섬세하게 포착한다는 점이다. 가령 「시간의 거절」에서 화자가 노조의 파업 투쟁에서 이탈하고 「작은 사람들의 노래」에서는 조선소 협력업체 직원이 동료의 추락사를 목격하지만, 두 소설은 이 사태를 양극화와 관련된 사회적 문제로 조명하기보다 인물 내면에서 벌어지는 특이한 현상을 탐구하고자 한다.

「산책자의 행복」 역시 이 점에서 예외가 아닌데, 실직한 비정규직 대학 강사의 미묘한 내적 변화를 섬세하고 빼어난 감각으로 추적한다. 소설은 철학 강사 홍미영(라오슈)과 그녀의 마지막 학기 강의를 수강하고 독일로 간 중국인 유학생 메이린이 교차로 등장하여 그들 각각의 실존적 삶에 대하여 서술하는 방식을 취한다. 메이린의 서술은 라오슈에게 보내는 편지로 쓰인 것 같지만 답장이 없기에 일기로도 느껴진다. 한쪽이 다른 한쪽의 부름에 응하지 않아 얼핏 따로따로 노는 형국이지만 저변에는 서로를 절실하게 필요로 하는 욕구가 확인된다.

조해진의 소설이 종종 그렇듯이 이 소설도 의미심장한 사건들이 이미 일어난 이후의 시점에서 시작되며 그 사건들과 관련된 일을 회상하는 형식이다. 메이린에게 중요한 사건은 한국인 친구 이선의 자살과 철학과 강사 홍미영과 특별한 관계를 맺은 것이지만, 홍미영에게는 구조조정 여파로 이십년간의 강사직을 잃게 된 일이 가장 심각한 사건이다. 게다가 종양이 발견된 어머니의 수술과 입원으로 결국 파산하고 기초생활수급자로 살아가며 편의점 알바로 생활비를 버는 신세가 된다. 졸지에 빈곤층으로 추락한 것이다.

독일 유학 중인 메이린은 공부에 전념하지 못하고 체류 중인 도시를 산책한다. 그러면서 난민 유입에 반대하는 거리행진이나 폭력시위, 한 쿠르드계 독일인 노숙자(루카스)의 사연을 통해 소수민족을 차별하는 분위기를 전하기도 한다. 하지만 메이린 이야기의 정점에는 라오슈와의 관계, 특히 라오슈가 실의와 죄책감에 빠진 자신의 손을 잡고 위로한 말, "살아 있는 동안엔 살아 있다는 감각에 집중하면 좋겠구나"(127면)라는 발언이 놓여 있다. 메이린은 그 발언을 상기하면서 "떠올릴 때마다 경이로운 그 말을, 라오슈, 저는 한번도 잊은 적이 없습니다"(136면)라고 고백한다. 라오슈의 발언은 죽음을 생각하던 메이린에게 "내일을 꿈꿀 수 있게 하는 빛"이었던 것이다.

아이러니한 것은 정작 이 발언의 당사자는 "살아 있다는 감각에 집중"하지 못하고 있다는 사실이다. 아니, 어쩌면 '살아 있다는 감각'이 과연 무엇을 뜻하는지가 시험대에 올랐다고 하겠다. 자정부터 아침까지 편의점 카운터를 지키던 라오슈는 젊은 남자가 들어서면서 자신과 눈이 마주치자 "후드티 모자를 벗어 깍듯하게 인사"하는 순간 바짝 긴장한다. 그전에도 한 젊은 여성이 자신을 알아보고 "홍미영 교수님 아니세요?"라고 묻는 질문에 "아, 아닙니다" 하고 부인했듯이 라오슈는 대학 강사에서 편의점 알바로 바뀐 자신의 모습을 숨기려 했다. 이는 "생존은 스스로 해결하되 세상이 인정하고 우대해주는 직업에 연연하지 말라고"(124면) 가르치던 자신의 발언과도 어긋나는 행동이었다. 사실 그녀는 홀아비인 편의점 사장과의 생활이 제공할 법한 "아늑한 침대와 자족적인 식탁을 남몰래 탐하곤"(137면) 한다.

그런데 새벽에 귀가하는 도중 개에 쫓겨 혼쭐이 난 후 "미치도록 살고 싶어"(140면) 하고 메이린을 부르며 흐느끼는 대목은 양가적인 느낌을 준다. 편의점 알바의 팍팍한 삶은 삶이 아니라는 홍미영의 편견이 드러나는 한편 그녀가 이제야 비로소 생생하게 살아 있다는 감각이 전해지기 때문이다. 이 소설은 한 철학과 강사가 실직을 계기로 세상이 대접해주는 삶 바깥으로 내몰리면서 '살아 있다는 감각'을 잃고 표류하는 상황을 빼어나게 형상화한다. 그 과정에서 지적 성찰이라는 것 아래 잠복해 있을 수 있는 속물성과 허위의식의 측면 역시 날카롭게 잡아채는 데 성공한다.

조해진 소설에서 어떤 이유로든 국경을 넘어 낯선 나라를 떠도는 사람들은 상당수에 이른다. 그중 중국인 유학생 메이린이나 「번역의 시작」의 태호처럼 경쟁력을 높이기 위해 유학을 하는 경우도 있지만 좀더 전형적인 예는 「번역의 시작」에서 가족을 위해 큰돈을 벌려고 미국에 왔다가 행방이 묘연해진 영수씨라든지 고향인 아르헨티나를 떠나 미국으로 밀입국한 안젤라, 「잘 가, 언니」에서 심장이 약한 동생을 위해 화가의 꿈을 접고 일찌감치 결혼해서 미국에 왔다가 흑인의 총격에 살해당한 화자의 언니 같은 사람들이다. 조해진은 공감적 상상력을 통해 국경을 넘어 떠도는 존재들의 내면을 들여다보고 그 속내의 분위기를 감성적 이미지로 형상화한다. 가령 「번역의 시작」의 화자에게 무시로 들리는 기차 소리는 어디에도 정주하지 못하고 끝없이 떠도는 존재의 표지처럼 느껴진다.

국경을 넘어 떠도는 사람들 가운데는 자신의 정체성의 뿌리를 알지 못하고 심지어 버림받았다는 의식을 떨치지 못하는 입양아의 경우도 있다. 그렇기에 여섯살 때 한 프랑스 가정에 입양된 '문주/나나'의 삶을 추적하는 「문주」는 떠도는 존재의 이야기 '완결판' 같은 느낌을 준다. 「문주」의 화자는 한국에서의 이름은 '문주'지만 프랑스인 부모(앙리와 리사)로부터는 '나나'라는 이름을 부여받았다. 그녀는 "독일에서 극작가로 활동하는 한국계 프랑스인"(202면)이라는 독특한 이력 덕분에 자신에 관한 단편 다큐멘터리를 찍으려는 서영의 제안에 응해 한국에 온다. 문주가 청량리역의 철로를 따라 걷는 광경을 영화의 오프닝 씬으로 찍으면서 입양아 문주와 철로의 특별한 친연성이 강조된다. "고향과 국적과 주소가 모두 다른 나라로 기록되는 떠돌이와 안정성이 보장되지 않는 철로가 묘하게 어울린다"든지 "영화의 주인공인 떠돌이에게 철로는 근원에 맞닿은 대체불가의 공간"(199면)이라는 서술이 그렇다. 사실 문주는 철로를 따라 걷다가 한 기관사에 의해 발견되어 그로부터 '문주'라는 이름을 받았고 문주가 서영의 제안을 받아들인 이유는 "무엇보다 영화를 찍는 동안 그 기관사를 만날 수 있을지 모른다는 기대감"(203면) 때문이었다.

소설에서 문주의 정체성 찾기는 두 방향이다. 하나는 문주가 복희식당의 주인할머니 '복희'를 만나서 "내가 넘버 원 사랑하고 미안한 사람, 그 사람이랑 닮았어"(215면)라는 말을 듣고 난 후에 시작된다. 문주는 그후 뇌출혈로 입원한 복희를 간호하다가 복희가 그녀의 딸 이름이고 자신을 닮은 그 딸이 자신처럼 버려진 뒤 헤매고 다녔을 가능성에 사로잡힌다. 속으로 의식불명의 할머니에게 "버린 건 아니라고, 언제 죽어버릴지 모르는 철로 같은 곳엔 더더욱 버리지 않았다고, 그렇게 말해달라고"(217면) 부르짖는 대목에서 문주 자신의 상처받은 속내가 드러난다. 화자 자신을 발견한 기관사를 만나서 자신의 입양에 이르기까지의 전말을 듣고자 한 것도 정체성 찾기의 일환이다. 고아원의 원장수녀와 그 기관사의 동료를 통해 확인한 사실은 삼십년쯤 전에 기관사 '정'이 여자아이를 숙직실에 데려왔으며 신중하게 고아원을 알아보고 다녔다는 것, 그러는 한달 동안 그 여자아이는 "문주라는 이름에 거주하며 그의 보호를 받았다"(220면)는 것이다. 그러나 그 기관사가 문주를 나중에 도로 데려가려 했다는 고아원 원장수녀의 추정은 확인할 길이 없다.

화자가 '문주'와 '나나' 가운데 하나를 선택할 수 없음은 자명해 보인다. 이 작품에서 화자가 고민하는 부분은 이제껏 삶의 대부분의 시간을 차지한 '나나'로서의 정체성이 아니라 뿌리조차 불확실하게 남아 있는 '문주'로서의 정체성이다. 소설이 진행되면서 화자는 문주로서의 정체성이 상당 부분 불확실하지만 그렇다고 그것을 제거할 수 없음을 깨닫고, 확인될 수 없고 오로지 상상할 수 있는 '가상의 문주'까지 받아들인다. 말미에서 "시나리오도, 카메라도 없는 문주의 영역을 무작정"(222면)걷는 장면에 이르러 '문주'로서의 새 삶을 시작하려는 기미도 보인다. 조해진은 살아 있는 고향과 그에 뿌리박은 정체성이 애초에 불가능한 세계에서 문학을 통해 새로운 고향과 정체성 만들기를 시도하고 있는 건지 모른다. 어쩌면 그것이 「문래」의 끝에서 "내 고향은 문래라고, 나의 문장(文)이 그곳에서 왔다(來)고……"라고 했을 때의 의미인 듯도 하다.

떠도는 인물은 소설 장르에 흔히 등장하지만, 조해진 소설에서는 중심을 차지하고 그런 존재를 대하는 작가의 시선과 감각도 남다르다. 조해진의 떠도는 인물들은 농촌에서 유년기를 보냈으되 지금은 근대적 도회의 삶에 적응한 세대, 가령 공선옥과 신경숙의 소설에 흔히 등장하는 농촌 출신의 도시 노동자들과 또다르다. 그들은 고향 땅의 농본주의적 양식과 도시 이주민의 양식을 고루 경험하고 이주로 말미암은 고통뿐 아니라 도회의 새 삶에서 새로운 감각과 해방감을 누릴 수 있었다. 이에 비해 조해진의 인물들은 이 소설집에서 잘 나타나듯 도시에서 태어나 평생 고립적인 삶을 살아가며, 이런저런 이유로 내면의 상처를 안고 떠도는 개별적 존재들이다. 이들은 고향의 기억과 농본적 유대감이 결여되어 있을 뿐 아니라 도시 문화의 활력에서도 소외된 듯이 보인다.

조해진은 대지의 삶에서 '뿌리뽑힌' 삶을 예외적 상태가 아니라 삶의 기본적인 조건으로 받아들인다. 설령 한 장소에 머물더라도 이 '뿌리뽑힘'은 어쩌지 못한다. 그는 '뿌리뽑힌' 존재들에서 '탈주'와 '되기'의 가능성을 보는 최근의 포스트모던한 경향과는 달리 오히려 실존주의적 고립과 결핍과 상처를 감지한다. 조해진의 떠도는 존재들은 공감적 상상력을 통해 자기도 모르는 사이에 다른 떠도는 사람들—타자—에게 "내일을 꿈꿀 수 있게 하는 빛"이 되기도 한다. 찰나적이었지만 한때 한순간 타자를 살게 한 아슬아슬한 빛, 그 빛이 한줄기 실낱같은 희망이 되었다는 기억이 떠도는 존재의 현재적 삶을 지탱하고 새로운 출발을 가능하게 한다.

韓基煜 | 문학평론가

| 작가의 말 |

어떤 이야기도 한 사람을 대신할 수 없다. 한 사람의 생애에는 표현할 수 없는 순간이 표현되는 순간보다 훨씬 더 많다는 걸 잘 알고 있다. 그럼에도 이야기 너머로 뻗어가는 지평에 수많은 문장과 생각과 감정이 흩어졌다가 모이며 또하나의 작은 길이 되어가는 상상은, 언제나 두려울 정도로 매혹적이었다.

소설을 쓰는 내 삶에 고맙지 않은 적이 한번도 없었다.

함께 책을 만들어준 모든 분들께 감사드린다. 특히 이 소설집의 첫번째 독자가 되어준 김선영 편집자와 해설을 써주신 한기욱 평론가에게, 그리고 곁에서 용기를 일깨워주곤 하는 소중한 사람들에게도 고마움을 전하고 싶다.

실은 늘 이번 소설집을 기다렸다.

나와 나의 세계를 넘어선 인물들, 그들은 시대와 지역을 초월하여 소통했고 유대를 맺었다. 그들은 나보다 큰 사람들이었고 더 인간적이었다.

이제야 나는,

진짜 타인에 대해 쓸 수 있게 된 건지도 모르겠다.

2017년 봄의 입구에서

조해진

| 수록작품 발표지면 |

빛의 호위 ……『한국문학』 2013년 여름호

번역의 시작 ……『현대문학』 2014년 7월호

사물과의 작별 ……『문학과사회』 2014년 겨울호

동쪽 伯의 숲 ……『현대문학』 2013년 1월호

산책자의 행복 ……『창작과비평』2016년 봄호

잘 가, 언니 ……『한밤의 산행』(한겨레출판 2014)

시간의 거절 ……『실천문학』 2014년 여름호(「그녀의 생을 살다」로 발표)

문주 ……『문학사상』 2015년 9월호

작은 사람들의 노래 ……『대산문화』 2015년 여름호